関西学院大学研究叢書　第199編

Prayer for the Absent: Melville and His Novels

痕跡と祈り

メルヴィルの小説世界

橋本安央

松柏社

痕跡と祈り　メルヴィルの小説世界

第一章　棄子（すてご）の夢『白鯨』Ⅰ　5
第二章　エイハブの涙『白鯨』Ⅱ　27
第三章　父の肖像『レッドバーン』　51
第四章　自己という謎『ピエール』　77
第五章　狂気の鏡『詐欺師』　105
第六章　テクスチュアル・クーデター『ビリー・バッド』　135
第七章　永遠の風景『タイピー』　157
第八章　道化の祈り「コケコッコー！」　177

第　九章　幻視のゆくえ　「ピアザ」　203
第一〇章　痕跡と文学　「エンカンターダズ」　227
第一一章　死の虚空、痕跡の生　「バートルビー」　245
翻訳　ホーソーンと彼の苔（ハーマン・メルヴィル）　259

註　301
引用・参照文献一覧　341
初出一覧　361
あとがき　363

■引用・翻訳について■

ハーマン・メルヴィルの各作品からの引用は、巻末の「一次資料」に挙げる版に拠り、本文中に括弧付きでその頁数を記しています。各章で中心的にあつかう作品以外の頁数を示す場合は、括弧内に当該作品名も英語で併記しています。

作品からの引用にかかわる日本語訳は、原則として拙訳ですが、既訳があるものについては、必要におうじて参照させていただきました。とりわけ、『白鯨』は千石英世訳（『白鯨　モービィ・ディック』上・下　講談社文芸文庫　二〇〇〇年）、各短篇作品は杉浦銀策訳（『乙女たちの地獄　H・メルヴィル中短篇集』1・2　国書刊行会　一九八三年）に依拠しています。記して謝意とさせていただきますとともに、文脈におうじて自由に変更させていただいている点もお断りいたします。

「二次資料」に言及する場合、本文中に著者名、（文献名、）頁数を括弧付きで示していますが、翻訳書に依拠しているものについては、著者名を片仮名表記にしたうえで、翻訳書の頁数を記し、巻末の一覧にその書誌情報も併記しています。

翻訳「ホーソーンと彼の苔」における、ナサニエル・ホーソーンの作品にかかわる表題や作中人物名の日本語表記については、原則として、ロバート・L・ゲイル『ナサニエル・ホーソーン事典』（Robert L. Gale, *A Nathaniel Hawthorne Encyclopedia.* 高尾直知訳　雄松堂出版　二〇〇六年）に基づいています。

第一章　棄子の夢　『白鯨』Ⅰ

1　父

「おれのことはイシュメールと呼んでもらおう」。

ニヒリスティックな倦怠感をただよわせつつ、『白鯨』(*Moby-Dick; or, The Whale* 一八五一年）の冒頭にてそう呟くのは、「心気症」の青年たる語り手である（三）。そうして彼は、気病みの自殺衝動にたいする代償行為として、海に向かうことをこころざす。イシュメールというその名は、旧約聖書「創世記」中、アブラハム、あるいはアブラムが、妻サラ、あるいはサライの侍女に孕ませた、私生児イシマエルに由来する。その物語に拠るならば、不妊の正妻が夫にたいし、侍女ハガルの腹を借り、夫婦の子を産ませるよう進言するのだが、孕んだ侍女に侮蔑され、腹立たしさゆえ夫にハガルの対処をもとめたのだという。しかしながらアブラハムは、妻にすべてを委ねてしまう。父は種を撒くのみなのだ。そうして女主人に厳しく責めたてられるとき、侍女は主の使いから、預言をえる。生まれくる子の「手はすべての人に逆らい、すべての人の手はかれに逆らい、かれはすべての兄弟に敵して住むでしょう」(「創世記」第一六章一二節)、と。『白鯨』の語り手は、高貴なる血が流れていながらも、父の完全なる無関心の許、継母に憎しまれ、放浪を宿命づけられたチンピラとして、おのれの出自と現在とそのゆくえを自己規定する。

イシュメールの場合とは異なって、ピークォッド号船長エイハブの名は、至極当然なのかもしれぬが、エイハブ自身が付与したものではない。生後一二ヶ月のときに亡くなった、寡婦であり、狂気である母が、そのように名づけたのだという(七九)。その名の由来たるイスラエルの王アハブとは、神の怒りをかいつづける、不吉な暴君のことである(「列王記　上」第一六章二八節–第二二章四〇節)。エイハブは、受胎の直後に父を喪い、生誕直後に母を亡くす。そうして陸(おか)の世界の冷酷なる不条理に苛まれ、彼の棄子意識の前提が、規定される。たんなる不在というのではなく、本来的にあるはずであったものが欠落している、欠損の感覚が、あるいはその痕跡が、エイハブのなかに内在化されるのだといってもよい。

一般論的にいうならば、命名行為にひそむ暴力性のひとつは、それが一方向的でしかないところにもあるのだろう。子は親を命名することがかなわぬのだから。そうした名づけという一方向性の社会的暴力にさらされたまま、寡婦によって、神にたいする反逆者と定められた棄子エイハブが、世界から慈愛を施されるべき「寡婦と棄子」の生活をささえる捕鯨船（七七）、すなわち彼らの生命をつみこむピークォッド号もろともに、彼らとおのれを黙殺する世界に復讐を挑むのである。

父母に棄てられたイシュメールは、継母のごとき世界に因縁をつけ、放浪する。姿をみせぬ神という名の父が創りだしたこの世界は、母も知らぬ棄子エイハブにたいして、つねに無関心を装っている。その怒りが、欠落という運命にたいするエイハブの憤りが、白子（アルビノ）の鯨モービー・ディックに片脚をうばわれ去勢されることで、着火され、爆発する。

決定的な瞬間は、いつも夢のようなかたちでやってくる。それが決定的になるか否かは、事後が決めることである以上、それはつねに、あるとき、突然、やってくる。そうしてスロウな動きで、メロウな動きで、画像が断続的にコマ送りされ、ゆっくりと、たゆたいながら、記憶のなかに刻印されるのだ。あるいはそれが決定的となるのは、記憶が夢のように刻印されるか否かに拠るのだろう。一瞬が決定的となるためには、その瞬間に立ち会う自身の姿を夢のなかで反芻し、みつめる感覚を要するのだ。おのれをみつめるもう一人のおのれが、幾度となくその眼差しの営為を反復するなかで、決定的な瞬間が、決定的と化すのである。だからこそ、そのとき意識は二重性を帯びてゆく。たしかにエイハブの偏執狂（モノマニア）も、彼がジャパンの沖合にて白鯨に脚を切断されたときではなく、のちの回想の日々において育まれたものだという。負傷のため、やむなく母港にもどる航路において、「彼の裂けた肉体から流れでる血と、彼の割れた魂から流れでる血が、相互に流入し、混合し、彼の気を狂わせていったのだ」(一八五)。そうして妄想のなか、過去の傷を、その記憶を生きなおすことで、エイハブはモービー・ディックにたいする憎しみを増幅させる。あばれ、わめく発作に見舞われ、狂人用の拘束衣で縛りつけられた船長は、おだやかな海域に辿りつくころには、季候と同様、落ち着きをとりもどしたかにみえたという。しかしながら「このときですら、エイハブは、外からはみえぬ自我の芯のところで狂いつづけていたのである。人間の狂気はしばしば狡猾にして猫のごときものである。その場にいなくなったかと思うと、たんにもっと捉えがたい格好にその姿勢を変えているだけなのだ」(一八五)。

身体の裂け目からほとばしる赤い血が、魂の裂け目にそそぎこまれ、あるいは逆流しながら身体全体を駆けめぐる。痛みは魂と身体の奥へ奥へと流れこみ、痛みをいためつけながら、そうして記憶と化してゆく。白鯨に襲撃される現在進行形の自身の姿を、夢のなかで悪夢のなかで、譫妄状態のエイハブがみつめている。その痛みは被虐的でありながら、可虐の感覚もともなうものであるのだろう。おのれがおのれを虐げるのだから。かくてエイハブは、みずからがいだく憎悪の念を、運命という舞台上で演じさせられたものであるかのように解するのである。「名づけがたき」、「正体のしれぬ」もの、「狡猾にも姿をみせずして、人をたぶらかし、欺く君主のごときもの、冷酷にして残忍な帝王のごときもの」が、指令をだし、「人間に自然な愛と憧れに背を向けてまで」、前進するようみずからを突き動かすのだ。「エイハブは、エイハブなのか？　いま、腕を揚げた、揚げたのはわたしか、神か、でなければだれだ？」(五四五)。彼はそう自問するのだ。

「冷酷にして残忍な帝王」とは、無関心なる非情の神の謂いでありながら、船上での暴君たるエイハブ自身のことでもある。あるいは結果としてそうした彼にならしめた、エイハブの来歴にかかわるものである。陸において彼を名づけた、母の営為のことである。「狡猾にも姿をみせずして、人を欺く」のは、彼の狂気の出来そのものでもある。無関心な創造主に猛りくるう棄子の現在は、おのれの過去にあやつられ、翻弄され、みずからをあやつり翻弄するのだ。この衝動はなにものなのか。そう問いかけるエイハブは、「わたしは狂気化された狂気なのだ！狂っていると納得するために静かに狂ってゆくのだ」と叫ぶのである（一六八）。そうして自己が、狂気にかたむき自己をあやつるもう一人の自己を、しずかに、おだやかに、みつめている。

　舞台上で役者を演じ、演じさせられる意識が、リアリティを喪って、虚構と化した現在を生きる、エイハブのねじれた夢の感覚を告げるのだ。だからこそ、太平洋の中央にて、復讐の想いに駆られて銛を打ちこむ棄子は、それを打ちこんだのちも、いまだに打ちこむさなかのような感覚に囚われることを予感する。物語の結尾、白鯨に対峙するエイハブは、「おれは最後の最後まで貴様にこの手で摑みかかっていこうぞ」と怒号する（五七一）。銛を突き刺し、白鯨を仕留めることがありえないことを、彼は意識の背後で意識するのだといってもよい。あるいは白鯨に銛を打ちこみつつある自身の姿の、間欠的に明滅するスチル画像が、エイハブの永遠の現在なのだといってもよい。そこに完結した感覚はともなわない。いつだって、それはスロウなコマ送りのままなのだ。そうしてナルシスのごとく、白い鯨をみつめる自己に囚われた彼は、自身の悪夢におのれのすべてを賭す。白鯨とは、聖書のリヴァイアサンのことであり、世界の不可解なる不滅性の象徴であり、自然の究極的謎のことであり、姿をみせぬ無関心な父の謂いでもあるのだろうが、そうした父を転覆し、創造主の座に君臨しようとも、棄子の憎しみは昇華されない。欠落感はみたされない。復讐は、復讐でしかないからだ。それは他者との対等な関係性を、志向するものでしかないからだ。復讐に、勝利の二文字はありえないのだ。したがって、彼の破滅への航海は、敗北に向けられた欲望によって起動したものであるといってよい。自滅への欲動が、わたしの生を、終わらすことで、すくなくとも、終焉の、感覚を、完結、の、感覚を、あたえ、てく、れ、るはず、で、あ、る——。断続的にコンマで接続するだけの間歇的な時間感覚に、エイハブ自身がそうしてピリオド記号を打ちこまんと欲望するのである。それはまた、記憶に征服された永遠の進行形からの逃走でもある。陸を離れ、海の藻屑となる欲望にささえられた逃亡であるといってもよい。

自己破滅とは、礼儀正しき死の姿を、死に損なった自身にあたえる儀式の謂いなのだろう。だからこそ、メルヴィルの遺作『ビリー・バッド』(*Billy Budd, Sailor (An Inside Narrative)* 没後出版、一九二四年）における船長ヴィアの死とは異なって、エイハブの破滅にやるせなさは漂わない。エイハブは、白鯨が憎いのではない。白鯨との関係性が、そこに投射している自身の怒りが憎いのである。なぜにおのれはこうした想いをいだかねばならぬのか。彼はみずからの憎しみを憎しむのだといってもよい。「この身を壊（ばら）してくれたものを、今度はこのわたしが壊してくれようぞ (I will dismember my dismemberer)」(一六八)。そう叫ぶエイハブは、自身の営為を白鯨という存在そのものにかさねあわせる。白鯨とは、白鯨に照らしだされた世界の悪夢は、彼の内に存している。彼の記憶と回想に存している。そしてまた、無関心な父にたいする憎しみは、父の愛をもとめる証左でもある。偏執とは、偏愛がかたちを変えたものでもあるのだから。それは空白の自己愛なのだ。

だからこそ、喪失感を喪失すべく、愛をもとめる嘆きの欲望が、エイハブをして、おのれを死へといざないゆく。

種(スパーム)だけを撒き散らし、生まれくる子に無関心な父の姿は、第八八章「学校と学校長」においても、鯨の生態をつうじ、揶揄するかたちでイシュメールが言及するところである(三九二)。現代における『白鯨』の読み手は、エイハブとならび、そうしたイシュメールの棄子意識も追いかけねばならないのだろう。二〇世紀における『白鯨』批評史において、一九二〇年代に始動した、いわゆるメルヴィル・リヴァイヴァル以後を概観すれば、狂気と復讐の人エイハブは善であるのか悪なのか、といった問いかけが、一九五〇年代以降姿を消すさまがみえてくる。物語内の時間構造とは裏腹に、そのときエイハブに代わり、イシュメールの姿が浮かびあがってくるのである。このパラダイム転換において、おおいなる役割をになった批評家の一人として、レスリー・A・フィードラー(Leslie A. Fiedler)の名を挙げてもかまわぬことだろう。

フィードラーの出世作たる、箴言にみちた名著『アメリカ小説における愛と死』(*Love and Death in the American Novel* 初版一九六〇年)において、彼はイシュメールとクイークェグの異人種間同性愛の様相を、声高らかに宣言する。アメリカ古典小説に、成熟した男女の異性愛は描けない、との高名なる定立にもとづいて、イシュメールとクイークェグの関係に、エロティックでありながらも成熟を避けることができる、かつ白人の有色人種にたいする罪責感の贖いとしての、異人種間同性愛を、フィードラーはみいだそうとする。それこそが、『白鯨』をアメリカ最大の「ラブ・ストーリー」と呼ぶ所以なのだ（Fiedler 三七〇）、と。その一方で、エイハブとフェダラーというもうひとつの異人種間の絆が、物語のファウスト的悪の側面、カルヴィニズムの原罪意識を描きだしているのだともいう。最終的にエイハブの悪が徹底され、滅びることで、イシュメールの生が浮かびあがり、イシュメール自身はみずからが棄てられたと思いこんでいたが、じつは子のために涙を流しつづけていた母に救済されるのだ、と（Fiedler 三八八）。レイチェルという名をもつ、遭難した船長の子を捜索していた船舶に、彼はピークォッド号沈没ののち、抱き寄せられるのである。レイチェルとは、旧約聖書「エレミヤ書」第三一章一五節、および新約聖書「マタイによる福音書」第二章一八節に詠われる、喪われた子に涙し、嘆く、母ラケルに由来する名である。

佐伯彰一に拠れば、二〇世紀のメルヴィル批評家たちのあいだにひそむ〈同性愛の絆〉こそが、アメリカ社会のそれにたいする嫌悪感を、逆説的に映しだしているのだというが（佐伯　一–六〇）、フィードラーはそうした同性愛嫌悪にみちた陸の倫理を挑発する。彼は一九世紀アメリカ社会において大流行した、女たちによる感傷小説をほとんど評価せず、異性愛という規範から逸脱しなければ、「感傷性」と「虚偽」からのがれることはかなわないのだと決めつける（Fiedler 一〇四）。しかしながら『白鯨』にも、女性の主題が間接的に織りこまれている。たしかに出帆以前の陸の場面で描かれる女性は、ナンタケットの宿屋「煮こみ亭」の女将ハッシーや、ビルダドの姉チャリティのように、おせっかいで、高圧的で、男を去勢するような、圧制的存在である。しかしながら海にでると、女性、あるいは女性のとどまる陸の世界が、いとおしく、せつなくて、哀れなるものとして想起されるようになるのだ。それはピークォッド号の出港直後からはじまる。英雄バルキントンの「墓標」たる（一〇六）、第二三章「風下の岸」において、荒ぶる男どもが乗り組むピークォッド号から港の風景を感傷的にみつめつつ、イシュメールはこのように呟く。「港が救いの手をさしのべている。港は情けにあつい。港は安全となぐさめを提供し、炉辺には夕餉が用意されている。暖かな毛布があり、友がいて、港は、つまり、我ら死へと崩れゆくものたちへのいたわりにみちた場所なのだ」（一〇六）、「だからバルキントンよ、あなたには分かるはずだ。（中略）天と地の間には黒々と荒れ狂う嵐が吹きわたり、魂を、岸辺へと、人を騙し人を奴隷化する岸辺へと叩きつけようとするものである、と」（一〇七）。イシュメールはここにおいて、女性がとどまる港のことを、「安全となぐさめ」をあたえてくれる場であるとしつつ、「人を騙し人を奴隷化する岸辺」だとして、陸にのこされた女性にたいする同情の念も、間接的に示唆せんとする。精液を撒くだけで無責任な父にたいするイシュメールの揶揄とは、エイハブの母と幼きエイハブのような、世間に置き去りにされた母子にたいする同情を裏返したものでもあるかのようだ。

一九世紀のアメリカ社会において、望まれるべき「真の女性」の美徳であったという、「敬虔」「純潔」「従順」「家庭的」という属性を想起すれば（Welter 一五二）、陸の世界を「奴隷化する」ものと位置づけるイシュメールの、女性にたいする感性が、いっそう浮き彫りになることだろう。第八六章「尾」においても、イタリア絵画に映しだされるキリストの女性的属性をめぐり、イシュメールは「そこにあるのは、ただ忍従と自己犠牲という消極的なるものばかり、女性的なるもののみ」だという（三七六）。港から離れ、荒ぶる大海原へと旅立つとき、逆説的なことではあるが、陸の上では怖れていたにもかかわらず、安全となぐさめと暖かい毛布でつつみこんでくれる場としての家庭、それをつかさどる女性にたいする想いと同情が、感傷への欲望が、陰画のごとく、イシュメールのなかで浮かびあがってくるのだといってもよい。

だがそれは、じつのところ、逆説でもなんでもないのかもしれぬ。欲望とは、その対象との距離があるときにこそ、はじめて成立するものなのだから。そしてそれは拒否されるとき、絶えず失望するときに、はじめて持続しうるものなのだから。だからこそ、欲望が欲望であるために、それは決してみたされてはならぬのだ。メルヴィルの第一作『タイピー』（*Typee: A Peep at Polynesian Life* 一八四六年）の語り手は、碇泊中の船舶からのがれ、人喰い族とおぼしきタイピー渓谷の人びとにかこまれて暮らすなか、喰らわれる恐怖のあまり、脱出を心に念(おも)い描く。そのとき彼は、「家庭」と「母」のところにもどりたいと呟く（*Typee* 二四八）。「家庭」と「母」とは、一九世紀的感傷の感性においては、それぞれ「天国」と「神」に照応する世俗社会の表象の謂いであったというが（Noble 六七）、そのように、遠く離れた陸の故郷という母の楽園を夢想した主人公は、しかしながら渓谷から逃げだしたのち、故郷にもどることをしないのだ。彼トンモは、救出された船からさらなる脱走を反復し、次作『オムー』（*Omoo: A Narrative of Adventures in the South Seas* 一八四七年）へとつらなるのである。そもそも彼は、船上から眺められる港と山並みの風景をみて、タイピー渓谷の楽園を妄想し、欲望し、最初の脱走を試みたのでもある。『白鯨』をめぐるエリザベス・シュルツ（Elizabeth Shultz）の議論に拠れば、メルヴィルは語り手イシュメールを「陸、すなわち家庭、家族、女性から引き離すことで、彼にも読み手にも、あとにのこされた人びとのことをいっそうしっかりみつめる機会をあたえた」のだというが（Shultz 三二）、家庭も家族も女性も、遠く離れてみつめることで、あるいは喪われることで、はじめて感傷的欲望の対象と化すのだともいえるだろう。感傷とは、その欲望とは、対象が手中にあれば生ずるものではないのだから。本来的にいうならば、自身の内部ですでに喪われているものに向けられるものなのだから。

3　母

　そうしたイシュメールの女性的なものにたいする眼差しは、出帆以前の陸(おか)の世界では、かたちを変えて、クイークェグという蛮人に向けられる。第四章「掛け布団」において、イシュメールがクイークェグの腕に抱かれてまどろみながら、かつて継母に罰せられた悪夢を夢みる場面がある。夢のなかで、何者かの「手」に触れられ、怯えるのだ（二六）。陸の倫理に対抗的な、同性愛的視点にかたむくフィードラーは、この場面をめぐり、イシュメールが継母の手から自慰行為の罪悪感、去勢の恐怖を植えつけられるのだとして（Fiedler 三七三―七四）、イシュメールの継母にまつわるトラウマが、クイークェグに抱擁されることで癒されるさまを跡づける。しかしながら、その後、海にでたのちも、母をめぐる彼のトラウマが消えることはない。陸と同様、海の世界にも母子がいる。父に棄てられ母に殺される子たちもある。イシュメールは、陸も海も、変わらず暴力にみちていることを知る。

　第八七章「無敵艦隊」において、イシュメールとクイークェグ、スターバックの三者が、同心円を幾重にもなす鯨の大群を追跡するさなか、その中心部に迷いこむ。そのときクイークェグが海中を指さし、索がみえる、誰が銛を打ちこんだのか、そのように大声をあげる。それにおうじ、スターバックが海中を覗きこむと、そこには「自然の索」、すなわち鯨の母子の臍の緒が揺らめいている。そのときイシュメールがこう呟く。「鯨を仕留めるべく捕鯨の荒業に海を蹴立てて邁進しているときなど、この自然の索が母親側で千切れ、銛索にもつれ絡んで、生まれたばかりの嬰児がそれにからめとられることも珍しいことではないが、いま、この魔法のかかった湖水にある我々には、海に秘められたもっともひそやかな秘密のひとつが明かされたといってよかった。この後、我々は、若い鯨の男女が深海で密会し抱きあうのを目撃した」、と。

イシュメールはこうした受精と出産の秘儀をみつめながら、「遠く狂乱と騒擾の同心円に幾重にもとりかこまれながら、静かな中心部にいる神秘の存在として、なにを恐れるふうもなく、自由に、奔放に、晴朗に、それぞれの営みにおだやかに勤しみ、戯れと歓びの世界に浸る母子の姿にほろりとする。だが、その直後、「彼らはそうであったとしても、このおれという存在は暴風雨の吹きまくる海、大西洋である。しかしそれでも、その中心部には静寂の湖水がひろがり、このおれは、いつも、そしていつまでも、そこでひとり遊び興ずるのだ」、「おれはこの湖水の芯にあり、このまま深く、このまま地軸の奥へ身を沈め、おだやかな永遠のよろこびに浸るのだ」、とつづけざまに紡ぐことで（三八八-八九）、おのれの欠損感にたいするやけっぱちのごとき想いを吐露もする。フィードラーはこの場面について、「無敵艦隊」の只中で、クイークェグの指示にしたがいみつめることで、同じボートに乗りあわせていたイシュメールが、自然という不死の世界において、生命が生殖をつうじて絶え間なく更新されていること、そして人間の「戯れと歓び」にも精神の更新があることに気づくとして、精神と身体の再生を、クイークェグがイシュメールに教示するのだと解せんとする（Fiedler 三八〇-八二）。

しかしながら、フィードラーの解釈には、厳密にいえば、不正確なところがある。クイークェグが索だとおもいこんでいたものが、鯨の臍の緒であることに気づくのは、じつのところ、イシュメールではなく、スターバックなのだから。そしてまた、この場面には、生の「戯れと歓び」のみならず、死への恐怖も内包されている。そう指摘するのは、フィードラーと同様、フロイト派精神分析学を援用するサミュエル・キンブル（Samuel Kimball）である。彼は「不気味なもの」の文脈から、この場面を読みこもうとする。[1] キンブルに拠れば、生の神秘の中心にやどるのは、殺される運命にある母の姿、そして母の臍の緒による子殺しに示唆される、「不気味な」死の亡霊なのだという。イシュメールは臍の緒という「索」にからめとられる子鯨が、死に至る姿を想起した直後、捕鯨業にともなう母殺し、子殺し、あるいは生命の誕生の危機という主題から、視線をそらすのだ、と（Kimball 五三五-四〇）。エリザベス・シュルツに拠れば、雄鯨たちが擾乱するその外縁の世界こそが、男性が支配する一九世紀アメリカ社会の公的領域の隠喩であるということだが（Shultz 三四）、その中心における、平穏と情愛にみたされた女性の私的領域においても、恐怖と苦しみが入りこんでいるのだといってよい。「この後、我々は、若い鯨の男女が深海で密会し抱きあうのを目撃した」、そう独りごつイシュメールは、若い鯨たちの愛の交歓へと語りの方向をずらす。それは、子殺しという原風景におびえる子が、そこから条件反射的に視線をそらすかのようでもある。フィードラーの解釈と同様に、イシュメールの眼差しも、そうした子殺しの戦慄を抑圧するのだ。それはまた、母と子のむごたらしい死の惨劇から、視線をそらさざるをえない彼のトラウマを、裏返したものでもあるのだろう。「このおれという存在は暴風雨の吹きまくる海、大西洋である」という彼は、自身の孤児意識をおもむろに吐きだす。「ひとり遊び興」じながら、「おだやかな永遠のよろこびに浸」っていると呟く棄子の姿は、自暴自棄と化したチンピラとしての孤独な自己満足の姿、あるいはそこに満足せねばならぬ苛立ちを、母の不在という欠落感を、恍惚とした昂揚感の裏側にて、秘めやかに、感傷的なかたちで伝えている。

ピークォッド号における匿名の乗組みたるナンタケット人が、「感傷的になるなよ、消化によくねえぞ」（一七三）、仲間の水夫にそう声をかける場面がある。一九世紀アメリカにおいて、消化不良等胃の不調とは、神経系および脳の損傷につうじ、精神の病いに至るとされていた症状である (Rothman 一一〇)。[2] 感傷的なイシュメールが、たしかに心を病んだ心気症として、物語冒頭にて自己規定するところである。感傷という病いに侵された男が、海においても棄子としてのトラウマゆえに、子殺しの原風景から視線をそらすのだ。海の世界から眺められる女性の空間は、「戯れと歓び」にあふれながらも、陸と同様、苦しみと死の恐怖から自由であるはずがない。それを知りつつも、いや、知っているからこそ、棄子は眼前の母子の戯れにたいする感傷に、みずからの身と心を委ねざるをえないのだ。

トラウマとは、感傷性の母でもある。

4　祈り

フィードラーの読みが不正確に至る一因は、じつのところ、物語そのものに内在しているのかもしれぬ。たしかにクイークェグは、陸でのイシュメールの生活における、女性的位置を占めているのだが(Shultz 三二)、あるいは母の胸にいだかれ癒される一瞬を、イシュメールにあたえるのだが、だとすると、それらと「無敵艦隊」における「不気味な」原風景とが、どうにも齟齬をきたしてくる。舌津智之は第九四章「手を握る」におけるイシュメールの同性愛的恍惚に、「禁止された感傷的異性愛感情」を読みとるが(舌津 三八)、そこにおいてもイシュメールが手を握る当の相手はクイークェグではなく、不特定の誰かでしかない。ピークォッド号出港直前におけるクイークェグとの「結婚」が（五一）、どうにも海上におけるイシュメールのトラウマを癒している塩梅ではないのだ。たしかに結婚がかならずしも癒しを施すわけでもないのだろうが、それにしてもピークォッド号出帆時における、イシュメールの感傷性という問題ものこるだろう。こうした齟齬は、『白鯨』の執筆過程に連動している可能性がある。

ハリスン・ヘイフォード（Harrison Hayford）は「不必要な重複」がいくつも『白鯨』に窺われるところをひろいあげ、その大半がクイークェグをめぐる語りに関連することを指摘する。そしてそれら重複は、クイークェグにかんするところを消去すれば、ほぼすべて、解消されるのだという。ヘイフォードの仮説に拠れば、メルヴィルが陸におけるイシュメールとクイークェグの〈同性愛の絆〉を執筆したのは、おそらくは、ピークォッド号のカタストロフィを書き終えたのち、すなわち執筆の最終段階なのだという（Hayford 四六–五一）。この推論は、感傷性のトラウマをめぐる側面からも補強されよう。イシュメールのトラウマは、エピローグにてレイチェル号にひろわれるまで、すなわち物語の最終センテンスまで、海の上で癒されることがないのだから。エピローグを経たのちに、はじめてイシュメールに母との和解の可能性が付与されるのだから。だが、赦しの萌芽に至る雛形は、旧約聖書「ヨナ書」の寓話をつうじ、たしかに陸の世界でもかたられている。救済には、原型がある。

ヨナはリヴァイアサンによって破滅させられたわけではないのだ。第九章「説教」において、マップル神父はヨナの寓話をそのように解釈する。「我々みなにあたえられた罪深きものへの訓え[おし]とは、罪を犯す、心を固く閉ざす、やがて突如出現する戦慄、そして速やかにおとずれる処罰、そして悔いと悟り、そして祈りへと達する物語である。物語の最後、ついに救いと喜びはヨナのものとなる」（四二）、と。リヴァイアサンはヨナにたいして、破滅ではなく、「救いと喜び」をあたえ、再生への道標を示すのだ、と。そしてそれは、イシュメール自身の継母との関係性、継母のごとき世界との関係性についてもいえるだろう。あたえられる懲罰に戦慄し、心を閉ざしながらも、ふたたび母の腕にいだかれたいと希い、祈る、子の姿のことである。継母による受難におびえ、ひざまずく者のことである。

フィードラーの同時代人たる、フロイト左派の精神分析学者、エリク・H・エリクソン（Erik H. Erikson）の影響下にてものされた書物において、江藤淳が安岡章太郎による「海辺[かいへん]の光景」の主人公、信太郎の罪責感を論ずるくだりがある。理性を喪失した母に愛情を拒まれた際、その要因はおのれにあるのではないか、おのれが見棄てたせいではないのかとの罪責感に、子の側が囚われるのだ、と。成熟とは、そうした悪、罪悪感とともに生きることで、成立するものであるのだ、と（江藤 一二九－一三二）。そうであるとするならば、イシュメールの海上における感傷とは、みずからが継母に叱られ罰をうける原因をつくったことにたいする罪悪感、そして自身のトラウマから遁走し、そうした母を陸にのこしてきた罪責感を裏返したものではなかろうか。たしかにイシュメールは、おのれを厳しく罰する継母におびえながらも、彼女を「良心において最良かつ最善の継母」であると呼び（二六）、全否定の対象からずらしたうえで、みずからの非をほのめかしもするのだから。成熟とは、こうした罪悪感、母の喪失という感覚を背負って生きることであるならば、ヨナが父に贖いの夢をあたえられるように、レイチェルの胸にいだかれて、涙する母の感傷を知ったとき、イシュメールの感傷は成熟への第一歩をあゆみはじめた、あるいはその可能性、救いの萌芽を内在化したとはいえまいか。「母のない子は愛をかたれない」のであれば、レイチェルという母の腕にいだかれることで、すくなくともイシュメールには、愛をかたる資格があたえられたのだといってもよい。したがって、第四章「掛け布団」にて、クイークェグの腕に抱擁されながらイシュメールが夢みる悪夢のなかの継母の手は（二六）、フィードラーが指摘するように、自慰行為にたいする罰におびえる息子の、「罪悪感と無力感」を象徴するのみならず（Fiedler 三七四）、母を陸に置き去りにして出奔した罪責感に震える息子にたいし、涙に咽びながら抱き寄せようとする母の手でもあるはずなのだ。クイークェグという「磁石」のごとき存在に魅きつけられ（五一）、トラウマを生きなおす営みが、そのとき「すべての人に逆らう」運命の手をもつイシュメールに可能となろう。クイークェグとの抱擁は、物語の生成にかかわる仮説に倣うならば、受難を経て、レイチェル号にいだかれたのち、感傷から成熟へと向かうための、イシュメールのイニシエーションの儀式である。フィードラーがアメリカ最大の「ラブ・ストーリー」と呼ぶ『白鯨』は、罪責感を背負う子の、母にたいする裏返された愛の物語という文脈でも解されねばならぬ。陸から海へ、海から陸へと円環的にめぐりつつ、そうした夢と受難を生きなおす棄子の物語なのだ、と。

白鯨に脚を刈りとられることによって、白鯨が不死たることで、エイハブには憎しむ営みが、去勢された憤りの想いをいだくことが赦される。白鯨が父にたいする憎しみに、かたちをあたえてくれるのだから。かくてエイハブは、クイークェグにたいするイシュメールと同じく、白鯨こそがおのれにとっての「磁石」なのだというのである（四四一）。わかちがたく結ぼれる、自己のなかの他者を有したエイハブには、あるいは他者のなかの自己を有したエイハブには、イシュメールの場合をまったく裏返したかたちで、海の上で、たしかにひとつの救済があたえられる。悪夢という、ねじれた救いのことである。

『白鯨』とは、狂気の狂気たるエイハブの、無関心な父にたいする怒りに根差した自己消去への欲望と、感傷的な棄子イシュメールの母にたいする贖いを、逆説的に描いた叙事詩である。海の上で、陸であたえられた悪夢と夢を生きなおす物語である。白鯨との対峙直前、それまで禁止をいいたててきた「継母の世界」に、夢のように一瞬「情愛の腕をなげかけられ」たエイハブは（五四三）、一掬の涙をはらりと流す。しかしながら記憶の人は、涙の孤独を涸らしたのち、おのれの喪失感を喪失すべく、不在の父に挑みかかる。そうしてエイハブがすりぬけた母の感傷のまぼろしは、太平洋の大海原に浮かぶイシュメールの胸をよぎるのち、彼に祈りの手がかりを授けることになるのである。

悪夢は祈りの夢だから。棄子の涙の夢なのだから。

第二章　エイハブの涙／『白鯨』Ⅱ

1　鎌

捕鯨小説であるにもかかわらず、『白鯨』には、陸(おか)の牧草地で草を刈り、干し草をつくる農夫、あるいは農耕にかかわるイメージが頻出する。たとえばエイハブがモービー・ディックに片脚を喰い千切られた様子は、語り手イシュメールによって、牧草地で草を刈りとる直喩をつうじて綴られる。

彼の足下のほうで大鎌のような形をしたものがさっと動いたかと思うと、牧草地における草刈りさながら、エイハブの脚一本をきれいに刈りとったのである。（一八四）

ここは去勢の文脈で読まれることが多いところであり、そしてそれは、たしかにそのとおりなのだが、ここではひとまず、農耕のイメージが援用されるところを気にしたい。ちなみにモービー・ディック（Moby Dick）という固有名詞にも、"mow"という、刈りとる行為を意味する動詞の音が包含されている。

草刈りの場面はほかにもいくつか描かれる。

> 泳ぎながら口を開閉するのであろう、奇妙な音をたてて、ゆっくりと泳いでゆく。背後には刈り跡が真っ青な筋になって黄色い海面にのこされる。あたかも、早朝、草を刈る農民たちが朝露に濡れて沼沢のようになった牧場に立ち並び、みずからもしとど露に濡れながら鎌をふるい、そうして、丈高く伸びた草を刈り、前方へ前方へとゆっくりと歩みを進める、そんな光景を思いださせるのであった。（二七二）

名もなきセミクジラたちが、海上にて、オキアミの群れを餌に食するところである。ここにおいても朝の牧草地における草刈りの光景が登場し、鯨たちが遊弋する際に、草を刈るかのごとき奇妙な音を奏でる直喩がもちいられる。モービー・ディックもセミクジラも、イシュメールの語り方に拠れば、草刈り農夫のような営みをしているのだ、と。そしてそれらには、鎌を手にした死神という、土俗の伝説的造形も、どこかしら見え隠れしていよう。そうして牧歌的な牧草地に殺戮の連想がかさねられるなかで、読み手の聴覚と視覚を動員しつつ、鯨の怖ろしさ、捕鯨の怖ろしさが、陰画のごとく浮かびあがってくるのだといってよい。

ピークォッド号がナンタケットから出帆する前であっても、決して牧歌的であるとはいえないような、猛々しき港町ニューベッドフォードの宿屋にて、やはり農耕が姿をあらわす。

> 反対側の壁は、全面に怖ろしげな槍や棍棒の類いを整然と並べ吊り下げて、異教と蛮風の景観を呈していた。きらきら光る歯をびっしりと植えこんで、まるで象牙の鋸（のこぎり）のようにみえる棍棒もあれば、一房の人間の頭髪を編みあげて、飾りに付けた槍もあり、またおおきな握り柄のついた鎌のような刃物で、その弓型になった外形が、大鎌で刈りとった牧草地の新鮮な刈り跡を思わせるようなものもある。見ていると、身体が震えてくる。一体いかなる奇怪なる人喰い人種や野蛮人が、こんな戦慄すべき人斬り道具、肉叩き用具をふりまわして、血祭りの渦中に飛びこんで行くのか。これらに混じって、どれも古ぼけて錆びた捕鯨用の銛や槍が並べられている。（一二）

第三章「潮噴き荘」において、イシュメールが抽象画のごとき捕鯨の油絵に当惑したのち、反対側の壁を見た際の反応である。ここにおいてイシュメールが、宿屋におかれる怪しげな棍棒や槍に困惑する。この道具がいったいなんのためのものなのか、イシュメールにもわかっておらず、したがって、じつのところ、読み手にとってもよくわからない。この引用の最後に錆びた銛と槍がでてくるところから推察するに、これらまがまがしい道具たちは、どうやらいまでは実際に使用されているものではなく、宿屋の装飾のようなのだが、それらが捕鯨でもちいられる道具なのか、あるいは異教徒たちの狩猟具なのか、いずれにせよなんらかの武器か道具の一種のようなのだが、やはり漠然としていて、よくわからない。しかしながら、このエキゾチックな道具を描写する際に、鎌という農耕器具と、草の刈り跡の直喩がもちいられていることはたしかであり、そうして旅人イシュメールの行く末に、不吉と不気味があたえられることになる。

次の引用は、イシュメールが「心の友」クイークェグとともにナンタケットに向かう途中、自前の銛を持ち歩くクイークェグに、その理由を訊ねる場面である。

> こんな手間のかかるものをなぜ持ち歩くのだ、それもこんな陸の上にいるときに、とそうおれは尋ねた。銛なら、捕鯨船はみなそれなりにそなえているんだろう? 彼の答は、あらましのところこうであった。きみの意見はもっともだが、自分にはこの銛に特

別の愛着がある、なぜなら、この銛で生死をかけた闘いを何度も切り抜けてきたのであるし、繰り返し鯨の心臓を愛撫してきたのも、ほかならぬこの銛である。自分としてはこの銛に篤い信頼を寄せている。つまりそれは、陸の上の農場の草刈り職人たちの場合と変わらない。彼らも特にそうする必要がないのにもかかわらず、自分の鎌を身に帯びて、雇い主の待つ草刈り場に乗りこんで行くではないか。それと同じ理由で、自分は自分なりに自己自身の銛を好むのである、と。(五八-五九)

クイークェグは問いかけにたいして、イシュメールがかたりなおすかたちになっているのだが、草刈り農夫がおのれの鎌をいつも持ち歩くことと同じである、と返す。牧草地において農夫のもちいる鎌が、『白鯨』においては、イシュメールのかたりをつうじて、鯨を狩る銛にも、連想的につながっている。このような小説前半部におけるイシュメールの描写によって、鯨と捕鯨のおぞましさ、怖ろしさが、きらりと光る鎌の刃先に照らされて、浮かびあがる仕組みになっている。

『白鯨』の最終盤、三日間にわたるモービー・ディックとの死闘がはじまる直前、「交響曲」と題された章が挿入される。この第一三二章は、『白鯨』のなかでももっとも美しい章のひとつであるが、ここにおいてエイハブは、おだやかな風とおだやかな空に感化されて、スターバックを前に、みずからの四〇年間という捕鯨生活をふりかえる。そのときエイハブは、髪が眼にかかって前が見えないのだ、そのようなことを口にする（五四四）。それはおそらく瞳に涙をたたえているためなのだが、そうしたエイハブのなかに、人間性の最後の断片をみてとったスターバックが、今日のような美しい日和はナンタケットにもありましょう、そのようにエイハブにかたりかけ、モービー・ディックの追跡をあきらめて、ひきかえすよう促さんとする。だが、スターバックの訴えにたいし、エイハブは言下に否定するわけではなく、罵倒することもなく、ただ、視線をそらす。

「それなら、わたしのメアリーだ、わたしのメアリーと同じだ！　メアリーは毎朝、坊やを丘の上へ連れて行くと約束してくれました。丘に登って坊やのお父さまのお船が帰ってくるのを一番に見つけましょうといってくれたのです。さあ、もう帰ろうではありませんか。ひきかえすのです。もういいではありませんか。これで決まったのです。もう船を向けるのです、ナンタケットへ！　さあ、船長、針路を調べ直して出発です！　おや、ほら、見てください、ほら！　窓辺に坊やの顔が見える。丘の上で手をふっているではないか！」

だがこのとき、エイハブは眼をそらした。そして枯れてしまった果樹のごとく、がくがく身体を震わせた。かくて、燃え殻と化した最後の林檎の実が、地面（the soil）に振り落とされたのだった。（五四四―四五、傍点引用者）

スターバックから視線をそらしたのち、「枯れてしまった果樹」のように、エイハブは震え、「燃え殻と化した最後の林檎の実」を、「地面に振り落と」すのだという。ナンタケットにひきかえすことはならぬのだ、そうした絶望に駆られたエイハブの流す涙が、林檎の隠喩をつうじて描きだされる。「燃え殻と化した林檎」という句には、ロングマン版『白鯨』の註釈に拠れば、手で触れるとたちまち煙がでて、灰になるという、「ソドムの林檎」のイメージが含意されているのだという（Bryant 五六七）。だとすれば、「枯れてしまった果樹」には、傲慢と堕落のために、神が天から硫黄の火を降らせて焼き尽くしたとされる、ソドムの町の廃墟もかさねられていることになろう。ロングマン版は、このような「創世記」の風景にくわえて、ジョン・ミルトン（John Milton）の『失楽園』（*Paradise Lost* 一六六七年）も典拠である可能性を指摘する（Bryant 五六七）。たしかにエイハブが、傲慢の罪のために神に焼き尽くされたソドムの町や、堕天使ルシファーにかさねられるところは、意味内容的にいっても、そして燃えた枯れ木という直喩と、皺だらけの顔面をしたエイハブという、視覚的なところに鑑みても、読み手が充分首肯しうるものであろう。だが、燃え殻と化した林檎のような涙、という風景には、たんにそのように日本語に置換したところで、どうにもしっくりこないところがある。どのような涙が、どのように流れるのかが、視覚的にも意味内容的にもよくわからないのだ。

　ソドムの林檎とは、外観は美しくとも、触れると煙をだして灰になるという特性から、人を欺き失望させる象徴性を有したものである。だが、エイハブの涙たる果実は、見る者をその美しき相貌で騙し、失望させるようなものではない。そしてまた、エイハブの瞳に美を期する乗組みなど、いようはずもない。その一方で、たとえば同じ第一三二章の冒頭において、エイハブの瞳は、焼け跡の灰のなかで、なおも燃えつづける石炭に喩えられる。

> 緊縛されたように捩（ねじ）くれた身体、皺と皺でよじれて肉玉だらけになった歪んだ顔、憔悴しきってこわばってしまった神経、焼け跡の灰のなかで熾（おき）となってまだ燃えくすぶって

いる石炭のような眼、そんな異貌のエイハブが、澄みわたった朝の世界に、よろめきもせず、さわやかに姿を現した。そして可憐な少女の額に、罅割れた兜のごとき額を擦りつけるがごとくして、大空を仰いだのだ。（五四二―四三）

執念深く燃えつづける石炭のごとき姿は、眼球の奥からじわりじわりと赤黒く燃えるような、瞳が充血するさまを暗示するのだが、そのようなところを念頭におけば、「燃え殻と化した林檎」には、その充血ですらようやく燃え尽きた、そうした灰色の眼球のイメージもかさねられていることだろう。

だからこそ、燃え殻と化した林檎のような涙、とは、このように読むべきものではなかろうか。先にも触れたように、スターバックとの対話中、おそらくエイハブは涙をたたえつつ、瞳を真っ赤に腫らしている。したがって、その涙が、ソドムの林檎のごとく、煙をだして、灰になった、ということは、本当はここで堪えきれなくなって流れるはずだった、林檎のような大粒の涙が、おのれの涙によって眼球の赤黒き石炭を燃やし尽くすとともに、蒸発して、そうして多少は散ったのかもしれぬが、実際にはほとんど流れることがなかったさまを示唆するものなのだ、と。そのような意味で、見る者を欺く涙であったのだ、涙の不在であったのだ、と。あるいは涙が執念深く燃えつづける石炭を灰にして、燃え殻にして、おのれの代わりにそれらをはらりと散らすのみであったのだ、と。傲慢のあまりに神によって焼かれたエイハブは、憤怒のあまりにみずからを石炭のごとく燃やしつつ、最終的にはみずからの涙によって燃え尽きてしまう。故郷に戻ることはならないという絶望が、そうして涙を涸らせてしまう。そうした意味内容を伝えんとする隠喩なのではなかろうか。流れるはずであった大粒の涙の痕跡をつうじて、泣くことすら諦めた、あるいはみずからの憎しみという充血によって諦めさせられたエイハブの姿が、この一文から浮き彫りになってくるのだといってもよい。

エイハブは、泣きたくても、もう泣けないのだ。涙からも疎外されてしまうのだ。

3　アンデス

そうして涙が涸れた直後から、スターバックとの対話は崩壊して、エイハブは譫妄状態に入る。先に引用した「燃え殻と化した最後の林檎」の描写の直後を、つづけて引く。

「これはなんだ？　この名づけがたきもの、この正体のしれぬ、この世のものともしれぬこれは？　狡猾にも姿をみせずして、人をたぶらかし、欺く君主のごときもの、冷酷にして残忍な帝王のごときもの、わたしが、人間に自然な愛と憧れに背を向けてまで、休みなく前進し、身体を投げつけるようにして絶え間なく突進するのは、そしてまた、わたし自身に自然にそなわった器量においてはとても踏みこもうなどとは思わぬ領域へもあえて危険をかえりみず、突っこんで行こうとするのは、得体のしれぬこのものの指令によるのか？　エイハブは、エイハブなのか？　いま、腕を揚げた、揚げたのはわたしか、神か、でなければだれだ？（中略）それにしても、しかし、おだやか、おだやかだ、おだやかな風だ、おだやかな空だ。空気が良い匂いだ。遠い牧草地から吹いてくるようだ。アンデスの山裾のどこかで干し草作りでもしているのであろうか。おお、スターバックよ、干し草作りの男たちは、刈りたての干し草にもぐりこんで、ねむってでもおるのかもしれぬぞ。ねむる？　そうだ、我々はいかに働き営々努力しようとも、最後は野辺にねむるのだ。ねむっている？　然り、緑美しい野原のなかで、そのまま錆びてゆくようにねむるのだ。去年の刈り残しをのこした草地に打ち棄てられて錆びついてゆく大鎌に変わらない――ああ、スターバックよ！」（五四五）

引用場面の前半部は、前章において触れたように、エイハブの意識に存する二重性に結ぼれゆくところであるが、ここでは後半部に注目したい。興奮したエイハブが、「それにしても、しかし、おだやか、おだやかだ、おだやかな風だ、おだやかな空だ」といい、一瞬冷静になるのだが、そのあとの科白が、どうにも連想的にずれてゆく。おそらくスターバックはこのあたりで、完全に自分の世界に入りこんでしまったエイハブの様子に絶望し、姿を消しているようなのだが、エイハブがそれに気づくこともない。それほどまでに、わが内面世界に没入しているのだといってもよい。ともあれ、おだやかな風に吹かれ、おだやかな空を感じているエイハブは、想像上の嗅覚と視覚を動員して、その風がアンデス山脈のどこかの山麓から吹いてきているようだといい、その匂いを嗅ぎとる。だが、直前におけるスターバックとの対話における話題は、二人の故郷ナンタケットをめぐるものである。にもかかわらず、どうしてエイハブは北アメリカの牧草地ではなく、南アメリカのアンデス山脈を、連想的につなげるのか。そこがどうにも奇妙なのだ。この箇所については、ハロルド・ビーヴァー（Harold,Beaver）を除けば、『白鯨』の註釈者も、日本語翻訳者も、とくに気にしていないようである。ビーヴァーはこの箇所について、牧歌的な夢と地獄の苦しみというものは、根本的には同じものだとのコメントを付しているが（Beaver, Commentary 九五二）、たしかに『白鯨』のほかの箇所における牧草地の不気味な鎌の姿を踏まえれば、ある程度は説得力をもつ註釈であろう。だがそれは、なぜにアンデスが牧草地として連想されるのか、という問いに応えてくれるものではない。そもそもアンデスとは、南アメリカ大陸の西に沿ってつらなる、南北七五〇〇キロメートルにもわたる山脈である。エイハブはいったいどのあたりのアンデス山脈を念頭においているのか、という疑問も、付随的にわいてくる。ピークォッド号の航跡が、アンデス山脈の見える海域を辿っているわけでもない。

『白鯨』にあって、エイハブにかかわる文脈で、アンデス山脈が言及されるのは、この場面にくわえて、ほかに二箇所ある。ひとつは第九九章、スペイン金貨の挿話においてである。

ピークォッド号のスペイン金貨もそうした金貨の一つ、もっとも価値の高い一つであった。その丸い周縁にそってREPUBLICA DEL ECUADOR: QUITOの文字が刻印されていた。つまり、この輝く金貨は、世界の真ん中、おおいなる赤道直下に拓かれ、赤道にちなんで命名された国のもの、アンデス山脈の中腹、気候に秋冬のない常春の都市で鋳造されたものであった。刻まれた文字の下には、アンデスの山々の山巓が三つ描かれ、一つは火を噴き、一つは塔を戴き、一つは時を告げる雄鶏を載せていた。(中略)いまエイハブは、この赤道金貨を前に、ほかのものたちの注視を浴びつつつたちつくしている。

「山々の山巓や聳える塔には、つまり高く雄大にせりあがるものには、すべて自我を押したてるなにかがある。見るがよい、これだ。三つの山の頂きだ。まるで魔王ルシファーのようではないか。塔が建っている。エイハブだ。次は、火を噴く山。エイハブだ。次は、勇気にみなぎり、怖れを知らず、勝利を告げるこの雄鶏、これもエイハブだ。どれもすべてエイハブだ。そして、金色をしたこの円形、これは丸い地球を象っているのだな。魔術師の鏡みたいなものか、見る人ごとに、その人の存在の謎を映しだしてみせている。（後略）」（四三一）

輝く金貨は、世界の中央、赤道直下に建設され、赤道にちなんで命名された国家の、アンデス山脈中腹にある首都に由来するのだという。エクアドルのキトのことである。エイハブが、その金貨を前に仁王立ちし、アンデスの三つの頂きはルシファーのごとく傲慢だと難癖をつける。その後、それぞれの頂きにおのれ自身を投射して、なにもかもがエイハブだ、そう独りごつ場面である。さらに第一一九章においても、雷に襲われるピークォッド号船上にて、対応に追われるスターバックを前に、エイハブがアンデス山脈に言及する。世界全体がすくわれるならば、ヒマラヤにでもアンデスにでも避雷針をたててもよいが、自分たちだけが助かるためならば、そんなことはせんでよい、そのようにエイハブが怒鳴るのだが（五〇五）、ここにおけるアンデスは、世界を護る避雷針をたてるべき、高山地帯の一例として言及されているのみであろう。だが、スペイン金貨のエピソードは、エイハブの自己投射という点で、たやすく見逃すわけにはいかぬ。

先にも触れたように、語り手イシュメールは第一三二章にて、傲慢の罪を犯して焼き払われたソドムのイメージを含意する、燃え殻のような林檎の涙に、エイハブの心象風景をかさねている。そのエイハブが、第九九章にて、アンデスの山を刻んだスペイン金貨に、ルシファーのごとき傲慢をみいだしている。傲慢なるアンデスにある牧草地を、涙を涸らした傲慢なるエイハブが、連想、妄想しているのだ。だからこそ、第一三二章での妄想におけるアンデス山脈も、エクアドルのキト周辺が念頭におかれている可能性が高いのではなかろうか。スペイン金貨にたいしてと同じように、エイハブがこの牧草地の風景にも、おのれを映しだしているのではないか。すくなくとも、読み手がそのように妄想することは、充分に可能なのではなかろうか。

4　錆びた鉄

アンデスを夢想するエイハブの科白を、第一三二章からふたたび引く。

「（前略）アンデスの山裾のどこかで干し草作りでもしているのであろうか。おお、スターバックよ、干し草作りの男たちは、刈りたての干し草にもぐりこんで、ねむってでもおるのかもしれぬぞ。ねむる？　ねむっている？　そうだ、我々はいかに働き営々努力しようとも、最後は野辺にねむるのだ。去年の刈り残しをのこした草地（the half-cut swarths）にてゆくようにねむるのだ。然り、緑美しい野原のなかで、そのまま錆び打ち棄てられて錆びついてゆく大鎌に変わらない――ああ、スターバックよ！」（五四五）

一人でしゃべり、一人でつっこむという、日本のどこかのお笑い文化にありがちな、独白的対話である。「我々はいかに働き営々努力しようとも、最後は野辺にねむるのだ」とは、ねむるはねむるでも、永遠にねむる、という意味合いであるが、エイハブはそこにさらなる連想をかさね、一年前の鎌が農夫たちに忘れ去られ、緑のなかで錆びゆく心象風景に流れてゆく。文法的にいうならば、「錆びてゆくようにねむる」主体は「我々」であり、すなわち、人はみな、錆びて死するものなのだ、という意味内容の一文になろう。直前にある、「最後は野辺にねむる」という一文についても、誰しも自分の仕事を最後まで完遂することなく、やりのこしがある状態で人生を終えるものである、という読み方が、一般論的には正しいのだろう。だが、やるべき仕事をやりのこすのは、鋼の意志の持ち主であるエイハブが、みずからに赦すはずのない営みである。すくなくとも、それを赦せないからこそ、モービー・ディックを追跡するのだ。そのようなエイハブが、人間の死、から連想して、一年前の錆びた鎌に想いを馳せる。この不自然な連想のなかに、スペイン金貨にたいするものと同じような、エイハブの唯我論的自己投射をみてとることができるのではないか。エイハブは、人間一般の有限の生から連想して、牧歌的風景において、そこから疎外されている自分自身の死のイメージを、緑のなかで錆びゆく鎌にかさねているのではなかろうか。この牧草地の風景は、鎌がでてくるほかの箇所とは異なって、鎌で草を刈りとるときの、ガサッ、バサッ、といった怖ろしい聴覚的効果も、刃先をめぐる視覚的効果も、まったく窺われることがない。農夫が干し草をつみあげて、そうして休憩しているという、きわめてのどかなものである。その風景の片隅に、死から連想されるものとして、エイハブが一年前の錆びた鎌をみいだしている。草葉の陰、という言の葉はあるが、一般論的な死をかたるために、この風景のなかに一年前の鉄の鎌のイメージをかさねる必然性は、さしてないはずなのである。この唐突さの由来として、そこにエイハブの自己投射をみる以外、わたしには考えうるものがない。

　エイハブは、たしかに、鉄の人なのだ。とりわけ太平洋に突入したのち、第一一三章以降になると、エイハブは鉄と化してゆく。鍛冶屋パースにモービー・ディックにたいする復讐だけのための銛を造らせて、そこに黒魔術的な洗礼を施したのち、エイハブは鉄の人、復讐の鬼になってゆく。第一三〇章「帽子」から、二箇所引く。

消えることなき北極星が、六ヶ月にもわたる極地の長く暗い夜の芯に、強く鋭い針のごとき光をそそぎつづけるように、乗組みたちの心の奥の深夜の暗闇には、いま、エイハブの決意が鋭い光を投げかけている。その光は彼らの心の底までも照らし、それゆえ、彼らの不吉な予感も、不安も、逡巡も、あるいは怖れも、すべて彼らの心の裏へ身をひそめ、かすかな芽も葉も姿を現すことはなかった。

なにかを予兆するこの幕間の時間にあって、一切の諧謔は、強いられてか自然にか、もはやすべて影をひそめた。スタッブは、もうあえて笑いを起こそうとすることもなく、スターバックは、それゆえ、それを制止することもない。同様にして、歓びも悲しみも、また、希望も畏れも、いまは、エイハブの鉄の魂という粉砕機に巻きこまれ、粉々に砕かれ、さらさらに碾きつぶされ、もはや靴裏に舞いたつ埃のような粉末と化しているのである。（五三六、傍点引用者）

夜明けの光が東の空にほのかにちらつくころ、後甲板からたちまち鉄の声があがる――檣頭の見張りに就け！――そして終日、日没がくるまで、いや、日没の夕闇が夜の暗闇に変わるまで、舵手の打ち鳴らす毎時の鐘の音とともに、同じ叫び声が聞こえてくる――なにか見えるか？　しかと見張れ！　しかとな！　（五三八、傍点引用者）

物語はこの章から、クライマックスのはじまりのはじまりを迎えることになるのだが、ここにおいてエイハブの魂と声に、「鉄（iron）」の属性が付与される。ちなみに『白鯨』のなかで、"iron"という語が名詞として単独でもちいられる際、それはほとんどの場合、鯨捕りの銛をさすのだが、この銛からして、本章の冒頭で指摘したように、連想の次元で農夫たちの鎌にかさねられるものであった。さらに、鉄とエイハブという関係でいうならば、モービー・ディックをめざすおのれの航跡を、エイハブ自身が目的地に向かって爆走する鉄道のレールに喩えもする（一六八）。鉄を媒介として、鎌、銛、鉄道といったものが、エイハブの属性を構成している。

だとすれば、エイハブが一年前の錆びた鎌に、おのれの死をかさねるというのは、いったいどういうことなのだろうか。鎌は鉄でできているために、一年という時間の経過のなかで、牧草地に置き去りにされると、錆びてゆく。だが、これが錆びないものであれば、たとえば鎌で刈りとられた草葉であるならば、一年経てば、それらは土のなかに朽ちてゆく。そうして土は、一年のサイクルを経て、新たなる生命である新たなる緑を育んでゆく。エイハブの妄想のなかで、アンデスの風景において営まれている牧畜とは、ハロルド・ビーヴァーの指摘とは裏腹に、このような再生サイクルに則り営まれるものなのだ。牧草を刈りとったあとで、一年後に新たな草が生えてこなければ、家畜たちは冬を越すことができず、したがって、牧畜という農耕は成立しない。錆びた鉄の鎌たるエイハブは、そうした農耕的な緑の再生サイクルから逸脱しているということである。農夫たちにも気づかれず、孤独に錆びゆく鉄の鎌には、きらりと光る刃先の鋭さも消失している。そこに燃え殻とともに消え散った、灰の涙と結ぼれる属性も窺われよう。そのようなエイハブの死の在りようが、アンデスの鎌の風景に、自己投射されているのだ。第九九章と第一三二章が、エイハブの意識と無意識のなかで連結しているとするならば、エイハブは、流れながれた連想の果てに、一年のサイクルのなかでは決して土に還ることがかなわぬ錆びた鉄に、自身の疎外された死の在りようを投射している。そのようにいってもよい。したがって、妄想のなかで「錆びてゆく」主体は、人間一般ではなく、実質上、エイハブという一人称単数のことなのだといってよい。

そのように読めば、錆びた鎌が放置される場である、半分だけ刈りとられた草地（"the half-cut swarths"）にも、決して完遂されることのない、エイハブによるモービー・ディックにたいする復讐の予兆が、そして半分だけ刈りとられたエイハブの下半身とかさなるものが窺えよう。そしてまた、第一三〇章から引いたひとつめの場面は、エイハブの鉄の魂に圧倒されたほかの乗組みたちの、不吉な予感、不安、恐怖が、抑圧されるさまも紡ぐのだが、その様子は、芽も葉も生えない、緑の再生サイクルの停止状態という隠喩をつうじて綴られる。燃え殻と化した林檎の風景にせよ、焼かれて枯れた果樹には、実がなることもない不毛性、比喩的にいえば不毛の男根的要素が示唆されているのであり、だからこそ、エイハブがその瞳から灰となった林檎の果実を落とす「地面」は、"the soil"なのであって、たとえばそれが"the ground"であったりすると、ずいぶん意味内容が異なってこよう。傲慢ゆえに神に焼き払われたエイハブは、ひとつの季節がめぐろうとも、実を結ぶことがかなわぬ枯れた果実の木として、ここにおいて描かれている。だからこそ、エイハブが流す涙は、乾いた涙、涸れた涙なのだ。土の上に散ったところで、灰でしかなく、水として、生命を育むこともない涙なのだ。

イシュメールがしばしば喚起する、おどろおどろしい鎌のイメージは、鯨と捕鯨の怖ろしさを照らしつつ、そうして第一三二章に至り、狂気の船長の不毛の生、人類からも自然の再生サイクルからも疎外された死の在りようを、浮き彫りにする。土葬にせよ火葬にせよ、人類は有史以来、とりわけ農耕文化において、ほとんどの場合、死者を土に埋葬してきた。それを農耕の営みにかさねれば、埋葬の儀礼にはどこかしら、死者の再生を願う営みがからんでいたのではなかろうか。わたしたちが墓石に水をかけるという営みも、再生を祈る農耕の感覚と、どこかでつながっているのではないか。鉄で墓を建てる文化があるのかどうかは、寡聞にして知らないが、想像しても、どうにも気持ちが落ち着かない。

草刈りのごとく、モービー・ディックに脚を喰い千切られた際、エイハブはナイフを手にして鯨に対峙していたという（一八四）。だが、モービー・ディックとの最終対決を目前にして、第一一二章および第一一三章において鍛冶屋パースに造らせた銛にもちかえる（五四九）。捕鯨用の銛と農耕用の鎌が、連想的に接続しているところに鑑みれば、モービー・ディックがおのれにたいして遂行した、草刈り行為と同じ営みを、エイハブがモービー・ディックに向けんとするさまもみえてくる。目には目で、歯には歯で、草刈りには草刈りで、エイハブは、復讐を欲望する。おのれにあたえられたものと同じ疵口を、モービー・ディックにあたえんとする。

それこそが、復讐の本質そのものなのだから。しかしながら、一年のサイクルのなかで錆びゆく鉄の鎌に、エイハブが自身を投射しているとするならば、不吉な予兆にさまざまに抗いながらも、復讐が完遂することはなく、おのれが陸の緑と人類から疎外されたかたちで死ぬることを、エイハブ自身が予感していることになる。だからこそ、海の上で滅びようとするのだ。それが涙の涸れる理由なのだ。モービー・ディックと直接対決をする前から、エイハブはすでに死を覚悟していたということだ。あるいは破滅するために、すなわち不毛のサイクルをみずから断ちきるために、対決するということだ。

かくて、鎌と林檎とアンデスが、焼かれて枯れて、涙も涸れて、緑と人類から疎外されたエイハブの、果たしえない復讐と、その絶望の存りようを、伝えているといってよい。

第三章　父の肖像　『レッドバーン』

1　旅立ちという欲望

人はそれぞれ自身の名前に、どのような想いをいだくものなのだろうか。わたしたちがこの世に生を享け、社会の一員として迎えられる際、通常、その最初の手続きのひとつとして、命名という儀式を通過することになる。名づけられた個人は、その営みをつうじて、おのれが特定の家族や共同体に帰属する証しを授与されるのだ。たとえば親の名の一部や親族の名を付与されることで、一族としての誇りをいだく者もいるのだろう。それを足枷と感じる人も、ある。あるいは兄弟姉妹とは異質な名前を、おのれだけがあたえられたことで、そこに疎外感をいだく者もいるやもしれぬ。いずれにせよ、わたしたちは揺りかごから墓場まで、固有名詞を背負って生きている。それはたしかなことである。

作者の半自伝的作品とも呼ばれる第四作『レッドバーン』（*Redburn: His First Voyage, Being the Sailor-boy Confessions and Reminiscences of the Son-of-a-Gentleman, in the Merchant Service* 一八四九年）は、故郷において食い扶持がなく、貧困の絶望に駆られた青年が、海にでることをこころざす場面で幕をあける。そうして彼は、ニューヨークからリヴァプールに向かう商船ハイランダー号に、見習い水夫として乗り組むのだが、育ちが貴族的であるために、猛々しき海の男たちに蔑まれ、嘲られ、いたく自尊心を傷つけられる。そうしたイニシエーションとしての往復旅行の顛末を、のちに語り手となったこの者が、懐古的に綴るという枠組みの物語である。

青年の名を、ウェリングブラ・レッドバーンという。それはアメリカ建国期に上院議員もつとめたという大叔父に由来する名であることが、語り手自身によって、物語冒頭にて紹介される。先行する世代から、歴史上の英雄にかさねられる存在と規定されたその人は、それを「名誉」とうけとめるのだという（七）。彼の場合、一族の証文を足枷と想う精神世界からはほど遠く、ひとまずは、それを自尊心の拠り所としているようにみうけられる。[3]

じつのところ、一般論的にいうならば、こうした拠り所を保証する類いの客観的な根拠が、どこかにあるというわけではない。家族愛や一族にたいする自負心は、他の一族、他の文化に共有される普遍性をもたない以上、特定の家族や共同体内部においてしか通用しない、きわめて主観的なものだといってよい。だからこそ、それをある種の幻想、刷りこみと呼んでもよい。『詐欺師（コンフィデンス・マン）』(*The Confidence-Man: His Masquerade* 一八五七年)の世界よろしく、それはあやうい「信頼（コンフィデンス）」なのだ。幻想の正当性をささえてくれる客観的根拠など、どこにもみあたらないのだから。だが、子の精神世界に刷りこまれ、内在化されているかぎり、家族幻想は子にとって、きわめてリアルなものでもある。たとえば次章でとりあげる『ピエール』(*Pierre; or, The Ambiguities* 一八五二年)の冒頭部では、奇妙なまでに静謐な、そして重苦しくもある、サドル・メドウズの不自然な自然が描かれる。そうして物語の語り手は、そこが母親によって統御される、恣意的な夢幻の空間であることをほのめかす。だが、たとえそうだとしたところで、幻想の内部にある若き主人公ピエール・グレンディニングにとり、それはなまなましく嘘偽りないものとして、心象風景のなかに映しだされるのみなのだ。たしかにのちにピエールは、その虚構性に気がついて、過去を再構築する営みに着手することで、グレンディニング家の幻想も、現実も、破壊し尽くすことになる。だが、虚構が虚構であることに気づかぬかぎり、子の精神世界内部において、それはあくまで虚構ではない。あるいは破壊せんとする無意識的衝動に駆られる対象である以上、おのれにとっておおきな意味をもつという意味で、ピエールは家族幻想のリアリティを最後まで棄て去ることがかなわないのだといってもよい。

ピエール・グレンディニングの場合と同様に、ウェリングブラ・レッドバーンも、そうした虚構を認識の前提として、物語に登場する。『レッドバーン』の冒頭部、「ウェリングブラ・レッドバーンの海にたいする嗜好が、いかにして生まれ、育まれたか」と題された第一章において、旅路からもどり、語り手となったレッドバーンが、かつてのおのれの出立理由を追憶する。それに拠れば、未来にたいする「幻滅」という厭世観が、生活上の「必要性」が、「生来の彷徨癖」とあいまって（三）、没落名家の次男たる彼をして、船乗りにならんとする決意をいだかしめたのだという。そうしてこの旅立ちはきわめて後ろ向きのものであることが明示される。そしてまた、彼の「海にたいする嗜好」が育まれた背景には、じつのところ、いつだって、父という、おのれの理想像が見え隠れする。

> ずっと外国のことばかり考えてきたせいで、歳月が流れるにつれて、ぼくのなかに預言者的な、漠然とした想念が育まれることになったのだった。すなわち、いつの日にか、偉大な航海者になることが、自分には運命づけられているのであり（I was fated）、父がかつて、夕食を終えてワインを呑んでいる珍客をもてなしていたように、将来自分も熱心な聴衆を相手にして、自分自身の冒険譚を話すことになるのだろう、と。（七、傍点引用者）

ここにおいて、旅立ちというみずからの選択を、「預言者的」に捉えたうえで、「偉大な航海者」となるおのれの「運命」を、レッドバーンはおのれに向けて規定する。こうして定められた自己のなかには、さらなる要素も窺われる。すなわち航海者になることで、かつて自身が幼いころ、父が「珍客」を航海譚でもてなしていたように、熱心に聞き耳をたてる聴衆に、自分も冒険物語を語り、聞かせたい、という欲望のことである。彼は物語の語り部になることを夢みるのだ。

たしかにレッドバーンが憧れるのは、まずは勇ましい経験をくぐりぬけてきたかのような、異邦を旅した雰囲気を醸しだす、語り手的な男性像一般である。たとえば叔母につれられた教会で、彼はアラビア帰りとおぼしき作家の男性を見かけるのだが、その風貌を夢にまでみるほどに、この人物から強い印象をうける（五－六）。だがやはり、こうした憧れの対象の核にあるのは、記憶のなかの、亡き父の肖像である。

わが家には、フランス語で書かれたダグランベールの書物があった。外国を旅することで、あの本をすらすら読むことができるようになれば、自分はものすごく偉い人物になるのではなかろうか。ぼくはそう思っていたのだった。いま、父さんのいないこの家では、誰もあの書物の中身を理解できないのだが、あの当時、父さんがわが家にいた召

使いに時折話しかけていたときのように、フランス語を話している父さんの声を聞くのが、ぼくは大好きだった。（七）

偉大なる人の原像は、煎じ詰めれば、外国語を自在にあやつる、異邦につうじた語り手としての、父親的人物像に収斂する。したがって、彼が遠い異国に旅立つことで、「偉大な航海者」にならんと夢想する動機の根底には、クリシェ的な言葉遣いになるが、偉大な語り手になり、すなわち偉大な作家（オーサー）になり、そうして家族における偉大な権威（オーソリティ）にならんとする念（おも）いが存するのだ。したがって、自宅をあとにする際の家族にたいする別れの科白、帰ってきたら「ヨーロッパの話をぜんぶしてやるからな」（一〇）、という彼の言葉は、語り手すなわち〈父〉になってもどってくるのだという、レッドバーンの宣言として、解されなければならないのだろう。彼が船乗りにならんとするのは、父と同じ経験を経由することで、〈父〉になりたいという願望と、表裏一体のものなのだ。あるいは彼のファースト・ネーム、ウェリングブラ（Wellingborough）が、「生まれがよい（*well-in-born*）」というニュアンスを含意するのであるならば（Beaver, Introduction 一〇）、おのれが父のかつての営みを反復することで、父が夭逝するとともに喪われた、家族の黄金時代をとりもどさんとする無意識的欲望が、彼の旅立ちを起動させるのだといってもよい。おのれが語り手になることで、空位のままであった権威の座につき、喪われた名家の栄光を再現前化させ、そうしておのれの自負心を回復させんとするのである。表面的には厭世感に駆られたものであろうとも、レッドバーンの航海は、家族を棄てるためのものではなく、帰還することが前提の旅である。

　だが、〈父〉にならんとする欲動は、能動性と受動性が混在するかたちで成立する、多少複雑なものでもある。あるいはありとあらゆる欲望は、そのようなものであるのかもしれぬ。先の引用箇所にあるように、「偉大な航海者」にならんとする子の自己規定は、おのれに「運命づけられている」ものだという、受身の文体で紡がれる。記憶のなかの父の像が、子を海に駆りたてるのだ。それを能動的な受動態と呼んでもよい。あるいは受動にささえられた能動的欲望であるといってもよい。そしてまた、作者と同様、幼いころに父を亡くしたレッドバーンにとり、父は生身の人間というよりも、ひとつの記号である。美化しているやもしれぬ過去における、権威と等号で結ばれた象徴である。亡き父の姿に焦がれ、その欠落を埋めあわせんとするレッドバーンの願望は、生身の父ではなく、みずからの記憶に存する父の像をなぞることで、内なる他者との全面的同化をもとめるものである。

　だがそのとき、ぼくは思いだした。ぼく自身の父親が、海を渡ったことがあると幾度となくいっていたことを。父を疑うことなどまったく思いもしなかった。ぼくはいつでも父さんのことを、立派な人物だと思っていたし、ぼくよりも遙かに純粋で、偉大な人であり、絶対に間違ったことはやらないし、嘘をつくことなどありえない、そう思っていたからだった。（三四）

記憶のなかの存在であるからこそ、ピエール・グレンディニングの場合と同様に、父のことが「立派」であるように思えてくる。自分より「純粋」で、「偉大」な人にみえてくる。ウェリングブラ・レッドバーンの由来と帰属の場は、彼自身の家族幻想のなかに存するのだといってもよい。そうして能動と受動がわかちがたく結ぼれた衝動に基づいて、レッドバーンは家族における亡き父の役割を反復する、再現する、そうしてそれと同一化する、すなわち自身の心象風景における家族幻想を強化するために、旅立ちを起動させせんとする。

2　幻滅と感傷

旅立つ前の数ヶ月間、レッドバーンは新聞記事をむさぼり読む。異国に向かう船舶の広告宣伝を読み尽くし、「ロマンティック」な憧れの想いに昂揚する（三）。その憧憬のなかに映しだされるのは、ここにおいても異国への旅から帰還した、「ロマンティック」な語り手としての、おのれ自身の姿である。

ぼくはもうすぐ英国にいくのだ。そして数ヶ月もたたないうちに実際にそこにいき、そうして家にもどってきて、兄さん姉さん弟妹たちに、冒険譚を話すのだ。ぼくはずっと、そのように考えようとしていたのだった。みんなとても喜んで、ぼくの話に耳をかたむけ、それからぼくを仰ぎみるのだろう、ぼくの話に敬意をいだくことだろう、と。兄さんですら、敬意をはらいつつ、ぼくのことを大西洋を横断した人間とみなさざるをえないのだ。兄さんにはそんな経験がなかったし、これからだって、その可能性すらないのだろうから。（三二一–三三、傍点引用者）

聴衆がおのれに見惚れる光景に、レッドバーンのナルシシズムが投射される。その聴衆とは、原風景的にはおのれの家族のことである。すなわち彼のナルシシズムは、内なる家族の視線で自身の姿を眺めることから成立している。[4] 家族幻想の内部における、受動性にささえられたレッドバーンの能動性が、かくて、ここにも窺われる。

レッドバーンが家族における〈父〉の役割をになうためには、身近なところに障害がある。

夢想のなかで旅物語をかたる、先の引用場面において、兄がおのれに敬意を表する風景を、彼は夢みる。『レッドバーン』における兄の役割は、おおいに強調されてしかるべきだろう。おのれが父の権威を反復するためには、家父長制的枠組みにおいて、兄という存在が、最大の障害になるのだから。兄がいるかぎり、兄より優位にたたないかぎり、レッドバーンが語り手になることはかなわないのだ。作者の伝記的側面を踏まえつつ、メルヴィル家では、次男ハーマンよりも遥かに秀才型であった長男ガンズヴォートのほうが、実父の寵愛をうけていたことを、ここで想起してもよい（Howard 二）。探求ロマンスの常套を敷衍するかのごとく、兄という障害は、弟が武勇譚を紡ぐためには不可欠なのだといってもよい[5]。だからこそ、旅立ちの朝、「健康を害した」状態にありながらも、船着き場までレッドバーンを見送らんとする八つ年上の兄からの忠告を、「年に似あわぬ賢(さか)しき」ものとして（一一）、弟は煙たがるのだ。そもそも物語は、旅立ちの前夜、弟に狩猟服を施さんとする兄の、「素朴な善意」にみちた科白で幕をあけるのだが（三）、それは海上ではまったく役にたたないものでしかないという（七四）。かてくわえて、そこに縫いこまれた小洒落たボタンをからかわれ、ハイランダー号の一等航海士によって、弟は「ボーイ(ボタンズ)」という綽名で馬鹿にもされる（二八）。そうして彼は、このジャケットを「惨めな（miserable）狩猟服」と呼び（七五）、没落名家の末裔たる、おのれの境遇に憐憫する。だがそこには、おのれを憐れむナルシシスティックな衝動にくわえて、その対象を兄の所有物へとずらすことで、すなわち兄の代理人に憐れみを施すことで、壊れつつある自己愛を保護せんとする、そうした無意識も窺われよう。そしてまた、おのれが船上にてからかわれる所以が、おのれだけではなく、兄の代理人にもあるという構図自体も、微妙に重要なのだろう。弟が紡ぐ物語は、直接的、間接的なかたちで、兄から権威を簒奪することを欲望する。

　だからこそ、ハイランダー号上や英国でのさまざまなる異邦体験においても、弟はことあるごとに兄の顔を思い浮かべることになるのだ。往路の海上にて、はじめてクジラをまのあたりにした際、ウェリングブラ・レッドバーンは「クジラだ！　おいおい、クジラが、このウェリングブラのすぐ近くにいるぞ。兄さんは信じるだろうか？」と独りごつ（九六、傍点原文）。兄さんよ、参ったか。ぼくの話はすごいだろう。みんなが経験していないことを、ぼくはこの眼で見ているのだ。父さんと同じ体験をしているのだ。父さんの代わりができるのは、兄さんではなく、このぼくだけなのだ。見慣れぬものをはじめて見たとき、兄は果たして信じるだろうか、そのように鋭く反応するレッドバーンの脳裏をよぎる想いは、たとえばこうしたものであろうか。途方もなく珍奇な出来事は、帰還後に、語り手になる資格をあたえてくれるものなのだ。そのとき弟は、兄を追い落とし、〈父〉の座につくことができるのだ。

　だが、見慣れぬものに出会うなかで、語り手にならんとする彼の念いは裏切られる。はじめて目撃したクジラは、じつのところ、期待を遙かに下回る小物であり、巨鯨（リヴァイアサン）にはほど遠いものであった。それに気づいたレッドバーンは、この失望からたちなおるのに、ずいぶん時間を要することになる（九六）。そしてまた、目的地であるリヴァプールまであと一息のところまできたとき、アイルランドが遠景に眺められる。そのときおのれのなかで育んできた、あるいは育まれてきた異国の像と、実際の姿との差異に幻滅したレッドバーンは、「あれがアイルランドだって？　おいおい、どこにも驚いたり仰天したりするところがないじゃないか。外国というのがあの程度なら、家にいてもおんなじだ」と呟かざるをえない（一二四、傍点原文）。驚くべきほどに不可思議な体験をたずさえて、故郷に凱旋しないかぎり、彼が語り手になることはかなわない。兄を蹴落とすこともあたわない。彼のこの幻滅は、おのれが〈父〉になりえないという失望と、同義のものだといってよい。

　リヴァプールをみても幻滅はつづく。はじめて上陸する異国の風景を、船上から眺める際、ニューヨークのそれとさして変わらぬことに、彼は「苦々しく、悲しい失望」を覚えざるをえない（一二七）。さらに、リヴァプールで知りあった優男（やさおとこ）ハリー・ボルトンにつれられたロンドンで、男娼とおぼしき者たちがうごめく賭博場の一室に、独りのこされるとき、その妖艶なる光景をまのあたりにして混乱した彼は、仮定法のかたちを借りて、兄と友人を想起する。こんなところを見られていたら、「兄であれば、なんといっただろうか。青少年禁酒協会の出納長トム・レグレーは、どう思ったことだろう」（二二九）、と。見慣れぬものにたいするロマンティックな憧憬は、異国の陸で現実に直面する際に、音をたてて崩れゆくのだ。レッドバーンの妄想のなかで、病弱ながらも兄はおそらく威圧的に、このようにいいはなつのだろう。ウェリングブラよ、おまえはここでなにをしているのだ、おまえの旅は、こんなにも馬鹿げたものだったのか、と。あるいは反アルコール主義者の友人が、猜疑の眼差しでみつめている。なんともおまえは堕落したな、そんないかがわしいところに出入りするために、英国くんだりまでいったのか、と。彼の視線は彼の視線でありながらも、彼の視線ではない。故郷にのこる、兄と友人のそれである。異国で見慣れぬものに直面する際も、レッドバーンの能動性は、つねに受動性を孕むのだ。彼を異国への旅に駆りたてた家族幻想が、そうして彼を告発する。あるいは彼の旅が失敗であるという意識を、憧憬にたいする幻滅を、彼のなかに植えつける。

旅路におけるレッドバーンの心の乱れは、超越者たる、内なる父にも向けられる。幻滅をもたらす往路の旅が終わり、憧れのリヴァプールに到着した直後、家族の名を想起させる赤色のシャツと、兄から施しをうけた狩猟服、頭にはおのれが船上で使用した防水帽という、奇妙な組みあわせの衣装をまとい、レッドバーンは街中を散策する。それはむろん、彼の主体が混乱しているさまを告げんとする、記号論的意味合いをともなう旅衣なのだが、その際彼は、往年の父の煌びやかな服装を夢想して、おのれのそれとくらべたうえで、憐憫の情を自身に向ける。

父さんの身なりはまったく違うものだったにちがいない。おそらくは、青のコートにもみ皮のベスト、ヘッシアン・ブーツといった出で立ちだったのではなかろうか。自分の息子が友だちもいない、貧しい見習い水夫として、リヴァプールをおとずれることになるだなんて、父さんほとんど思いもしなかったことだろう。いや、ぼくはまだあのときは生まれていなかった。そうなのだ。父さんがこの敷石を歩いていたときに、ぼくのことを考えることなどなかったのだ。宇宙の人口調査のなかに、ぼくは含まれていなかったのだから。あのとき父さんは、ぼくのことを知らなかったし、見たことも、聞いたこともなかったのだし、夢にみたことすらなかったのだ。こうした想いには、すこし悲しいものがあった。実の親が、かつて自分に一瞥もくれなかったことがたしかであるとするならば、これから先、ぼくはいったいどうなることだろう？　ああ、哀れな、哀れなウェリングブラ！　ぼくはそう思った。おまえはなんとも惨めな（miserable）奴だ！

（一五四）

親に認知されることのない、棄子としての異邦人の孤独感が、彼をしてこのように嘆かせる。父が、父の記憶が、わたしのなかでリアルに生きているにもかかわらず、わ、た、し、の記憶の、なか、の父、の記憶、にわたしがいない。わたしという存在は、わたし自身の家族幻想において、父の承認をうけていない。わたしの記憶に存する内なる他者の眼差しが、わたしのほうに向けられていない。それをわたしの能動的な眼差しが認識するのだ。だからこそ、おのれの受動的な能動幻想を、レッドバーン自身が承認することもあたわないのだ。ここにおいて、彼のなかで、受動と能動がすれちがう。それらが結ぼれることで成立していたレッドバーンの幻想を、同じ幻想が引き裂かんとするのである。かくて、幻想が幻想をついばむかのごとき自虐性に駆られた彼は、おのれのことを、「惨めな」棄子と自己規定する。

だが、父から承認されないという、棄子の宙ぶらりんの感覚は、逆説的なのかもしれぬが、すでにある起源が起源として、棄子によって認知されていることを、その前提としているのだろう。あるいはおのれが起源から切断されたとの認識があるからこそ、起源に固執するのだといってもよい。喪われたものは、喪われたのちにこそ、はじめて感傷の対象となるのだから。だからこそ、旅の営為が幻滅に至る際の、レットバーンによる自己憐憫も、父を起源とした家族幻想の内部にとどまりつづけるのだ。そもそもリヴァプールに上陸したのち、最初の夕食をとるために直行した宿屋「ボルティモア・クリッパー」で、周囲の様子を観察する際、おのれの出自が貴族的であることを無意識的に前提としつつ、眼前にある宿屋の様子と、憧れていた英国の煌びやかな観光名所とのあいだの距離をめぐり、レッドバーンはこのように呟く。「ああ、ウェリングブラよ！　ぼくは思った。おまえが名所見物をするような機会は、まずあろうはずもなかろう。おまえはたんなる貧しい見習い水夫でしかないのだし、女王陛下が貴族の使節団を派遣して、おまえをセントジェイムズ宮殿に招待することなどないのだ」（一三三）、と。彼がみずからにたいして「ウェリングブラよ」と呼びかけるとき、おのれはレッドバーン家のウェリングブラなのだとする自負心が、あるいはそうであることを切望する、感傷的な自意識が、そこに見え隠れするのだろう。そうした彼が、いまここで、英国女王に招待されることもなく、貧しい見習い水夫としてつましき宿屋にあるという状況にたいする嘆きの想いは、あくまで家族幻想に固執する彼の姿を浮き彫りにするのみである。その後、先の自己憐憫を経由したのち、リヴァプールからロンドンに向かうことを思いつくが、金銭的な理由のために諦めざるをえないとの結論に至る際、彼はまたもやみずからを、父の息子、ウェリングブラと位置づける。「ウェリングブラよ、おまえは物乞いなどできないのだ。そんなことはあってはならぬ。ウェリングブラよ、おまえは父さんの息子なのだから。外国で、家族の名誉を傷つけてはならないのだ。乞食に身を落とすことなど、もってのほかだ」（二一二）。レッドバーンはおのれを棄子と位置づけたのちも、「父さんの息子」として、感傷的に嘆きつつ、「家族の名誉」を護らんとする。棄子であるからこそ、壊れかけたおのれの幻想に、感傷的な嘆きを施すことで、棄子としてのトラウマの疵口を舐めるのだ。瘡蓋（かさぶた）のごとき、痛くもむずがゆい疵口を舐めるのだ。トラウマとは、『白鯨』のイシュメールの場合に似て、感傷性を孕む母のごときものでもあるのだから。おのれの家族幻想が崩壊しつつあるからこそ、レッドバーンは感傷性をつうじて、幻想のほころびを覆い隠さんとするのである。

幻想崩壊を前にして、レッドバーンが嘆けばなげくほどに、父をもとめる棄子の在りようが前景化される。あるいは家族幻想がリアルであることを、切に望む者であるからこそ、彼の自己憐憫はふかまってゆく。

3　生贄と供儀

作品に明示されるわけではないが、『レッドバーン』という物語は、おおよそ三部構成の体裁をとっている。第一部は、旅立ちからリヴァプール到着までの往路をめぐるものであり、第二部はハイランダー号がリヴァプールに碇泊する六週間の日々を綴っている。そうして最終の第三部では、リヴァプールから故郷にもどる復路の旅路が紡がれる。レッドバーンがおのれにたいしてナルシシスティックに嘆く姿は、じつのところ、第一部と第二部においてのみ窺われる徴候である。第三部では、そうした憐憫の対象が、彼の分身たるハリー・ボルトンに転移され、平水夫としてのレッドバーンは、物語の前景から後退してゆく。そうした意味で、たしかに彼は乗組みとしてのみならず、語り手としても、独り立ちをはじめてゆく。だがそれは、どうやら不安定な立ち位置において成立するものである。

第一部と第二部におけるレッドバーンの幻滅のなかでも、その最たるものは、おそらくは、かつて父が利用したという、『リヴァプールの風景』と題されたガイドブックにたいするものであろう。すなわちそれは、おのれにたいする失望ではなく、父の代理人にたいする幻滅である。彼は往路の海上にて、父のこの蔵書を綿密なまでに読みこむことで、リヴァプールの街並みに精通したとの確信をいだく。このガイドブックは、かつて父の手によって検証されたものであり、「その信憑性には疑念の余地がない」のだから（一五二）。かくてそれは、記憶に存する父の神聖性に直結するものだといってよい。

だが、リヴァプールに上陸したのちに、父の時代のリヴァプールと、息子の時代のそれは、まったく異なる様相を呈していることが判明する。ガイドブックをつうじて脳裏に描いてきたリヴァプールと、眼前にある風景が、時代の変遷を経た結果、どうにも対応しないのだ。そうして彼は、「父さんを案内したものが、息子を案内できない」さまに直面し（一五七）、憂鬱な気持ちに苛まれる。ここにおいても系譜学上の裂け目がほのめかされる。棄てられし子としてのレッドバーンの自己憐憫にも結ばれるところだ。そしてまた、「これまで頼りきっていた書物」が、幻想のなかで完全無欠と信じきっていた父の道標が、役立たずでしかないことに気づく際、気になる言葉遣いがもちいられる。父のガイドブックは「ほとんど無用の長物」なのだと（一五七）、彼が呟くところである。すなわちレッドバーンは、それが全面的に無用であるとはいわないのだ。むかしながらの旧桟橋が、ガイドブックの説明どおりのこっているだろう、ダービー伯爵の先祖の家が、ガイドブックの説明どおりのこっていることだろう、そう考えるレッドバーンは、ガイドブックの信憑性を、幾度となく探しだそうとして、街中を歩きまわることになる。しかしながら、それらすべてが裏切られ、街の現在が父のガイドブックにある解説と符合することはない（一五七–五九）。それでもなお、ガイドブックの有用性を、彼が全面否定することはない。棄子レッドバーンは、おのれを認知せぬ神聖性を、なんらかのかたちで、聖なるままに保全せんとする。そうしておのれの自己が崩壊するのを堰きとめんとする。

その一方で、レッドバーンが自己憐憫にひたる際に、おのれに修飾させる「惨めな」という形容詞が、兄の狩猟服のみならず、父のガイドブックにたいしても付与される。

五〇歳にもなるガイドブックは、往年の日々においては立派に尽くしたのかもしれないが、現代の人にとっては惨めな（miserable）案内人でしかないと判明するということなど、ぼくの子どもじみた想いには、まったく浮かぶこともなかったのだった。父さんが見たリヴァプールが、父さんの息子、ウェリングブラが向かっているリヴァプールとは、別のところだということを、ぼくはほとんど想像だにしていなかった。こんなことが、ぼくの脳裏をよぎったことなど、一度もなかったのだ。モロッコ皮のガイドブックを、そこに描かれている街並みと結びつけることが習慣化していたために、そこに矛盾があるということを、ぼくが一瞬たりとも考えるようなことはなかったのだった。（一五二）

ふたつのリヴァプール、という喩えをつうじて、ここにおいても父と子の断絶がほのめかされよう。そしてまた、ガイドブックを現在の自身と同じく「惨め」であるとする、レッドバーンの感傷的な心性には、ガイドブックに托された家族の思い出の現在性に、彼がおのれのナルシシズムを投射しようとしている風景も、垣間みえてくるのだろう。だが、現在においては役立たずでしかないガイドブックを、聖なるものとして擁護する、彼の能動的な憐憫には、受動とすれちがうという特性にくわえて、おのれに向ける感傷を、父の聖像にも向けるという構図が窺われる。おのれを憐れむレッドバーンが、兄の狩猟服にたいする営みと同様に、記憶のなかにある父の代理人も憐れもうとするのである。これはいったいどうしたことか。

父の記憶を前にして、レッドバーンはおのれを、慈悲を施す立場に位置づけんとするようなのだ。だからこそ、ガイドブックを「わが家の年老いた召使い」と呼ぶのだ（一五三）。兄を蹴落とすことを欲望するのと同様に、役立たずのものを救済する演技をつうじて、そしてまた、その営みが不首尾に終わるさまを反復することで、救済され、慈悲を施されねばならぬ立場へと、父を追いやらんとするのである。あなたはもはや、〈父〉ではない、と。そのような意味で、レッドバーンは父を「殺める」のだといってよい。それはまるで、わたしを見つめぬ父の記憶を、聖なる祭壇に捧げることで、神聖性を護る演技をしながらも、わたしを棄てた、あるいはわたしの無意識によってわたしを棄てさせた父を、埋葬するかのようである。生贄のように、父の記憶を聖別したうえで、憐れみを施すことで、記憶の父から〈父〉の称号を簒奪せんとするのである。レッドバーンの失望は、たしかにおのれが語り手になりえないとの想いに由来する。だからこそ、〈父〉にたいする失望を綴る語り手になる可能性がのこされているということなのだ。

記憶に生きる家族幻想を想起する際、語り手レッドバーンは頻繁に、留保表現をもちいるクセがある。「ぼくはそのように思いだした」、「回想のなかではこうだった」、そうした言葉遣いが、たびたびみられるところである。レッドバーンは父の像を、記憶のなかの過去のものとして、提示する。だが、そうして原風景を想起する素振りをみせながらも、じつのところ、彼の記憶はあらかじめ、引き裂かれている。それはすでに、物語の冒頭にてほのめかされる。いざ、ハイランダー号に乗り組み、ニューヨークの港をぬけ、大西洋の大海原へと向かう途中、かつて父と伯父とともにおとずれた要塞が、船上から眺められる。そのときレッドバーンは、そこにまつわる思い出を想起する。それはまだ、父が破産する以前のことであった。そうして彼は、このように呟く。「想い起こせば、そこ〔要塞〕は美しいところだった。そしてまた、当時のぼくにはそう思えたのだが、とても素晴らしい、ロマンティックなところであった。ぼくが伯父さんとあそこにいったときのことだ。（中略）あの要塞は美しく、静謐で、魅力的なところだった。（中略）あのときぼくは、とても嬉しかったし、とても幸せだった（後略）」（三五―三六）。ここにおいて、思い出のなかの緑の風景に付せられている、「想い起こせば」、「当時のぼくにはそう思えたのだが」といった、留保を示唆する言葉遣いが、語り手の意識における亀裂を告げていよう。本当に、そこは「美しい」、「魅力的な」楽園だったのだろうか。かつてはそう思えたとか、そのように記憶しているという言葉遣いには、実際のところ、あるいは現在の視線で眺めれば、かならずしもそうではないという、一瞬の逡巡と躊躇が窺われるのだ。おのれは記憶を美化しているにすぎないのだ、と。あるいは美化せんとする欲望が、陰画のごとく、前景化されるのだといってもよい。内在化された過去、あるいは家族の記憶。幻想のなかの父の肖像。それらは偶像、虚像であるやもしれぬことを、わたしはあらかじめ知るのである、と。だからこそ、ほかでもないこのわたしが、それを美化することで、生贄として聖別し、祀るのだ、と。

かくて、見習い水夫たる作中人物レッドバーンのみならず、ときに時間感覚の狂う語り手レッドバーンまでもが、執拗なまでに父のガイドブックを神聖化せんとするのである。父や兄弟姉妹、いとこの書きこみがあるからこそ、それは「貴重な」ものだという（一四三）。そしてまた、父の聖なる記憶を穢さぬために、ガイドブックを剽窃することなど、決してならないのだともいう。

> だめだ！　父の聖なる思い出にかけて、愛すべき家族の追憶にある聖なる秘密にかけて、ぼくはやらない！　無情な世間の冷たい顔を前にして、この年老いたモロッコ皮を、引用したりなどするものか！　老齢のおまえを読み飛ばしたり辱めたりするのは、浅はかな読み手だけなのだから。ぼくはといえば、ガイドブックから剽窃することで、字数稼ぎをしていると、責めたてられることだろう。はなはだしく下劣、卑劣な窃盗行為をしているのだ、と。（二五〇、傍点原文）

種本を横におきつつ筆をすすめるという、いつもながらの執筆スタイルを採りながらも、[6]同時にこうした引用行為を剽窃として批難する言葉を書きつけた作者の心を、ノースウエスタン

＝ニューベリー版『レッドバーン』の編者たちは、「手のこんだ個人的冗談」であると評している（三二九）。しかしながら、ことが神聖性とその幻滅という問題にかかわる以上、たんなる冗句として解することができるほどに、メルヴィルが乾いた想いをいだいていたとは考えづらいのではなかろうか。メルヴィルのこの営みは、きわめて自虐的なパロディであるように、わたしには響いてくるのだ。父の記憶を否定しながらも美化しつつ、そしてまた、感傷的な憐れみを施しつつ、そうして殺めることにより、はじめて棄子は〈父〉になることがかなうのだから。内なる他者を殺めるということは、おのれの一部を殺すことでもあるのだから。そうした不安定な立ち位置と混乱が、そこから生ずる痛みと苦しみと快楽が、父を殺める罪責感が、語り手を自虐にいざなうということである。

　意図的なまでに、過去の幻想を聖別せんとする、レッドバーンの分裂した心性は、たしかに旅のあともつづいている。そこに語り手レッドバーンの不安定な現在が、裏返されてみえてこよう。物語の冒頭において、語り手となったレッドバーンは、このように綴る。「当時のぼくには、世間が一二月のように冷たく、身を切るように冷たくて、一二月の突風のように荒涼としているように思われた。失望した青年ほど、人間嫌いの輩はいない。ぼくはまさしくそのような状態にあったのであり、ぼくの熱い気持ちは、災難に鞭打たれていた。だが、そうした想いは、まだそこから立ちなおっていないからこそ、いまなお充分に痛々しいのだ」（一〇）。旅立ちの前と、帰還後の、わたしのふたつの「失望」は、同じ「失望」でありながらも、異なるそれであるのだろう。「第一の航海」における、幻想崩壊と父殺しという疵口をかかえることでしか、〈父〉になることがかなわない、そうした棄子の「失望」が、レッドバーンのねじれた現在をささえるのだから。

旅から帰還した平水夫は、父のごとく語り手となり、『レッドバーン』を紡いでゆく。そうして物語は教養小説（ビルドゥングスロマーン）としての体をなす。だが、内なる父との同一化をはかるために駆りたてられた、受動的な船旅は、棄子として、棄子の意志で、父を秘めやかに聖別する。そうして語り手となる者は、ねじれたかたちで父を殺め、父の記憶を生贄にする。そのときに、はじめて、新たなる始まりが赦されるのだ。

だからこそ、それを供儀という儀式と呼んでもよい。

第四章　自己という謎　『ピエール』

1　関係性と時間

「おれごときがどれほど鯨を解剖しようとも、うわっつらを撫でているにすぎぬ。おれには鯨のことがわからないのだし、それはこれからも同じだろう」(*Moby-Dick* 三七九)。『白鯨』第八六章「尾」の結びにて、語り手イシュメールがこのように呟くくだりがある。そうして鯨の不可知が告げられる。だが、メルヴィルの小説世界において謎めくものは、鯨だけ、というわけではない。メルヴィルは、しばしば〈他者〉の謎を提示して、作中人物と読み手を曖昧な世界に巻きこんでゆく。果たしてタイピー族は人喰いなのか。バートルビーとは何者か。サン・ドミニク号上にあるベニト・セレノやバボウは、いったいなにを隠すのか。他者の謎を知るときに、自己は謎めく他者を経験する。『タイピー』と「バートルビー」("Bartleby, the

Scrivener" 一八五三年）の語り手たちや、「ベニト・セレノ」（"Benito Cereno" 一八五五年）のアメイサ・デラノ船長は、かくて、訝しげにおのれを省みつつ、このように自問することを余儀なくされる。あるいは余儀なくされるべき状況に陥れられる。わたしはこの他者を経験することで、いったいなにを経験しているのだろう、謎を経験しているこのわたしとは、いったい何者なのだろう、と。そうしてわたしは、わたし自身の謎を知る。自己信頼という神話概念が揺さぶられるのだといってもよい。

自然の謎、神の謎、認識論的限界の極北を究めんとする『白鯨』をものした翌年にあたる一八五二年、メルヴィルは第七作『ピエール』を上梓する。アメリカ北東部の荘園にある、擬似的な姉弟関係を醸しだす母と子が、咽せるほどに濃厚な、自己充足的関係に暮らす風景で、「曖昧なものたち」という副題をもつ物語の幕はあがる。

> 田園の夏には、奇妙な朝がおとずれることがある。そうした日の早朝に、都会からきた旅行者が散歩をしたとすれば、その者は、この緑の黄金世界がもつ、恍惚としたかのごとき（trance-like）様相に驚くことだろう。一輪の花も動かない。樹木はそよぐことを忘却している。草葉は成長することをやめたかのようだ。突然おのれ自身の深遠なる謎を自覚して、黙する以外、この謎からは逃げられないとでも感じているかのように、

あらゆる自然が、この不可思議で名状しがたき静寂のなかに身を投げかけている。(三、傍点引用者)

なにも動かぬ、なにも変わらぬ、静止画のごとき風景である。そしてまた、物語は冒頭から、自然の謎という直喩をつうじて、自己の謎をほのめかす。追って短篇作品「エンカンターダズ」("The Encantadas, or Enchanted Isles" 一八五四年)をめぐり、本書第一〇章にて詳しく指摘することになるが、語源的にいえば、この風景の属性たる「恍惚(trance)」という語には、死へといざなう不吉なニュアンスも包含される。

この風景の領主たる寡婦には、一人息子のピエールがある。その息子には、ルーシー・タータンという金髪碧眼の婚約者がいる。ナルシシスティックな騎士道精神に焦がれる彼にとり、おのれに姉妹のないことだけが、唯一の不満であるという。彼はある晩、母につれられた慈善事業の集いにて、見知らぬ黒髪の乙女と出会い、あまりに昏いその表情に衝撃をうけ、失神した彼女の悲鳴に呪縛される。追って、イザベル・バンフォードと名乗るこの女から、謎めく書簡がとどけられ、彼女こそが亡き父の秘(かく)し子なのだと告げられる。そういわれれば、たしかにピエールの記憶のなかにも、照応しないこともない、心あたりがないこともない。衝動的にピエールは、彼女が紡ぐ物語の信憑性を確信し、イザベルとおのれの一族の名誉を護るため、母を棄て、ルーシーを棄て、イザベルとの偽装結婚に踏みきることを決意する。その後、彼女とデリー・アルヴァーという名の使用人をつれ、ニューヨークに向かったピエールは、世界に福音を説く小説家へと身を転ずるのだが、その一方で、イザベルの生い立ちの真偽にかかわる疑念に囚われはじめ、あるいは彼女の性的魅力に囚われはじめ、狂おしい想いに苛まれる。彼のあとを追いかけてきたルーシーもふくめた異様な三角関係に呑みこまれ、ピエールの精神は、ゆるやかに、壊れてゆく。物語の副題にある「曖昧」とは、謎めく意味の謂いでもあるが、かくて、謎めく他者を経験し、おのれの謎を知ることで、青年ピエールは「曖昧」の海に溺れてゆく。

この物語をアリストテレス的な意味での悲劇と呼ぶことは、おおよそかなうものではない。カタルシスを拒絶する類いの、すべてを消去し、破滅させせんとする圧倒的な動力学が、物語の基底をなしているからだ。主要作中人物のすべてが死をむかえる終局の闇にただようのは、救いなき、無言の静けさのみである。自己の謎、他者の謎、関係性の謎にからめとられた青年の、崩壊劇、破滅劇と呼ぶほうがよい。一般論的にいうならば、人と人との関係は、信と不信のバランスがうまく安定している場合、比較的、長期にわたって持続しうる傾向にあろう。あまりに安易に他者を信頼しすぎれば、自己は他者にふりまわされる危険をおかすことになる。あるいは『詐欺師』の世界と同様に、揶揄されて、騙される。他者が自己の一部と化したのちに、喪われたり、欠けたりすれば、それは自己の一部が喪われることと同義になる。わたしたちは他者との接触をつうじて、いつも、つねに、もう一人の「わたし」に変質する危険をおかしているのだ。その一方で、他者をまったく信じることがかなわなければ、人は「自己消耗する人間嫌い」になるのだと（*Moby-Dick* 四二二）、『白鯨』の語り手イシュメールはいう。他者との関係を築きえない者は、おのれを燃やし尽くすのみなのだ。「人間嫌い」の輩とは、自己と他者とのあいだの空間を空白地帯とすることで、おのれを空白とする者の謂いなのだ。どちらの極に走ろうとも、信も不信も危険な営みなのである。そしてまた、人と人との関係は、時間の流れに影響をうける。時間が流れるにつれて、比喩的な意味であれ、文字どおりの意味であれ、わたしたちは見知らぬもの、〈他者〉と接触し、そうして変容するのだから。それを変身（メタモルフォシス）と呼んでもよい。時間の影響をうける以上、あらゆる関係性が不安定であることは、必定なのだといってもよい。

　しかしながら、冒頭に引いた場面では、時間が完全に停止している。そしてまた、この風景の領主たる、主人公ピエールの母メアリー・グレンディニングも、時間を超えた存在として描かれる。「円熟の年齢にありながらも、奇跡的なことに、いまなお薔薇の赤みが彼女の頬にはりついていた。しなやかな腰つきのラインが完全にたるんでいるわけではないし、なめらかな額が皺になっているということもない。その瞳から、ダイヤモンドの輝きが喪われたというのでもない」(四)、と。永遠の若さが夫人から喪われたわけではないという、三人称の語り手による二重否定の文体が、時間をわすれた風景と、その領主に向けられる、かすかなるアイロニーをほのめかすのだろう。恣意的に、グレンディニング夫人は時間の流れを抑圧する人なのだ、と。かててくわえて夫人には、「不死(amaranthineness)」の属性もあたえられ、「歳月の流れを気にもとめない」人物であると告げられもする(五)。

時間を抑圧するのみならず、必然的にそこにともなうはずである、関係性の変質も、夫人の世界では赦されない。それが彼女の掟なのだといってよい。だからこそ、息子ピエールの気高き成長が望まれる一方で、母と息子の関係性が変質することは容認されぬ。「あの子がわたしにとって変わることがありませんように。可愛い未来のお嫁さんが、わたしとあの子の仲を裂くことがありませんように」。母はそのように欲望するのだ。息子の婚約者ルーシーが、おのれの空間に参入することを赦す所以は、ルーシーがきわめて「従順」であり(二〇)、すなわちおのれに影響をおよぼしうる類いの潜在力をもたないからである。息子が世間にとって英雄であり、かつ、おのれには従順であるよう要求することに、「きわめて奇妙な矛盾」があることも(二〇)、たしかに夫人は気づいている。だがそれを、深刻にうけとめることはない。無意識のなかでピエールのことを、幼児(おさなご)のごとくみなしているからである。無時間の人、メアリー・グレンディニングにとって、サドル・メドウズにおける関係性は、永遠に固定されねばならないのだ。そしてまた、息子がそれに抗うこともない。ピエール自身、幼児のごとく母にしがみつき、おのれと母との関係を、排他的に捉えている。寡婦たる母にほかの男が求婚でもしようものならば、冥府の代理人にはたらきかけて、なんぴとたりとも即座に抹殺することになるだろう(五)。息子はそのように嘯くのだから。かくて、冒頭に引いた風景は、わたしという謎にくわえ、母と子が相互に依存するような、時間をもたぬ、固定化された関係性を象徴するのだといってよい。

物語にはもう一人、時間の影響をうけぬ作中人物がある。ピエールの異母姉とおぼしきイザベルのことである。彼女もまた、「永遠の若さ」という属性をあたえられており(一四〇)、メアリー・グレンディニングの場合と同様に、時間の外部にいる存在だとされる。だが、イザベルの特性は、それだけにはとどまらぬ。この者がもつ「歴史的(ヒストリック)」な相貌が(四三)、ピエールをして、おおいに戸惑わせるのだから。そうしてイザベルの「いにしえの」顔つきが(四七)、ピエールの記憶に刻印されるのだから。マイケル・ポール・ロギン(Michael Paul Rogin)に拠れば、作者メルヴィルの実人生においても、物語としての『ピエール』においても、イザベルには生きた歴史がないのだという。彼女はグレンディニング一族が開花させることを赦さなかった、土中に埋められ芽吹くこともない、昏い過去なのだ、と(Rogin 一六六―一六七)。ロギンによるこの指摘は、ピエール・グレンディニングの父親と同様に、ハーマン・

メルヴィルの実父アランに秘し子がいた可能性を踏まえたものなのだが（Young 二七–五四、Robertson-Lorant, *Melville* 一〇、五七、Parker, *Herman Melville*, Vol. 1 六三–六五）、かくてピエールにとり、イザベルという存在が具現化するものとは、二人が知りえなかったグレンディニング家の秘された性、姦通という過去の闇のことになる。ブライアン・ヒギンズ（Brian Higgins）とハーシェル・パーカー（Hershel Parker）が指摘するように、イザベルがピエールの無意識を反映した存在であるとするならば（Higgins 二四八）、それはすなわち、グレンディニング家の過去にたいする、ピエールの罪意識を投射した姿ということにもなる。イザベルは、父の姦通から生まれ、そして棄てられし子であるやもしれぬのだから。そしてまた、ピエールはあらかじめ、おのれに姉妹が欠落していることを嘆く、擬似的騎士道精神ももちあわせる（七）。だからこそ、父の秘し子とされる乙女にたいして、彼のナルシシズムが起動する。したがって、イザベルという存在が、ピエールを破局的終末へとみちびくのであれば、イザベルにたいするナルシスティックな自己投射には、ピエール自身の死への欲動が深くかかわることになろう。総じていえば、おのれだけでは実際のところかなわない、おのれをふくむ一族の瓦解へと接続する経験まで、一挙に跳躍するために、ピエールはイザベルを必要とするのである。そのような意味で、イザベルは、ピエールなのだといってよい。メアリーとイザベルは、ともに時間の流れに影響をうけることがないのだが、前者がピエールを抑制する永遠の現在を表象しているとするならば、後者はそれによって抑圧され、流れることを堰きとめられた、永遠の過去という無時間に結ぼれる。

しかしながら『ピエール』にも、時間が流れることになる。ピエールがイザベルと出逢った直後から、物語は地上の時間を前景化させる。それはイザベルとの最初の面会を終えて帰宅するピエールが、真夜中を告げる村の鐘の音をきく瞬間からはじまる（一二九）。屋敷にもどり、ベッドに倒れこんだ彼は、目覚まし時計を調節し、明朝五時に、アラームの針をあわせる（一二九）。その後、それを七時にあらため、そうしてピエールは、七時に着替えをすますのだという（一二九）。再度の面会が終わったのち、ピエールがイザベルを認知したことを綴る際、物語の語り手は、時間の流れを強調しつつ、四八時間以上の時間が流れた事実を、わざわざ告げんともする（一七〇）。ピエールが謎めくイザベルとの関係をもつやいなや、あたかも堰をきったかのように、こうして地上の時間が流れるさまを、物語はひと息に紡ぎだす。

時間が流れだすことで、現在は過去色に染めあげられ、あるいは過去が現在に押しよせてくる。それはすなわち、固定化されていた関係性が、変容をはじめるということでもある。『ピエール』の語り手は、おのれの物語（ストーリー）を「歴史（ヒストリー）」とも呼ぶが（五四）、それはグレンディニング一族の歴史をめぐる意味合いであるとともに、「歴史的」な相貌をもつ、イザベルの物語でもあることを、そして流れる時間にかかわる語り手の自意識を、浮き彫りにするのだろう。二度目の面会の合間に、赦されぬ私生児を孕んだデリー・アルヴァーの、苦悩にみちた足音が、階上から、ピエールの耳にとどけられる。それはまるで、チク、タク、チク、タクと響きわたる、アナログ時計の秒針音のようなのだ。そうして彼は、このように呟く。「彼女の足音一つひとつが、おれの魂を踏みつける」のだ（一五六）、と。

時間が流れはじめるとともに、かくて青年ピエールは、永遠の現在から目を覚ます。

2　引き裂かれた自己

「物事とは本質的に、移ろいやすいものである」（六八）。物語の三人称的語り手は、このような一般論を提示することで、父の肖像を絶対的に神格化するピエールに向けて警告を発するとともに、彼の変身を予告もする。しかしながら、イザベルに出逢う以前、母の無時間に抱擁される息子は、関係性の「移ろいやすさ」に無自覚である。だからこそ、無邪気に戯れつつ、使用人デイツを「ぼくの仲間」と呼び（一八）、あたかも使用人がおのれの親友であるかのごとく振る舞うのだ。むろんそれは、当人からすれば、たんなる戯れ言にすぎないのだが、しかしながらピエールの意識下には、こうした些細な冗談が、彼らの主従関係を崩すことなどありえない、そうした判断がはたらいている。それもたしかなことである。

だが、こうしたたわいない冗句ですら、関係性を転覆する力を内包することを知る者がある。かくて、「不死」の人、メアリー・グレンディニング夫人は、「使用人とつきあう際に、礼儀作法の限度をわきまえないで浮かれ騒ぐのはやめてちょうだい。何回お願いすればおわかりいただけるの」と（一八）、息子を諫めんとする。グレンディニング夫人は荘園の領主として、時間が流れ、関係性が変化することで生じうる、ヒエラルキーの変質、あるいは転覆を怖れるのだ。彼女はまた、表層が、みてくれが、記号として、おおきな影響力をおよぼすことも知っている。だからこそ、「自発的な」格率に基づいて（一五）、子の眼前であろうとも、おのれの身だしなみに細心の注意を払うことを常とする。時間を抑圧する人は、関係性の固定化をはからんとする者の謂いなのだから。

ピエールは、第四の書「回顧」に至り、はじめて関係性の「移ろいやすさ」に面することになる。イザベルから送られてきた、二人が異母姉弟の関係にあることを示唆する書簡を読んだ直後のピエールの反応は、一般論のかたちを借りて、次のように紡がれる。歳月が流れるにつれて、「かつて全面的に崇敬していた父の人格に、かすかなしみとひびがあることに、子は気づく、あるいは自分が気づいたのだと、おぼろげながらに思うものである」（六八）、と。そうして青年ピエールは、譫妄状態で死の床に横たわる父が、存在しないはずである、おのが娘にかたりかけんとした姿を「おぼろげ」に想起することで（七〇‐七一）、記憶における父との親密な関係が、崩壊しうる可能性に気づきはじめる。母によって記憶の奥底に抑圧された、父の肖像画をめぐるエピソードも想起される（七四‐八二）。そうして過去が現在に流れこむのだ。時間が流れだしたとき、ピエールは新しい現在の視点から、新たに過去の時間をふりかえり、記憶を再構築せんとするのだといってもよい。

時間の流れは、現在における母との関係性も変質させる。だからこそ、母メアリーが、おのれの趣向や好みにあうような、父の似姿しか想起しようとしないことに、子は気づく（九〇）。イザベルから手紙をうけとったことを秘匿することで、二人の関係にひびが入りはじめ（九五‐九六）、母親との関係も、「移ろいやすい」ものでしかなく、母親の立ち居振る舞いが恣意的であることを、子は認識するに至る。そうして彼は、祖父の栄光を背負う称号たるサドル・メドウズという空間にある、永遠の現在から目覚めることで、父母との関係性を変容させ、おのれ自身も変身する。

自己とは他者の承認をつうじて主体概念を構築するものである以上、自身のメタモルフォシスを知覚するためにも、自己は他者の視線を必要とするのだろう。かくて、ピエール・グレンディニングは、おのれの変身の在りようを、母の眼差しをつうじて認識する。「彼は母親に挨拶したが、母は厳粛に、だが警戒しつつ眼差しを向け、それから突然、狼狽し、それをうまく隠しとおせないまま、彼を見つめた。そのとき彼は、自分が驚くほどに変わったことを悟ったのだった」（二二九）。語り手に拠れば、変化したのはピエールではなく、母の眼差しのほうだという。だが、これらふたつは異なるものでありながらも、主体概念が形成ないしは崩壊する過程にあっては、同じものだといってよい。あるいは彼は、鏡という外部に投射された、おのれの相貌を見ることで、見られる自分が変化したことを認知する。「ピエールは（中略）反対側の鏡に映る人物の姿を見つめた。それはピエールの輪郭を帯びてはいたが、顔立ちが奇妙なほどに変形しており、彼にとっても見慣れないものであった」（六二）。イザベルという謎を経験することで、おのれが謎めくものへと変容したことを、こうして外部の眼差しが、ピエールに告知するのである。

だが、いそいで付言せねばならないのだが、変身したとはいえ、ピエールのすべてが変容したということではない。あるいはイザベルがピエールであるといったところで、それはピエールがイザベルであることを意味するわけではない。メタモルフォシスを経由したのちも、過去化されたはずであるサドル・メドウズが、新たなるおのれをささえていることに、ピエールは気づくのだから。ニューヨークに舞台をうつす、物語の後半部にあっても、彼がサドル・メドウズ幻想のすべてを棄て去ることはあたわないのだ。だからこそ、母の死を耳にした際、強迫観念に囚われつつ、ピエールは血族の概念を反復する。「親を喪った心痛のあまりに、彼は嘆き悲しみ、譫言をいった。その者の瞳は、血のつながりがない（unrelated）雇われ者の手によって閉じられたのだ。だが、血がつながっている（related）息子の手によって、その者の心は壊され、その者の理性そのものも崩壊させられたのだ」（二八五－八六、傍点引用者）。かつての婚約者ルーシーのことを、ピエールが記憶から消去することはあたわない、物語の語り手はそのように強調もする（三〇八）。切断したはずの血縁と、過去における関係性が、ピエールの現在にとどまりつづけるからである。かつての関係性を切断したのちに、新たなる関係性を構築したところで、断ち切られた関係性は、欠損という存在として、不在の痕跡として、影として、新たなる過去として、新たなる現在にとどまりつづけるということである。

そしてまた、ことは痕跡だけの問題でもない。神格化された父や祖父の像を内在化することで、時間が流れはじめる以前のピエールの主体は成立していた。記憶に存する父の姿は、「ピエールが妄信的に、人間の完全なる善性と美徳を体現すると信ずる姿」なのであり（六八）、祖父は「彼の神に似つかわしい肖像」なのだから（三〇）。だからこそ、主体が変容するときですら、じつのところ、これら系譜学上の存在が、ピエールの衝動をささえている。真の紳士たるべき、次のような父の訓（おし）えが、若きピエールがもくろむイザベル救済という衝動に、あらかじめ、根拠をあたえてくれている。

原始的本能に基づく優しさと、黄金色に輝く宗教的博愛精神が、人格のすべての組織にあますことなく浸透した結果として、紳士であると自称する者が、当然のように、従順ではあるが王侯のごときキリスト者的品性を身にまとうことができるようになる、ということでもないならば、いかなる紳士の品格も空疎でしかないし、おのれが紳士であると称することですら、すべて馬鹿げた滑稽なものなのだ。(六)

ピエールがイザベルとの関係の「内実」を、母メアリー告げることをせず、結果的に騙すに至る所以は、父がいうところの「紳士」として、母と一族の名誉を慮るからである。善意がたんなる観念にとどまるならば、「黄金色に輝く宗教的博愛精神」を体現した紳士たることはあたわない。独立戦争時の、死をも怖れぬ勇敢な英雄として、父母両系の祖父たちの武勇譚を空気のように吸いこみ、自尊心と自己愛を育んできたピエールにとって(五-六)、理念だけでなく、行動の人でもなければならないとの強迫観念は、いともたやすく内在化される。だからこそ、ピエールは、「あらゆる黙想には価値がない、それが行為を促さないのであれば」と叫ぶのである(一六九)。父の格率と、祖父たちの英雄伝説による命に基づき、紳士として、従順なる博愛主義的キリスト者として、弱き者を護らねばならぬ。それを行為で示さねばならぬ。ナルシシスティックな騎士道精神にくわえ、サドル・メドウズの無時間的風景のなかで刷りこまれた、こうした倫理的基盤が、イザベルを救済せんとするピエールの直観的衝動を、ささえているということなのだ。だからこそ、ことは錯綜してくる。刷りこまれた倫理が、ピエールをして、おのれをささえてきた空間を崩壊させ、おのれに変身するよう命ずるのだから。永遠の現在のなかで構築された規範が、その起源たる聖像そのものを、破壊するよう指令するのだから。ピエールは、おのれの系譜によって刷りこまれた強迫観念をつうじて、おのれの系譜そのものを否定するのである。ここにおいて、ウェリングブラ・レッドバーンの旅立ちにも似た、受動的であり能動的でもある、そしてまた、内在論的矛盾も孕む、破壊衝動の動力学が成立する。あるいはこうした倒錯をともなうからこそ、崩壊をもくろむピエールの無意識が、イザベルを必要とするのだといってもよい。そうした意味で、否定したはずの系譜学が、依然として彼の現在に生きているのだといってもよい。ここにこそ、ピエールがおのれと一族を破滅にみちびく衝動の、原風景的基盤があるのだ。だからこそ、ピエールの新たなる自己と新たなる現在は引き裂かれるのだ。

　捕囚されたかのような耐えがたき苦難にあるとき、その者にとって「もっとも賢明なのは、永遠に自分から引き離された、最愛の対象の幻影を、あらんかぎりの方法をもちいて、記憶から追い払うことである」。物語の語り手は、このような一般論を口にする。だが同時に、「このような自殺にひとしい忘却は、実際上、不可能である」と付言もする（三〇七）。喪われたルーシーの痕跡にたいするピエールの苦悶をほのめかす、語り手によるこの一般論を、一般論として読むことは、むろん可能であるのだろう。棄てたはずの過去の記憶を消し去ることとは、自死のようなものなのだ、と。モービー・ディックにたいするエイハブの復讐と同様に、死するまで、ピエールのメタモルフォシスが完成することなどないのだ、と。だからこそ、福音を告げる書をものす営みに没頭しながらも、彼はつねに、「転移の一段階にある」のみなのだ（二八三）、と。

3　詐欺師ピエール

ピエールは、消去しえない記憶の痕跡に悶え苦しむ。孤児イザベルは、記憶の欠損という痕跡に嘆き苦しむ。前者が系譜学上の関係性を棄てられない一方で、父を知らぬ私生児たる後者は、おのれの人生に母親も欠けているさまを、あからさまに告げんとする。「わたしは人間の母親を知らなかった。（中略）ねえ、ピエール、いま貴方に話しかけているこの唇は、女の乳房に触れたことがないの。自分が女から生まれたような気がしないのよ」（一一四）、と。おのれが関係性の概念に囚われるからこそ、ピエールはこのようなイザベルの孤児的様相を怖れるのだといってよい。だからこそ、イザベルからとどいた書簡を読了した直後、ピエールは次のように叫ぶのである。「ぼくはぼくがイザベルのものだと、ここで誓おう。ああ、哀れなる見棄てられし乙女（poor castaway girl）よ。ぼくが喜びのために吸いこんでいただけでしかない空気を、きみは孤独と苦悩のなかで、久しく吸っていたにちがいない」（六六、傍点引用者）。この言葉は、彼生来の騎士道的資質にくわえて、棄子の文脈においても了解されねばならないのだろう。

『ピエール』批評史において、ピエールがイザベルにたいしていだく、近親相姦的欲望の主題は、頻繁に議論されてきたところである。たしかにそれはそのとおりであり、追って触れるように、性の主題は地上の人たるピエールの混乱を、いっそう混乱させる類いの、重要な要因のひとつである。だが、イザベルが孤児である様相も、同じ程度に重要なはずだ。前者が主としてニューヨークに舞台をうつした、物語の後半部に窺われる特性であるのにたいして、後者は主としてサドル・メドウズにおけるイザベルの在りように前景化される。そうした物語構造上の対照性を、ここで想起してもよい。そもそもイザベル自身が、おのれの孤独を強調することで、ピエールの情に訴えんとするのだが（六四）、それ以前、二人の出逢いのはじまりから、ピエールは彼女の「歴史的」で「愛らしい」相貌にくわえて、孤児のごときそれにも鋭（すすど）く反応する。「不可思議なまでの愛らしさ、そして遙かにもっと不可思議なまでの物寂しさが、名状しがたい懇願の顔つきで、以後、いにしえのものとなる顔から、彼のほうを仰ぎみていたのであった」(四六-四七、傍点引用者)。二〇世紀の精神分析学に先んずるかのごとく、物語の語り手は、「人は自分が以前理解していたものしか理解できないものである」という一般論を展開するが(二〇九)[7]、かくて、イザベルの孤児的様相に過剰反応するピエールの在りようには、自身の孤独、関係性の欠落にたいする恐怖心が、その反動的な動力学が、窺われるのだといってよい。デリー・アルヴァーにたいして、尋常ではないほどに世話をやくピエールの姿にも、同じ心の動きが窺えよう。彼女もまた、もう一人の棄てられし者なのだから。ピエールは、哲学的小冊子「標準時計時間（クロノメトリカルズ）と現地時計時間（ホロロジカルズ）」の著者プロタイナス・プリンリモンによる論説を、「超越主義的乾布摩擦の哲学」だとして忌み嫌うのだが(二九五)、そのプリンリモンの容姿は、「家族をもたず、一切の血縁もない」(二九〇)、地上の関係性を超越するかのごとき人物として、ピエールの瞳に映しだされるのだという。だが、この種の関係性こそが、彼をしてもがき苦しめるものなのだ。ピエールは、あまりにも関係性に囚われる人でありすぎるのだ。地上の人でありすぎるのだ。

　しかしながら地上の人は、関係性に囚われるからこそ、その反動に駆りたてられる。「天与の霊感」(二〇五)に鼓舞されて、「崇高なる自己放棄的犠牲者」(一七三)として、孤児たる異母姉の孤独を癒し、運命を共有することを決意する。おのれを一族の聖なる犠牲者とみなすのである。それゆえに、血縁関係を切断し、比喩的な意味での「孤児」にならんと心に決める。「義務にたいする狂信者のなかに、神の子キリストが生まれたのだ。その者は、現世の親をもつことを認めず、あらゆる現世の絆を拒絶し、断ち切るのだ」（一〇六）、と。ニューヨークにある使徒教会でピエールを受け容れる幼馴染みチャーリー・ミルソープも、地上における血縁の切断を称え、このようにピエールにかたりかける。「偉人はみんな独身者だろう。彼らの家族は宇宙（ユニバース）なんだ」（二八一）、と。それはすなわち、「偉人」は地上の家族をもつことをせぬ、普遍的（ユニバーサル）な親であり、普遍的な子なのだということである。だからこそ、ピエールが血の結ばれを犠牲にし、孤児にならんとする営みは、キリストに近づくそれに向かうことになる。[8]「神の子キリスト」として、サドル・メドウズを立ち去る前に、彼は父の肖像画と家族の手紙を燃やし、「すべては灰と化した！　これからは、棄てられし者ピエールに、父はない、過去もない」と呟くのである（一九八―九九）。かつての至福の日々は、忘れ去られねばならない。「崇高なる自己放棄的犠牲者」であるために、彼は「現世の絆」を切り棄てなければならぬのだ。そしてまた、「貴方がわたくしのお母さま、わたくしのお兄さま、世界のすべて、天のすべてなのです、貴方がわたくしにとっての宇宙なのです」（三一一）、ニューヨークにあるピエールに宛てた書簡にそう綴るルーシーも、ピエールをキリストにみたてるかのごとく、母を棄て、血縁を断つことで、彼のあとを追いかける。そうして彼女は、現世の母親に廃嫡される

(三二九)。

『白鯨』におけるエイハブとモービー・ディック、あるいは『ビリー・バッド』におけるビリーとクラガートの関係に似て、ニューヨークにうつったのちも、それを磁石的と呼んでもよいような、イザベルとのわかちがたき結ぼれのなかで、ピエールは疲労困憊し、混乱のあまりにこのように絶叫する。「これ以上、ぼくのことを弟とは呼ばないでくれ！（中略）ぼくはピエールであって、きみはイザベルで、一般の人間社会における広い意味での姉弟なのだ」(二七三)。そうしてピエールは、おのれをグレンディニング家の系譜外に位置づけることをほのめかす。イザベルとの血縁関係の蓋然性ですら、間接的に拒絶もする。二人は普遍的な姉弟なのだ、と。あるいはそのように位置づけたいという陰の欲望を吐露するのである。地上の系譜学から離脱するということだ。ピエールがここにおいてもほのめかすのは、おのれが孤児キリストとしてたちあがることにかかわる再度の意志表明なのであり、錯綜する過去の痕跡を切断せんとする、かなわぬ叫びなのである。むろんそこには、おのれに存する肉の欲望を抑圧せんとする無意識も見え隠れしようが、それをキリスト像という誇大妄想の衣装でくるみつつ、先の引用の直後、ピエールは「新たに世界に福音を説いてみせよう」と口にもする(二七三)。

しかしながら、先にも述べたように、ピエールにとってサドル・メドウズにおける記憶を忘却することは、「実際上、不可能」である。過去を切り棄てることなどかなわないのだ。キリストとは異なって、孤児になるべく、「すべての人間との絆」を切断することはあたわないのだ。肉の欲望を棄て、天上に舞いあがるには、ピエールは、あまりにも系譜学に囚われすぎているのだから。イザベルと出逢うことで、ピエールが本来的に指向すべき方向とは、隠されてきた一族の過去と向きあい、地上の人として、秘められた生と性を秘めやかに生きることにあったのだろう。千石英世の言葉を借りれば、「外なる秘密をわがものとすることによって、内部の秘密の生を生きる」ことにあるのだ（千石 二〇〇〇）。だが彼は、分裂した心性ゆえに、故郷を棄てる。あるいは性の深みに呑まれることから遁走するために、天上に向けて飛翔せんとする。「天与の霊感」に突き動かされた、ピエールの聖なる行動は、そうして俗なる側面を帯びることになる。

ニューヨークにおいて、作家ピエールは「新たに世界に福音を説く」ために作品を書く。それはピエールからすれば、聖なる行動の一形態なのだが、その際彼は、匿名という仮面をかぶらず、若くして、甘美で情緒的な詩人として、熱狂的な称賛を得てしまったおのれの過去を、次のように悔やむ。

こうした一連の思考の流れは、著述業における匿名という主題にかんする種々の考察へと、最終的には帰結した。文学のキャリアをはじめるにあたり、仮面をかぶることをせずにいたおのれを、彼は悔やんだ。いまとなってはもう遅すぎるのだろう。すでに彼の名前は全宇宙に知れわたっているのだから、いまさら頭巾で顔を隠すようなことをしても、詮はない。（二四九）

仮面というモチーフには、他者によっておのれが見透かされることをふせぐという、ある種の防衛機制がはたらいている。匿名という手法も、無防備に世俗の眼差しにさらされることを怖れるような、自己防衛的本能に連動しよう。聖なる者であるために、ピエールは地上の出版者や読み手の視線から、おのれを護っておかねばならなかった、俗受けする類いを実名で書くべきではなかった、俗世との絆を断っておかねばならなかったのだ。ピエールはそのように悔恨する。

だが、自己防衛のために仮面とかぶるという概念は、作家ピエールだけのものでもない。ピエールとイザベルは、ニューヨークに逃避したのち、夫と妻という、夫婦のふりをする。のちにルーシーが彼らとともに暮らすために、かつてピエールと婚約関係にあったことをひた隠し、従妹のふりをしてやってくる。さもなくば、イザベルの嫉妬が彼女を受け容れないからである。かくて、内実と表層とのあいだの亀裂が、物語が終盤に向かうにつれて、ますます顕わになってゆく。仮面をかぶるという営みは、地上におけるピエールの世界を、彼が意図するものとは異なる方向にみちびくのだ。詐欺という仮面が、棄子ピエールのあらゆる関係性の絆にまとわりつくのだ。ピエールに遺されるべき、グレンディニング家の遺産を代わりに相続し、ルーシーにたいして求婚もしたという、従兄グレンにたいして、ピエール自身が「詐欺師」呼ばわりするのだから（二八九）。かりにイザベルがピエールに虚偽の血縁関係をほのめかしているとするならば、イザベルもまた詐欺師となる。作家ピエールがニューヨークにて、「新たに世界に福音を説く」べく小説を執筆する際、がらりと作風を変えたピエールのことを、版元が「ペテン師」と決めつける（三五六）。彼はルーシーの兄フレデリックとグレンから、「嘘つき」であると糾弾されるが（三五七）、じつのところピエールは、たしかに「嘘つき」であるといってよい。ルーシーがかつて自身の婚約者であったことを、イザベルの嫉妬を前にひた隠すからだ。あるいはイザベルが異母姉である可能性を、ピエールはルーシーに秘匿する。『ピエール』の後半部、ニューヨーク・セクションは、『詐欺師ピエール』と題してもよいほどに、こうして詐欺師たちの楽園となるのである。サドル・メドウズを立ち去る際、イザベルと結婚するというおのれのふりを、ピエールは「敬虔なる詐欺行為」（一七三）と呼ぶのだが、それは偽装結婚こそが、イザベルを孤独から救出し、かつグレンディニング家を姦通という不名誉から救済する、唯一の手段と判断したからである。かくて、ピエールはイザベルに、「全面的にぼくら自身に関係する事柄において、きみとぼくとでほかの人たちを騙すということは、彼らとぼくらの、お互いのためなのだ」と告げる（一九〇）。すなわち彼は、「敬虔」であるために、聖なる詐欺師にならんとするということである。あるいはそのような順序のはずであった。しかしながら、彼の「敬虔」という天上に向かう動機は、物語の前景から後退してゆく。そうして地上のピエールは、詐欺師との絆に結ぼれる。ニューヨークに遁走したピエールの関係性に敬虔はなく、おのれが詐欺師にかこまれていることを知るのみなのだ。おのれが詐欺師であるとの承認を、他者からうけるのみなのだ。かくて、ピエールのあらゆる関係性の相貌は、ピエールの心的現実から乖離する。彼が軽視してきた、だが、母メアリーは警戒してきたみてくれが、彼の心的現実を呑みこみ、転覆させるのである。そうして捨て鉢となったピエールは、自身の「敬虔」な作品を、詐欺師のものであると呼び、そこに釘を打ちこんで、絶望のあまり唾を吐きかける。「こんなペテン師の、こんな偽金づくりの書物」など（三五七）、もはやどうでもよいのだ、と。

物語の最終盤、グレンを射殺することで、ピエールはおのれの手によって、グレンディニング一族最後の継嗣を土中に埋める。そうして一族の歴史、地上の時間を堰きとめることで、おのれの無意識に存する一族の罪意識を贖うのであろう。そもそも彼が、自身をキリストにみたて、棄子として、「自己放棄的犠牲者」として、天上に羽ばたかんとする衝動の背後に、孤児のみならず、贖罪者としての、イエス・キリストとおのれをかさねんとする無意識的欲望を読みとることも、さして難しくはないはずだ。そのような意味で、棄子になることはできないにせよ、たしかにピエールは贖罪をかなえるのだといってもよい。それほどまでに、天上と地上のあいだで引き裂かれるのだといってもよい。収容された牢獄にて、イザベルとピエールが姉弟関係にある可能性を知り、衝撃のあまりに息絶えたルーシーのあとを追うかのように、ピエールはイザベルがひそやかにもつ毒物を服用し、自死を遂げる。だが、世界が詐欺師の楽園であるからこそ、仮面のそれであるからこそ、ピエールの心的現実を知る者は誰もない。かくて、ピエールの亡骸をかかえた分身イザベルが、牢獄におしかけてきたフレデリックとミルソープにたいして、「なにもかもが終わった。されど、貴方がたは彼の人のことをなにもわかっておらぬ！」と叫び（三六二）、服毒自殺を遂げる。そうしてグレンディニング一族の血縁者すべてが地上から姿を消し、物語は激烈に、陰惨に、暗闇のなかで閉じられる。

関係性の謎に呑みこまれ、現在と過去に引き裂かれ、天と地に、聖と性に引き裂かれたピエールは、それぞれの極に走ることで、それぞれの極と激しく衝突する。その際に生ずる強烈な反撥の動力学が、ピエールの主体を瓦解させる。そこにこそ、『ピエール』という物語がもつ、圧倒的でありかつ虚無的でもあるエネルギーが、ある。ピエールが自覚しえぬ罪責感、あるいは破滅に向かう欲望は、謎として、イザベルの肖像に投射される。それはすなわち自己の謎のことである。いまわの際に、イザベルが手許からすべり落とす、毒物用の空の小壜は、「尽きた砂時計」のようだという（三六二）。かくて、地上時間の運動は、もう一人のピエールたるイザベルの死とともに、ふたたび停止する。イザベルが埋められていたような、無時間という土中のごとき暗闇が、そうして歴史と世界を覆い尽くす。

第五章　狂気の鏡　『詐欺師』

1　不信という病い

万愚節の夜明けとともに、セントルイスの河岸に、一人の男が「降臨（アドヴェント）」する（一）。クリーム色の服を身にまとい、羊毛の帽子をかぶったこの聾唖の男は、語り手によって、「言葉の究極的な意味での他所者（ストレンジャー）」であると称される（三）。この外部の者を皮切りに、おそらくは同一人物ではないかと推察される、だがそれは、あくまで推測の域をこえない推察なのだが、都合八人の詐欺師が、ミシシッピ河をニューオーリンズに向けてくだる忠誠（フィディーリ）号の船上にて、いれかわり、たちかわり、乗客の信頼心をうばいつつ、金品をせしめる。一八五七年四月一日に刊行された、作者の生前最後の長篇作品『詐欺師』は、枠組みからして読み手を煙に巻くかのような、面妖なる詐欺小説である。

奇妙というか、異様というか、忠誠という名をあたえられた蒸気船の舞台上で繰りひろげられるこの仮装劇には、じつのところ頻繁に、身体的、精神的に「病む」者がたちあらわれる。不具の片脚で犬のようにおどけ、乗客の同情を請うホームレスの黒人ブラック・ギニアのみならず（一〇）、彼の詐欺行為を最初に見破る男も義足をひきずっている（一一）。老守銭奴は肺病を患い咳きこみつづけ（七三）、助けてくれる友人をもたぬために、ブラックウェルズ島に収容された過去をもつトマス・フライは、そこで骨を痛めた結果、いまでは両脚が麻痺したままであるという（九六）[9]。

身体上の病いに苦しむ者のみならず、精神の疾患をめぐる語彙で修飾される人物にも、物語はこと欠かない。喪章の男は不幸のあまりに頭が「割れて」（四六）、脳と記憶がいかれたのだろうと綴られる。一九世紀アメリカの精神医学言説に拠れば、過度の不運やストレスが、脳を損傷し、「狂気」を出来させると考えられていた（Rothman 一一〇-一六）。したがって、喪章の男は精神錯乱に準ずるものとして、ここで提示されているといえよう。秘めやかに、若い男の肉体に触れる性癖をもつ女性ゴネリルには、青い粘土をかじるクセもあるとされるが（五一）、当時、この行為は精神病患者の症状であるとする言説が、一般的であった（Franklin 八三）。だからこそ、ゴネリルの夫を自称する喪章の男は、彼女が精神錯乱の状態にあるとして、訴訟をおこし、おのれと子どもを彼女から隔離させようとしたという。しかしながら、逆にゴネリルから、おのれが「心神喪失（lunatic）」にあるとの嫌疑をかけられ（六三）、町を去らざるをえなくなったという。薬草医に殴りかかる大男の顔色は、「心気症的躁病のせいで、青ざめた癲癇患者のよう」だとされ（八八）、友人オーチスから借金したために、莫大な負債をかかえこんだチャイナ・アスターは、物語内物語の枠組みで、精神錯乱のうちに死に至るとされる等（二一八）、その他枚挙にいとまがない。

精神の病いをめぐる語彙のなかで、「狂気（madness）」も頻繁にもちいられる用語である。詐欺師最後の仮装コズモポリタンの口からかたられるチャールモントという人物は、「狂人紳士（the gentleman-madman）」と呼ばれたりもする（一八一）。チャールモントとは、セントルイスに住むフランス系の若い商人の名前であり、彼は知性とユーモアにみちた魅力的な「紳士」であったという。だが、二九歳の年に突如、メタモルフォシスとでもいうべき大変化が、彼の身に起きる。愛想のよい人柄が、一晩明けるや急に気難しい人間へと変わるのだ。この人物造形には、どことなく、『ピエール』の表題人物の影が見え隠れするのだが、とまれ、ある者はチャールモントに憤り、ある者は彼を気遣う。その後まもなくして、チャールモントの破産が新聞で公示されるに至り、人びとは彼のメタモルフォシスの所以を知る。だが彼は、「世間の機先を制して」（一八五-八六）、町から姿を消す。そしてその九年後、突如として、かつての優雅な出で立ちで、かつての仲間の前にあらわれる。彼は第二の財産を手にしてもどってきたのだ。人びとはそのように噂するのだが、ここまでを考えてみても、なぜにチャールモントが「狂人紳士」と呼ばれねばならないのか、その理由は定かでない。

物語の第三章にも、狂気にかかわる言及がある。不具の脚をひきずりながら、犬のようにおどけ振る舞うことで乗客の同情をつのり、寄付を騙しとる黒人詐欺師ブラック・ギニアをめぐり、先にも触れたように、同じく不具の脚をもつ義足の男が嘘を見抜き、奴を信用してはならないと、乗客に警告する。それにたいして、「好戦的な様子の」メソディスト派牧師が(一四)、暴力に訴えることで、義足の男を退ける。そうしてほかの乗客を前にして、以下のように諭さんとする。

「癇癪だ、癇癪ですな、それは不信というあの男の邪悪な心の、くる病の子どもですぞ。だからあの男は狂った (mad) のです。奴は生まれながらにして堕落しているのではないですか。(中略) 神意を信じぬことに次いで、わたしたちが陥らないよう祈らねばならないことがあるとすれば、それは仲間である人間を信頼しなくなる、ということです。痛ましいほどに鬱ぎこんだ患者であふれている狂人病院 (mad-houses) に、以前、いろいろいったことがありますが、わたしはそこで、人間不信の終末をみました。片隅に、鬱(ふさ)んで狂ったような様子の、なんだかブツブツ呟いている皮肉屋がおりました。この男は何年ものあいだ、不毛なことにまったく動かず、頭をだらりと垂らして、自分の唇を噛んでばかりいました。自分を喰らうハゲワシのようでした。反対側の片隅から、しかめっつらをした白痴が、発作をおこし、この男めがけて襲ってくる始末でした」

「なんともひどい例だな」誰かが囁いた。

「ティモンですらいかないぞ」というのが、その返答だった。（一六）

精神の病いは悪魔に憑かれることによって生ずるのだとする、伝統的な聖書的解釈を棄てた啓蒙主義時代の医師とは異なって、メソディスト派の指導者ジョン・ウェスリー（John Wesley）は、悪魔憑き言説にかたくなに固執していたことでも知られるが（Porter, *The Enlightenment* 六六―六七）、『詐欺師』の牧師はこの意味で、たしかにウェスリー的であるといえよう。牧師はかつて精神病院をおとずれ、そこに人間信頼の終わりをみてとったという。彼に拠れば、神の摂理を信じぬことに次いで人が陥らぬよう警戒すべきは、人間不信なのである。精神病院に収容される狂人とは、人間不信の輩なのだ、と。牧師の科白から読みとれる「狂気」の徴候とは、信仰心の欠如、人間不信のことである。不信の輩は人間ではない。神の恩寵から遠ざかる、動物存在に堕した者にすぎぬのだ、と。

どうしてコズモポリタンがチャールモントを「狂人紳士」と呼ぼうとするのか、牧師による「狂気」の定義を踏まえると、ようやくその姿がみえてこよう。チャールモントは、破産することで友人から裏切られる前に町を去る。「世間の機先を制して」姿を消したこの男を「狂人」と呼ぶとするならば、それは牧師の発言をうけて乗客の一人が呟いたように、アテナイの伝説的人間嫌いの人物たるティモンに優るとも劣らぬ、彼の人間不信ゆえのことなのだ。一見「紳士」然と振る舞うチャールモントのにこやかな外観は、仮面にすぎない。その裏には、金の切れ目が縁の切れ目という、人間性一般にたいする不信が隠れている。そういってもよいだろう。再度姿をあらわしたチャールモントのことを、コズモポリタンは「帰ってきた放浪者（the restored wanderer）」と呼ぶ（一八五）。チャールモントをさすこの「放浪者」という言葉遣いは、一義的には町から姿を消した者の謂いであろうが、彼が「狂人紳士」と称されることを踏まえると、精神における「放浪者」、すなわち「精神錯乱者」の意もほのめかされよう。そしてまた、語源的にいえば"restore"とは、「修理をしてもとの状態にもどす」ことを意味しており、かくて健康状態が回復する際にももちいられる動詞である。だからこそ、「帰ってきた放浪者」という言葉遣いには、心の病いから回復した人、という、もうひとつの意味も隠れていることになる。だが、彼の人間不信という病いは、じつのところ、「回復」などしていないのだ。物語はそうしたアイロニーも包含する。このような不信は、ひとつの「疾患」であるともかたられる（一八六）。コズモポリタンは、人間不信という「病気」をさして、チャールモントを「狂人紳士」と呼ぶのである。

それにしてもメルヴィルは、どうしてかくも多数の精神錯乱者を、『詐欺師』において提示しようというのか。レオン・ハワード（Leon Howard）に拠れば、メルヴィルは『詐欺師』の執筆当初、体調がおもわしくなく、そのために、健康にたいするおのれの不安感が物語に書きこまれたのだという。したがって、体調が回復してきたころに執筆された物語後半部では、病気をめぐる徴候が姿を消している。それが物語の一貫性という点からみれば、構造上の欠陥である。ハワードはそのように指摘する（Howard 二三七–二三八）。だが、チャールモントの例にあきらかなように、「狂気」という精神の「病い」については、物語の後半部においても言及されている。メルヴィルは『ピエール』の執筆中、すでに一八五一年の段階で、友人セアラ・モアウッドに宛て、「ずいぶん前から」おのれに狂気の気がある由漏らしており（Leyda 四四一）、狂気とは長いつきあいにあった。むろん、実父が精神錯乱のうちに逝去した作家にとって、それは強迫観念的ともいえる主題でもあった。『白鯨』の冒頭にて、イシュメールが癇癪と心気症に苛まれていることを告げるところである（*Moby-Dick* 三）。一八五二年に発表された『ピエール』では、詐欺と狂気概念の結合がみられる。若き主人公ピエール・グレンディニングが、サドル・メドウズを去り、ニューヨークに住まう従兄グレンの許に身を寄せんとするくだり、彼はグレンにこうなじられ、追いかえされるのだ。「こいつはなんとも奇妙だな。詐欺行為と精神錯乱が結合した、珍しい事例だぞ」(*Pierre* 二三九)。そしてまた、「ベニト・セレノ」の船長アメイサ・デラノは、表題人物の奇矯な立ち居振る舞いを、「無邪気な心神喪失か、邪悪な詐欺行為」として捉えるしか、理解しようがないともいう("Benito Cereno" 六四)。狂気と詐欺の概念は、メルヴィルの心のなかで、どうやら連動する傾向にあるようだ。

狂気と詐欺の結合のみならず、ヘンリー・ナッシュ・スミス(Henry Nash Smith)が指摘するように、狂気と天才というロマン派的コンヴェンションも、『白鯨』におけるエイハブの人物造形に窺われよう(Smith 二六―二七)。[10] そしてそれは『詐欺師』にも、ある程度、いえるところである。詐欺師薬草医は、乗客の一人から、「独創的な天才」なのではないかと指摘されるのだから(九一)。だが、詐欺師の像は、コンヴェンションの枠組みのなかには収まらない。たとえば同じ薬草医の正体をめぐり、「ごろつき」であるか、「利口な愚者」であるかという議論が、乗客のあいだでかわされる。それにたいし、薬草医はイエズス会の牧師ではないかという第三の意見が別の乗客から提出され、議論はトライアングルを形成したまま、宙吊りにされてしまうのである(九二)。メルヴィルは、狂気に天才を対応させるロマン派的コンヴェンションを、赦そうとしない。それすらも煙に巻き、相対化するのだといってよい。詐欺師の正体にかんする判断は、そうしてつねに、留保される。かくてマイケル・ポール・ロギンは詐欺師の主体を「空虚」とし（Rogin 二二四）、エドガー・A・ドライデン（Edgar A. Dryden）は、詐欺師には自己というものがないと指摘する（Dryden 一八三）。詐欺師の主体は空白である。あるいは複層的である。『詐欺師』における狂気の偏在が意味するところは、どうやら『白鯨』の場合とは異なるようだ。

2 隠喩としてのモラル・トリートメント

一般論的にいって、ある社会の内部において詐欺行為を遂行するためには、詐欺師はその社会システムを熟知していなければならない。そのうえで、それを逆手にとり、利用する必要があろう。狂気にかんしていうならば、メルヴィルの詐欺師は社会のどのような狂気言説に依拠しているのだろうか。まずは一九世紀アメリカの精神医学史を駆け足で俯瞰することで、物語を、理性の時代における「狂気の歴史」的文脈に位置づけてみたい。

一八世紀から一九世紀にかけて、植民地時代から独立後の時期のアメリカでは、現在であれば精神疾患（mental illness）と呼ぶところを、「悪魔憑き（demoniac possession）」、「心神喪失（lunacy）」、「狂気（madness）」、「精神錯乱（insanity）」等といいあらわしていた。「悪魔憑き」という魔術的な語彙が当時使用されていたことは、狂気を聖書的に解釈する非科学的な宗教思想の影響から、一九世紀アメリカ社会が完全に脱していなかったことを示唆していよう。狂気の徴候があたえられた『詐欺師』のゴネリルにも、嫉妬という「悪魔」が彼女にとり憑く、という修辞法が採られている（六二）。「心神喪失」という語は、断続的な錯乱が月（Luna）の満ち欠けに関連しているとの伝統的な迷信に由来するものだが、非科学的な天文学が切り棄てられつつあった一九世紀をつうじても、依然としてもちいられていた。一方チャールモントに付与される「狂気」とは、メソディスト派の牧師が口にする、先に引いた科白にも窺われるように、理性の欠如をあらわす精神の荒廃状態を示し、感情抑制能力の喪失をさす俗名である。一般に、「狂気」には、感情的に侮蔑のニュアンスが入っており、当時の医師たちは、より臨床的な用語である、「精神錯乱」のほうを好んでもちいていたのだという（Gamwell 九）。

精神病院を建設する必要性が生じたのは、おおよそ一九世紀の初頭である。それ以前は各共同体がそれぞれ責任をもって貧困階級や精神病患者をケアしていたのだが、人口増加や治安の問題、経済的な要因、および健康等にたいする関心が高まりゆくにつれて、総合病院や精神病院が必要であるとの認識が、このころに生まれる。一九世紀の前半期は、総人口の増加にともなって都市化が進み、あるいは環境破壊が進行し、大都市の数も規模も、それ以前とは比較にならぬほどおおきくなる時代であった。それはすなわち、以前のちいさな共同体においてとは異なって、街を闊歩する他所者（ストレンジャー）の増加を意味しよう。かてててくわえて、得体のしれぬ精神錯乱者たちの、奇妙な行動や逸脱した様子は、大都市に住まう人びとに恐怖心をあたえ、都市の治安維持がさしせまった課題となってゆく。共同体において狂人は、異人（ストレンジャー）的存在へと変貌したのだといってもよい。精神病患者は、動物のごとき野蛮な存在とされ、その結果、社会秩序や共同体を、暴力的な者たちから護らねばならないとの意識も強化されてゆく。そうした社会不安を鎮静させるためにも、精神病院の建設が強く望まれるようになったのだった（Gamwell 一九）。

　精神病院建設運動には、狂気にたいする社会の恐怖と不安にくわえて、時代の別の要請もからんでいる。一九世紀初頭、精神病施設やその他の福祉施設は、公的資金ではなく、裕福なエリート層からの博愛主義的寄付によってささえられていた。これらは共同体や州レベルのものではなく、あくまで市民が主導して建設したものであったのだが、その目的は共同体全体に貢献することにあり、かくて治療費を払えない貧困層も受け容れていた。『詐欺師』における、チャイナ・アスターの孤児たちが共同体の施設に収容されるといった風景は、決して珍しいものではなかったのだ。社会福祉にたいする民間からの資金援助の背景には、大陸の啓蒙主義思想がもたらした社会思潮がある。人間性を信頼せよ、という、脱旧約聖書的、脱清教的発想である。人間は言語や理性などの精神機能をふくんだ内的脳構造をもって生まれてくるのであり、筋肉が運動をつうじて鍛えられるのと同様に、それらは教育や経験をとおして徐々に発達するのだ、と（Gamwell 八三）。英国の例ではあるが、ロイ・ポーター（Roy Porter）に拠れば、一八世紀末以降狂人をめぐる英国社会の観念が変化したという。ジョン・ロック（John Locke）の人間悟性論に依拠しつつ、狂人とは、特殊な存在ではなく、生来は「まとも」であり、子どものごとくあつかい矯正することで、狂気は治療しうるとの論が中心になる。いきおい、精神病院は矯正学校として機能せねばならないと考えられるようになったという（Porter, *A Social History of Madness* 一九）。

とまれ、啓蒙主義思想と連動するかたちで、宗教もアメリカにおける狂気治療におおきな影響をおよぼした。一九世紀初頭、とりわけ一八〇〇年代から三〇年代にかけて展開した第二次大覚醒の過程において、カルヴィニズムが主張するような旧約聖書的「怒る神」は、新約聖書的な「優しい神」へとシフトする。こうした宗教的趨勢を背景に、医師も精神病患者にたいし、狂気とは神からあたえられた試煉や罪ではなく、ひとつの病いなのだと教えるようになる。適切な治療を施せば、治療可能な疾患なのだ、と（Gamwell 五〇）。人間は社会の諸問題を解決できるという、啓蒙主義思想を背景にした、人間理性にたいする信頼の時代である。

知性への、人間への、楽観主義的時代であるといってもよい。

さらに、第二次大覚醒と連動するかたちで、アメリカ社会にチャリティ・ブームが巻き起こる。慈善(チャリティ)とは、贈与ではなく、あくまで神から施しをうけたものを再分配する、神からの借金返済のようなものである、といった概念が生まれたのだ(Grob 五四)。したがって、その対象には、精神病患者のみならず、聾唖や貧困者、孤児、寡婦などの、社会的弱者がふくまれていた。かくて、『詐欺師』の冒頭にあらわれる聾唖の羊毛男は、市民から慈善を施されるに充分値する存在であったといえよう。

端的にいえば、社会秩序の安定を維持するために、狂人を精神病院に監禁しようとする不安感がある一方で、そこで適切な治療を施せば、患者の理性を回復させることができるという人間信頼の双方が、精神病施設の建設運動を後押ししたということである。治療を施すことで、「異常」なものを「正常」にもどし、社会不安を和らげようという目論見が、そこにみいだされよう。次に触れることになる、モラル・トリートメントという治療方法が流行する以前のアメリカ社会では、狂気の治療は不可能とのペシミズムが浸透していた。だが、ここまでみてきたような社会風潮における大変化のために、一八三〇年ごろから時代の雰囲気は正反対の方向に向かってゆく。「あらゆる病気のうちで、狂気ほど治りやすいものはない」、「すくなくとも狂気の九〇パーセントは治る」といった、過度のオプティミズムが生まれるのである。患者は早期に治療をうければまず治るのだとされた（Deutsch 一三二）。『詐欺師』においても、詐欺師の一人、灰色の男が熱狂さながらに、世界慈善協会の設立を説くが（三八–四二）、その背景にはこうした時代のチャリティと人間性にたいする楽観的な意識があるということである。かくて、一八三〇年代から四〇年代にかけて、施設建設は急ピッチで進んでゆく。

啓蒙主義時代の狂気治療は、それまで悪名高かった、監禁や拘束、瀉血や下剤治療といった非人道的療法ではなく、イギリスのウィリアム・トゥーク（William Tuke）やフランスのフィリップ・ピネル（Philippe Pinel）らが提唱し、実践した、モラル・トリートメントと呼ばれるものが、とってかわるようになった。「モラル」とは、道徳ではなく、精神や心の意味であり、すなわちモラル・トリートメントとは、治療者と患者のあいだに人間的な信頼関係を構築することで、病んだ患者の心を治療しようとする手法のことである。患者の理性を、人間性を、忍耐強く信頼せよ。そうすれば、患者は治るのだ（Grob 四二）。人類の創造者にたいする敬意も、この博愛主義的発想には窺われよう。モラル・トリートメントはすぐにアメリカにも伝播し、一八二〇年代から三〇年代にかけて、医療施設（アサイラム）の医師にならんとするものはみな、この治療法を実践していたのだという（McGovern 一六）。

こうしたモラル・トリートメント的発想は、『詐欺師』にも色濃く反映されている。詐欺師PIO男は、ミズーリ男ピッチに、子どもの犯罪者は少年保護施設にいれて矯正すれば、道徳的存在になることができるのだと主張する。社会は子どもに「キリスト者的信頼」をいだいているのだという。

少年のなかには道徳を知らない者もおりますが、それはたんに、フランス語を知らないのと同じ理由によるものです。彼らは教えられていないのです。大人であればそれでは済まされないような有罪判決をうけた子どものために、親のような慈愛精神に基づいて設立された、少年用の保護施設が、法律によって存在しています。どうしてでしょうか？　それは、少年がしたい放題したとしても、社会はわたしどもの事務所と同様、心の底ではキリスト者的信頼心を、少年にいだいているからです。そのように、わたしどもはお客さまにお話ししております。（一一六）

フランス語を教えるのと同様に、道徳は教育できるのだ。ＰＩＯ男が主張する、ロックもどきの人間悟性論は、かりに人間が「異常」な状態に陥っても、矯正可能であるとする、啓蒙主義思想を背景にした、モラル・トリートメント的信念でもある。

啓蒙主義という社会思潮、第二次大覚醒という宗教意識の変化を背景にした人道主義、博愛主義、理性や人間性にたいする社会の信頼。教育や矯正によって人間をみちびくことができるとする希望的理念。街を彷徨する「異常」な精神錯乱者にたいする社会不安。彼らを施設に送りこみ、治療をつうじて「正常」にもどす、いや、みずからの不安をてなずけるために、「正常」にもどさねばならないという集合的無意識。こうしたことがモラル・トリートメントを流行させたのだとすれば、モラル・トリートメントという医療現場での博愛主義的療法は、一九世紀アンティベラム・アメリカの、人間信頼の隠喩ともいえよう。モラル・トリートメントが実践されていた医療施設は、時代を映す鏡の場でもあったのだった。

３　鏡の狂気

理性があれば、人間不信、信仰不信に陥ることはない。不信とは、理性が欠落した「異常」な状態である。理性をとりもどすことで、人は「正常」にもどり、人間にたいする信頼心、神にたいする信仰心を回復できる。かくて、メルヴィルの詐欺師はこうした社会の信頼システムに依拠しつつ、乗客を騙すのだといってよい。

啓蒙主義時代のモラル・トリートメントを、一般にいわれるほど称賛には値せぬと断じたのは、『狂気の歴史』（*Histoire de la folie à l'âge classique*　一九六一年）のミシェル・フーコー

(Michel Foucault) であった。フーコーに拠れば、モラル・トリートメントは狂人から鎖や拘束衣を取り除き、身体的な抑圧から解放する代わりに、患者の精神を拘束するに至ったのだ。権威としての監督者を筆頭にして、「原初的」で、もっとも純化された形態での「家父長制的な家族の神話」が（フーコー 四九六）、精神病施設に導入され、狂人はそこで道徳と人の道を、まるで幼児（おさなご）のごとくあつかわれながら教えこまれる（フーコー 五一〇）。かくて、モラル・トリートメントは、患者の精神を道徳の世界に閉じこめるシステムとして機能したのだ（フーコー 五二四）、と。それをマインド・コントロールと呼んでもよいのだろう。一方メルヴィルの詐欺師は、乗客の信頼心をうばいながら金品をせしめる。道徳と慈愛を説きながら、詐欺行為をかさねてゆく。モラル・トリートメント的心性に接続する道徳を逆手にとり、患者と乗客をマインド・コントロールするという点で、フーコーの指摘と詐欺師の営みとのあいだには、かさなりあうところがある。

　不信の輩は狂気の人であり、病人である。モラル・トリートメントをつうじて患者とのあいだに信頼関係を構築し、信頼心をいだかせて、病いを癒すことが、治療者のつとめである。かくて詐欺師（オペレーター）が忠誠号の乗客に信頼を説く営みは、医師（オペレーター）としての狂気治療という医療行為にも結ぼれる。たとえば文字どおり治療を施す任をになう詐欺師薬草医は、肺病を患う老守銭奴に、信頼こそが、治療の根幹であると説く。

「（前略）病んだ哲学者には治療の施しようがありませんな」

「どうしてだ？」

「信頼しようとしないからです」

「それでどうして治療ができないのだ？」

「病んだ哲学者は薬を拒絶しますし、かりに薬を飲んだところで、まったく効き目がないからです。似たようなひどい症状の田舎者に、同じ薬を処方すると、魔法のように効くのですが。わたしは唯物論者ではありませんが、心は身体に作用しますので、心が信頼しなければ、身体も信頼しないのです」（八〇）

身体の病いは心の病いなのだ。薬草医はおのれの薬が精神疾患にも効果があると、乗客の前で宣言もする（八八）。モラル・トリートメントという社会の信頼システムを利用することで、メルヴィルの詐欺師（コンフィデンス・マン）は信頼（コンフィデンス）を説き、不信という疾患を治癒しながら、詐欺行為を遂行する。

『詐欺師』の語り手は、繰りかえし、狂気という「異常」を物語に措定する。不信という疾患を提示する。世知に長けた師マーク・ウィンサムの訓（おし）えのおかげで、彼の哲学の熱狂的な信者であるエグバートは、精神病院にいかずに済んだのだという（一九九）。一般に、熱狂的な信念の持ち主は、世間から狂人のレッテルを貼られていたということが、ここから窺われよう。たしかに当時、宗教的、政治的な活動にあまりに熱狂的な者たちは、しばしば偏執狂であるとか、理性の欠如という意味で、狂気の輩であると指弾されていた。過度に急進的な信仰復興運動家や、奴隷制廃止論者は、その最たる例である（Gamwell 八一–八二）。マーク・ウィンサムは、こうした言説を背景に、かたっているということである。『詐欺師』において風刺の対象となる者たちの一人に、先にも触れた、好戦的なメソディスト派牧師も挙げられるが、メソディスト派はその熱狂的なまでの説教と狂信性でも知られていた（Porter, *Madness* 一一九）。

その一方、詐欺師自身は、おのれの、そして社会の狂気を否定することで、社会には信仰不信、人間不信が存在しえないことを強調する。この世に狂人など存在せぬという。たとえばミズーリ男ピッチに「お前は奴隷制廃止論者か」と訊ねられる際、詐欺師薬草医はこのように応える。

「それについては、即答しかねますね。もしあなたが、奴隷制廃止論者という言葉を、熱狂者という意味でつかっておられるのであれば、わたしは違います。ですが、人間であるがゆえに、奴隷もふくめてあらゆる人間に同情し、合法的な活動で、誰の利益にも反せず、したがって、誰の反目もかわず、肌の色にかかわりなく、人類の諸関係に由来する苦しみ（程度の差はあれ、それが存在するのだとして）を取り除こうとする者のことをいっておられるのであれば、たしかにわたしはあなたがおっしゃるような人間です」（一一二）

奴隷制廃止論者かと訊ねられ、それが熱狂者を意味するのならば、自分は違う、そのように返す薬草医の科白の背景にあるのも、マーク・ウィンサムの場合と同じ言説であろう。薬草医はみずからが理性的存在であり、世間から狂人であると後ろ指をさされるような者ではないというのだ。おのれの「狂気」を否定する彼は、トマス・フライの不幸な運命をひきおこした、社会の非理性的営みを信じないともいう。さらに詐欺師による別の仮装、ＰＩＯ男は、人間が信頼に値すると言明し（一二六–一二七）、偏執狂モアドックの挿話を聞かされたコズモポリタンも、「インディアン嫌い」のごとき存在は信じないと断言する（一五七）。一連の詐欺師は、「異常」にたいする社会不安を巧みにあやつり、それを断言的に否定することで、「正常」なる信頼を勝ちえようとするのだといってもよい。「異常」が繰りかえし措定されることで、対照的に詐欺師の「正常」性が強調されるのだといってもよい。かくて、物語における詐欺師の役割は、鏡のそれに酷似してくる。

だが同時に、メルヴィルの語り手は、詐欺師こそが狂気かもしれぬこともほのめかす。世界慈善協会にたいする寄付要請をしたあと、金ボタンの紳士から金をせしめた、灰色の服を着た詐欺師の様子は、以下のように描写される。

大酒飲みが素面（しらふ）のときが、人間のなかでももっとも退屈であるならば、理性的な状態にある熱狂者は、もっとも意気消沈した者である。だが、こうしたときに、その者の理解力がおおいに改善されていることを見逃してはならない。なぜならば、熱狂者の意気盛んなときが、その者の狂気の絶頂であるとすれば、意気消沈しているときこそが、その者がもっとも正気であるからだ。灰色の服の男はいま、どのようにみても、そのような様子であった。（四三）

ここにある、「熱狂者の意気盛んなときが、その者の狂気の絶頂である」という語り手の言葉も、先述の熱狂者にたいする社会言説をそのままなぞったものである。理性の喪失、過度の情熱といった側面をさして、語り手はここで、詐欺師を「狂気」と呼ぶ。語り手は、頭が「割れた」（四六）、詐欺師喪章の男の狂気を暗示しつつ、「私が彼に教えた教義のおかげで、彼は狂人病院にも救貧院にもいかずにすむのだ」として（一九九）、「友人」にたいする不信に固執する弟子エグバートが狂気ではない由、師マーク・ウィンサムの口をつうじて提示する。狂気の輩は社会ではなく、詐欺師のほうかもしれぬのだ、と。そのようにして、否定する者が否定される。揶揄する者が、揶揄されるのだ。狂気の治療にあたる詐欺師と語り手の言葉が、ここにおいて引き裂かれている。狂気の治療者が狂気かもしれぬ。信を説く詐欺師こそが、不信の輩かもしれぬのだ、と。たしかに語り手は、物語の冒頭において、羊毛男が狂気に準ずる存在であるやもしれぬと暗示もする。「一部の傍観者にとって、心神喪失（lunacy）ではないにせよ、この男がなにやら異常である様子は、彼がまったくの無口であることによって強調されていた」のだ（五）、と。

詐欺師コスモポリタンは、「信用貸し(トラスト)お断り」との看板をかかげ、不信という病いにある床屋の男を治療し、「回復」させんとする。「不信」を意味する看板をおろすよう説得する。それはこの看板を見たところで気にもとめぬ、社会全体にたいする治療にも結ぼれよう。しかしながら、コスモポリタンのモラル・トリートメントは功を奏さぬ。一人になり、理性を「とりもどした」床屋は、コスモポリタンとの契約を破り、再び元のように看板をもどすのである。「だが、なにもないところではなにも作用しないという真理は、自然科学においてと同様、魔術の世界においても該当する。かくて、床屋はまもなく我に返り、分別をとりもどした。その最初の証拠は、おそらくは、彼が引き出しのなかから例の掲示をとりだして、元の位置にもどしたところにあったのだろう」（二三七）。「我に返り、分別をとりもどす」ということは、コズモポリタンの魔術に憑かれ、分別を喪った「狂人」が、理性を回復したということだ。病いから回復したということだ。モラル・トリートメントを施す魔術者的治療者に「憑かれた」床屋が、信頼を口にするとき、それこそが、狂気の沙汰だということである。不信の看板をかけなおしたときこそが、理性を回復したときであるとするアイロニー。語り手は、この看板が「公共の利益」のためのものであるともいう（五）。ここにおいて、正気と狂気が反転する。誰が正気で、誰が狂気なのか、メルヴィルの語り手は判断を宙吊りにし、コズモポリタンの足場を解体するのだ。詐欺師に騙されぬ者は、不信という狂気の輩である。そしてまた、騙される者も、そして騙す側たる詐欺師自身も、狂気的であるのだ、と。

語り手だけでなく、コズモポリタン自身も、おのが言説を引き裂かんとする。人間嫌いは信仰心が欠如していると、コズモポリタンはチャーリーにかたる（一五七）。ミシシッピ・オペレーターとされるそのチャーリーは、この世に「愛想のいい人間嫌い」など存在せぬという（一七六）。コズモポリタンはそれにたいし、「愛想のいい人間嫌い」は一九世紀においては存在しないが、キリスト教が進化するにつれて、二〇世紀には珍しくない存在になるだろうと返す。しかしながら一九世紀のこの物語には、すでにして、「愛想のいい人間嫌い」が書きこまれている。それはほかでもない、コズモポリタン自身によってかたられる。このやりとりの直後、挿話のかたちで綴られる、先述のチャールモントのことである。チャールモントはおのれの人間不信をめぐり、友人に以下のようにかたる。

「かりに将来、きみが破産に直面し、人間というものを理解していると思いつつ、友情や自分の自尊心を気遣うならば、そして友情を愛する気持ちと、自尊心が傷つくことにたいする恐怖心から、世間の機先を制することにして、先を見越して自分が罪をひきうけることで、世間を罪から救おうとするならば、ぼくがかつてやったような気がするのと同じことを、きみもやるのだろうし、あいつと同じように、苦しむことになるだろうね。でも、あいつのように、なんやかやがあったあとで、また多少なりとも幸福になることができるんだったら、きみはおおいに運がいいし、ありがたいと思わねばならんのだよ」(一八五-八六)

「世間の機先を制する」ために姿を消したチャールモントは、うわべは優雅で人当たりがよくとも、人間不信の狂人である。そのようにコズモポリタンはほのめかす。チャールモントこそが、人間不信を仮面で隠した「愛想のいい人間嫌い」なのだ、と。[11]

コズモポリタンはこの挿話をめぐり、その後、「事実と対比させる作り話(フィクション)」だとして、みずから一笑に付す。「語り手であれば誰しもがもっている目的、すなわち聴き手を愉しませるために、ぼくが騙ったお話なのですよ。したがって、この話が奇妙だと思われるのなら、その奇妙さこそが、ロマンスなのです。現実の生活と対比して引き立たせるためのものなのです。作り事です。簡潔にいえば、事実と対比させる作り話なのです」（一八七）。このロマンスという「奇妙さ」とは、現実と対比させるためのものなのだ。コズモポリタンはそのようにいう。すなわち、鏡のことである。そしてまた、「奇妙」とは、物語冒頭から一連の詐欺師に繰りかえし付与される語でもある。「ストレンジャー」という名詞のことである。すなわち「他所者」としての詐欺師は、現実には存在しない。現実と対比させ、現実を映しだす鏡のごとき装置として、「虚構」としての詐欺師が、小説のなかに「降臨」するということである。社会の不信を映しだす鏡として、チャールモントと詐欺師の仮面は、物語において同じ役割を果たしている。そしてその仮面の向こうには、人間嫌いという狂気の仮面が、さらに見え隠れもする。たしかに乗客の一人、ミズーリ男ピッチは、詐欺師コズモポリタンが人間嫌いのディオゲネス、歴史上、最初に「コズモポリタン」という言葉をもちいた人物としても知られる、奇人変人ディオゲネスであると指摘するのだ。「おまえはディオゲネスだな、変装しているディオゲネスだ。コズモポリタンの仮装をしているディオゲネスだぞ」（一三八）。先に引いた箇所にあるように、メソディスト派の牧師が精神病院で見たという狂人には、おのれをついばむハゲワシの隠喩があたえられているのだが、狂人詐欺師の言説にも、同じことがいえよう。語り手がコズモポリタンの言葉を転覆させるだけではなく、コズモポリタン自身がハゲワシよろしく、おのれの言葉を切り裂き、虫食み、抹消せんとするのである。チャールモントの優雅な仮面の裏にひそむ、人間不信の病気が提示されることで、コズモポリタンの仮面にも亀裂が走る。割れた鏡のなかから見えるのは、さらなる仮面、人間嫌いのおどろおどろしい仮面である。

鏡に映る虚像とは、原像を裏返した、シンメトリーの世界である。だが、シンメトリーをなす正気と狂気のふたつの像は、もはや『詐欺師』において、どちらが原像でどちらが虚像なのか、区分が不可能になる。誰もかれもが不信の輩なのだ。誰しもが狂気の病人なのだ。ここにおいて、正気と理性の世界は消去される。不信の治療者たる詐欺師の仮面に社会の狂気が映しだされ、鏡に映った社会の眼に映る詐欺師から、今度は狂気の視線が光をはなつ。詐欺師の仮面はひびわれて、さらなる仮面が狂気の笑みを浮かべている。鏡のなかの鏡のなかの鏡のなかに、狂気に映しだされた幾重もの狂気がみえる。メルヴィルの仮装劇は、無限につづく狂気をリフレクトした、合わせ鏡の世界なのだ。

『詐欺師』とアンティベラム・アメリカにおける狂気の関係を考える際に、興味深いエピソードがある。作者が『詐欺師』執筆にとりかかる時期を前後して、当時居をかまえていたアロウヘッドに、マサチューセッツ州から委託をうけた調査委員がおとずれ、州立精神病院建設の調査をおこなったのだという。一八五五年八月三一日付けの、地元紙『バークシャー・カウンティ・イーグル』(*The Berkshire County Eagle*)に掲載された記事を引く。

> 精神錯乱者用保護施設委員会(the Insane Asylum Commission)のベル、スタンリー両氏が、水曜午後に町に到着し、本日(木曜日)まで滞在する予定である。スタンリー氏はベル博士とともに、二度目の敷地調査をする予定である(中略)。ベル博士は、精神錯乱者にかかわる豊かな経験を有しており、博士の意見はきわめて貴重なものといえる。(中略)委員たちはハーマン・メルヴィル(Hermann Melville)、E・R・コルト、ジャスタス・メリルなど各氏の農地調査を終え、新しい保護施設の場所を決定するために必要なデータを、きわめて熱心に、可能なかぎり収集している模様である。(Leyda 五〇六)

この新聞記事に登場する「ベル博士」とは、おそらくは、現在のアメリカ精神医学会(American Psychiatric Association)の前身にあたる、一八四四年に創設された、アメリカ精神錯乱者用施設医療監督者協会(Association of Medical Superintendents of American Institutions for the Insane)の創立メンバー一三名のうちの一人、ルーサー・V・ベル(Luther V. Bell)のことであろう。彼は一八三六年から五六年まで、マサチューセッツ州にあるマクリーン病院に赴任しており、おそらく州当局から新設州立病院の候補地調査を委託され、一八五五年の夏、アロウヘッドをおとずれたのだと推察される。結局、この話は流れて、一八五八年、アロウヘッドではなくノーサンプトンに、マサチューセッツ州第三の州立精神病院が設立されたのであった。[12]

州の調査委員から訪問をうけたメルヴィルが、どのような反応を示したのか、詳しい記録はのこっていない。メルヴィルは、当時最先端の狂気治療にたずさわっていたベルと、いったいなにを話したのか。そもそも二人は直接顔をあわせたのだろうか。それらはすべて、謎につつまれたままである。だが、ここまでみてきたように、ベルがアロウヘッドを訪問した時期の前後に執筆された『詐欺師』には、ベルたちが推進していたモラル・トリートメントと同じ時代の心性が窺われる。それはたしかなことである。[13] 詐欺師はこの心性を利用し、詐欺行為を遂行するのだ。

モラル・トリートメントの治療者たる詐欺師は、慈愛（チャリティ）という社会の大義を利用して、詐欺行為を遂行しつつ、同時に愛の不在も浮き彫りにする。狂気の偏在をひきだす。みずからを鏡にみたて、社会の不信という狂気をリフレクトさせるのだといってもよい。だが、ひび割れた鏡の亀裂からは、人間にたいする絶望の縁にたつ、ディオゲネス的な「愛想のいい人間嫌い」の別の仮面が垣間みえる。狂気の治療者が、みずからの狂気も演ずるのだ。そもそも詐欺行為が不信という疾患の治療であるという、詐欺師の営みそのものが、ねじれてもいる。詐欺師はおのれの言説を切り裂き、消去する。仮面をぬがず、ただ、おのが仮面を指さしつづけ、ひび割れた仮面の裏に隠れる狂気をちらりとみせる。狂気に狂気を虫食ませ、みずからをついばみ消耗するのだ。メルヴィルはすでに『白鯨』にて、鯨の精油過程をめぐり、自己消耗する人間嫌いの直喩をもちいていた。「多血質の熱血殉教者、自己消耗する人間嫌いと同様、一度火がつくと、鯨は、自分自身を燃料として、自分自身を燃やすのだ」(*Moby-Dick* 四二二)。メルヴィルは『ピエール』において、過度の熱狂と近親相姦的反道徳と冒涜の世界を描いたために、世間から、狂気のレッテルを貼られたのであった。[14] よろしい、わたしは狂人だ。だが、正気の世界とはいかなるものか。ピエールを、わたし自身を狂気と断ずる社会も狂気ではないのか。メルヴィルはピエールに、狂人詐欺師との謗りにたいして抗わせた。詐欺師はそれを、みずからひきうけて演ずるのだ。

狂人の増加という現実の社会現象を背景に、メルヴィルの詐欺師はモラル・トリートメント的心性を利用して、社会の狂気を暴きだす。みずからの不信をほのめかしながら、社会の不信をあからさまにもする。『詐欺師』は執筆当初、「異端の火刑（オート・ダ・フェ）犠牲者」(Parker and Niemeyer 二〇)、すなわちスペイン異端審問の犠牲者に捧げられていた。血の気の多い殉教者たちは、おのれの肉体でおのれを燃焼させる。そこに「自己消耗する人間嫌い」の似姿をみてとったのは、『白鯨』をものした、メルヴィルその人であった。仮面をかぶることにより、自己を告白することが可能になるとするならば、たとえ自己消耗に至ろうとも、メルヴィルが『詐欺師』の仮面に託したのは、自身の狂気と社会の狂気を対峙させることにあったのではなかろうか。そう考える誘惑に、わたしは駆られるのである。

第六章　テクスチュアル・クーデター『ビリー・バッド』

1　戦闘的な平和主義者

　作者の没後、三三年の空白を経て、一九二四年に刊行された遺作『ビリー・バッド』は、美貌の青年たる船乗りの表題人物と、彼を嫉む堕落の人、両者を束ねる艦長という、三人の作中人物を軸にして展開する。ときは、一八世紀末。フランス革命の余波のもと、規律の引き締めを急務とする英国海軍が、物語の舞台である。

　動乱の時代を背景とするこの物語において、殴打（ストライク）する主体は、基本的には表題人物ビリー・バッドの姿に集約される。だがそれは、かならずしも文字どおりの意味だけではない。むろん彼は、上官ジョン・クラガートに謀反の濡れ衣をきせられて、興奮し、どもり、苛立ちのあまりに殴り殺してしまうのだが、そしてそれは、たしかに物語のおおきな分岐点でもあるのだが、ことはそれだけにとどまらぬ。物語は、無垢と善を表象する自然児が、社会にとって暴力的である、との捩れた位相から紡がれもするのだ。たとえば強制徴募の直後、軍神号（ベリポテント）の士官に生まれと由来を訊ねられたビリー・バッドは、おのれが父の掟を知らぬ孤児であることを、次のように、率直なまでに述べる。

> 「おまえはどこで生まれたのだ？　父親は何者か？」
> 「神のみぞ知る、であります」
> この素朴で素直な返事に驚いて（struck）、士官は次にこう訊ねた。「自分の生い立ちを知らぬのか？」
> 「存じません。ですが、ブリストルに住まう親切な方のお宅で、扉の取っ手（knocker）にかかっていた、美しいシルクの布地を敷いた籠のなかにいるところを、ある朝、発見されたのだと聞いております」（五二）

その素朴さと、警戒を知らぬ無防備な言動が、すでにして、強募直後から上官たちを驚かし、その精神を殴打する。草稿研究に依拠するならば、この場面はヴィアが臨時軍法会議において、ビリー・バッドによるクラガート殴打のことを「殴打者の行為（the striker's deed）」

と呼ぶ一幕の直前に書かれたものであり（一〇七）、さらに指摘すれば、メルヴィルは当初その箇所を、「罪人の行為（the prisoner's deed）」と記したのち、わざわざ「殴打者」に修正してもいる（三八九）。作者がビリー・バッドの像を描く際、「殴打（ストライク）」をひとつの鍵語として意識していたことは間違いなかろう。右の引用箇所の最後にあるように、彼がひろわれた場所は、家の扉の取っ手（ノッカー）だという。私生児ビリー・バッドは「殴る人（ノッカー）」として、社会に「発見」されるのだ。

　さらには人間の権利（ライツ・オブ・マン）号船長グラヴェリングも、ビリーが船上の無秩序状態を治めてくれたのだとかたる際、それを殴打の記号をもちいて修辞する。「でも、ビリーがきてくれたのです。それはカソリックの僧が、アイルランド人の喧嘩を取り静めるようなものでした（But Billy came; and it was like a Catholic priest striking peace in an Irish shindy）」（四七）。「喧嘩を取り静めるカソリックの僧」のような人物とは、「平和を打ちこむ（striking peace）」者でもある。そうしてビリーを強募した張本人、軍神号のラトクリフ大尉がこの発言を耳にして、酒の酔いに身をまかせ、新約聖書「マタイによる福音書」にある言葉、「平和をつくりだす人たちは、さいわいである（Blessed are the peacemakers）」を茶化しつつ（第五章九節）、「戦闘的な仲裁者（the fighting peacemaker）」こそ望ましい、とやり返す（四八）。冗句の衣をかぶりながらも、ビリー・バッドは暴力を厭わぬ平和主義者というオクシモロン的表象を、社会の側からあたえられているのである。

2 殴打の連鎖

内在化された過去をもたず、社会における習慣や慣例を知らぬ自然人は（五三）、すなわち社会化されることのなかった青年は、人権号から軍神号へと強制徴募される際、悪意の欠片ももたぬまま、「おまえもさらばだ、懐かしの人権号よ」と呼びかける。人権無視たる強募へのあてこすりともとられかねない無防備な発言に、周囲は一様に驚きを隠せない（四九）。ビリーは社会の慣習からおおきく逸脱するのである。ポール・ブロトコーブ（Paul Brodtkorb, Jr.）に拠るならば、生まれが高貴でありながらも、船上では下層階級に属するという意味で、ビリー・バッドは社会に居場所をもたぬ存在であり、歴史に組みこまれてもおらず、男性性と女性性をかねそなえる、分類不可能な存在だという（Brodtkorb 一一六–一七）。そうであるとするならば、ビリーは社会の側にとり、徹底的な外部性を表象する存在なのだといえるであろう。秩序の内部に収まりきらぬ存在であるからこそ、秩序は彼に驚かされ、殴られるのだ、と。そうした自然人にたいする周囲の違和の感覚が、物語の冒頭から漂っている。その衝撃に、物語は揺さぶられる。

　暴力は、叛乱や革命のごとく伝染する。自然児が発するそうした殴打は、強制徴募ののち、クラガートに感染する。悪の存在すら知らぬ、堕落以前のビリーの姿に、クラガートは「磁石のように」激しい嫉みを感じ、嫉妬の想いが彼のなかに深く根ざす（ストラック）こととなる（"Claggart's envy struck deeper" 七八）。ビリー・バッドがもつ、美貌、素朴、善の無垢をめぐり、もたざる者が、もつ者にたいして、激しく嫉妬するのだといってもよい。そうしてクラガートは、ビリーが有する暴力の記号を受肉する。すなわち下士官にすぎぬクラガートが、軍艦長にたいし、乗組みによる叛乱を警告せんとする無礼極まりない発言に、今度は艦長ヴィアの精神が殴られるのである（九三）。それもまた、軍艦上での秩序侵犯の営みであろう。ビリー・バッドを嫉み、憎しむあまり、彼に触発されるかたちで、クラガートもビリーと同様、船上の慣習秩序を蹂躙するのだといってもよい。

　ビリー・バッドに殴られて、彼が体現する暴力を内在化するのは、掟の存在たる軍艦長ですら同じである。クラガートの告発をめぐり、その真偽のほどを確認するため、ヴィアはクラガートとビリーを直接対峙させるよう秘密裏に画策する。そのとき彼は、今度はクラガートの悪に直面するビリーの吃りに殴られる。「「話したまえ！」クラガートよりもビリーの様子に遙かに驚き（ストラック）、ヴィアはたちすくむ者［ビリー・バッド］にかたりかけたのであった」（九八）。

この直後、ビリー・バッドは文字どおり、クラガートを殴ることになるのだが、クラガートがビリーによって殴られ殺害された結果、さらなる殴打の転移が進行する。ビリーによる殴打の直後、クラガートから乗り移ったかのごとき狂気の衝動に駆られたのか、ヴィアが慣習からはずれたかたちで、臨時軍法会議をひらく決断をするのである。そうしてクラガートを検死した軍医が、ヴィアのこうした異常な判断に驚愕して殴られる（一〇一）。C・B・アイヴズ（C. B. Ives）が指摘するように、叛乱条例それ自体は、臨時軍法会議による死刑執行を認めておらず、かならずしも死刑に処さずとも、艦長にはさまざまな選択肢があたえられているのだとすれば（Ives 八八–八九）[15]、それは艦長自身による秩序侵犯の営みとなるだろう。自説にたいするヴィア自身の論拠に拠れば、ほかの水夫に動揺がひろまり、彼らの不満に飛び火することを怖れるからこそ、ビリーを処刑せねばならないという（一一二–一一三）。暴力の伝染、転移を怖れたヴィアが、軍医たちを殴打する。その出来をたぐりよせるとするならば、ビリーの暴力性がほかの乗組みに感染せぬよう、艦長自身がそれをうけとめたということになる。

それはまるで、衛生学的隠喩のようでもある。ヴィアの営みは、暴力の感染を予防することを意図するかのようなのだ。それを一種の予防医療と呼んでもよい。そしてまた、予防医療的心性は、宗教儀式における供犠とも、かさなりあうところがある。供犠における生贄とは、共同体の混沌に、秩序を回復させるためのものなのだから。供儀という儀式の結果、生贄となりし者は、ウェリングブラ・レッドバーンの父のように、聖別される。そうして混沌に秩序がとりもどされ、新たなる起源、新たなる神が措定される。ビリー・バッドのことである。ビリー・バッドは生贄としての、穢れなき外部者なのだということである。だからこそ、生贄として捧げられたビリー・バッドは神格化され、あるいは神話化され、「手枷のビリー」なるバラッドが、乗組みたちのあいだで生まれるのだ。そうして秩序が回復されるのだ。[16]

とまれ、秩序を蹂躙する殴打は、そうして幾重にも展開される。殴打の連鎖はビリー・バッドからはじまって、クラガートをとおりぬけ、最終的にはヴィアの許に辿りつく。あるいはビリーから直接ヴィアへと向けられる。そうして秩序と法が殴られる。ビリー・バッド、クラガート、そしてヴィアの三者は、殴打が伝染し、それを内在化する、連鎖のトライアングルをなしているのだといってよい。革命の嵐のごとく、「伝染性の熱病 (contagious fever)」のごとく (五五)、秩序を殴る隠喩の暴力は、感染する。

3 自然と、美徳と、革命と

『ビリー・バッド』における殴打の構造は、基本的には自然児ビリーの側から社会に向けられるものである。あるいは秩序の側が、ビリーのなかに外部性をみいだすことで、殴られるのだといってもよい。しかしながら、ヴィアが告発者クラガートと容疑者ビリー・バッドを対面させる際、はじめてビリーが殴打される側にまわることになる。すなわち彼の「薔薇のような色合いの類」が、クラガートの虚言に直面するとき、「白い癩病患者に殴られた」かのような衝撃をうけ（九八）、顔面蒼白となるのである。理解を超えた悪意をまのあたりにして、クラガートの発言に打たれ、彼のメスメリズム的魔術に憑かれたのか、ビリー・バッドの音声器官が麻痺状態に陥る。そのとき運命の殴打が、大砲のごとく、ビリーの腕から「発射」されるのである（九九）[17]。無意識ながら、無自覚ながら、殴打する側にあった自然人が殴られた際、秩序をもたぬ彼のなかの暴力性が、一瞬のうちに行動へとうつされる。自然人ビリーは発話行為（スピーチ・アクト）を喪失した吃音状態に陥るとき、秩序内部の言語的意味作用を踏みにじり、混沌たる自然状態における根源的暴力という行為（アクト）を発動するのだといってもよい。ビリー・バッドは人権号上においても、クラガートと同様のケースで、赤髭の男に嫉まれからかわれるが、その際、「稲妻」のごとき一撃をくわえ（四七）、相手を一瞬でのす。稲妻もまた、自然のひとつの形態である。『ビリー・バッド』の舞台とは、自然状態の美徳が称揚され、貴族階級の疲弊にたいする糾弾激しきフランス革命の季節である。自然こそが人間の本来的善であるとした、フランス革命的言説は、無秩序の混沌に至る危険性がある。善は抑圧的になるのかもしれぬ。『ビリー・バッド』を執筆するとき、メルヴィルはそれをたしかに意識していた。シカゴ大学版『ビリー・バッド』の編者によって、メルヴィルが最終的に削除したとされたが、それ以前の版では序文として収録されていた章に、語り手が革命の結果生じた無秩序を批判する箇所がある。「悪弊を正すべき革命政府が、ただちに悪行をおこない、かつての王より遙かに抑圧的になった」のだ（三七七―七八）、と。艦長ヴィアも、革命期フランスにたいするおのれの英国保守主義的立場を、「世界平和と人類の真の幸福」に資するものとして（六三）、エドマンド・バーク（Edmund Burke）ばりに主張する。フランス革命後の混乱は、美化されたかたちで編成された、「高貴なる野蛮人」言説の産物なのだとすれば、ビリーの暴力が示唆するものとは、すくなくとも社会秩序の側からみれば、あるいは艦長ヴィアにとってすれば、「世界平和と人類の真の幸福」に相反する、自然状態から生ずる無秩序的混沌の姿なのだ。そうした意味で、暴徒と化したフランス革命の末裔の姿を、一面において、ビリー・バッドは体現する。

ビリーは「高貴なる野蛮人」的属性をもつとして、作中幾度か提示されるが（五二、一二〇、一二一）、そのときメルヴィルは、たしかにジャン＝ジャック・ルソー（Jean-Jacques Rousseau）を意識していたはずである。ハンナ・アレント（Hannah Arendt）に拠れば、ルソー的自然人とは、フランス革命において「発見」されたものだという（アレント一六二）。そうした自然人にたいする際限なき感傷のために、無限の暴力の奔流が解放されてしまったのだとして、アレントはフランス革命の結果生じた無秩序的混乱を批判する（アレント　一三七）。感傷は、永続的な法をつくるにあたわないのだ。彼女の指摘は、メルヴィルの語り手の、あるいは艦長ヴィアの言葉を、反復しているかのようである。

　ビリー・バッドの判決をめぐり、艦長ヴィアが期せずして、乗組みのことを「人民（The people）」と呼ぶ一節がある（一一二）。アレントに拠れば、人民とは、彼らの労苦を自身は経験しなかったが、それを目撃した人びとによって、概念化されたものだという。この言葉は市民ではなく、下層階級の人びとを意味するようになったのだ、と。すなわち人民の定義そのものが、不運や不幸と同義になり、「同情」の対象になったのである（アレント　一三二―一三三）。この意味で、生まれが高貴でありながらも、船上にて下層階級として分類され、運命の荒波に弄ばれる自然人は、フランス革命期に登場した、同情の対象としての憐れなる人民の表象ともかさなりあう。

　もうすこし、アレントに依拠しながら、ルソーの人民論を追いかけてみたい。ルソーはさらに論を進める。政治形態の永続的な統一とは、これら人民自身の意志によって保証されるのだ、と。一般意志という、人民の意志にともなう顕著なこの特質は、それが完全一致することにあった。そこにこそ、いわゆる世論が形成される契機があるとしたのである。ルソーは政治的な観点から、国民共通の敵が存在することを前提として、その敵が味方を統一させる力に頼るのだが、彼はさらに一歩進み、国内政治にも有効な統一原理を、国民そのものの内部に発見することを希む。すなわち、国民内部の共通の敵は、全市民の特殊利益の総計である。そして美徳とは、無私の態度のことである。ある政策の価値は、それがどの程度まですべての特殊利益に反しているかで測られ、人間の価値はどの程度まで、その者が自身の利益と意志に反して行動しているかに拠って判断されることとなったのだ（アレント 一一四－一一九）。裏を返してみるならば、美徳や無私が存在しなければ、自然は無秩序に至る危険性がある。ルソーはそれを自覚していたということだろう。[18]

しかしながら軍神号には、艦長ヴィア（Vere）という存在がある。彼の名は、ラテン語の“*vir*”に由来するが、それは英語の「美徳（virtue）」の語源でもある。そうした意味で、ヴィアは一般意志、無私を表象するのだといってよい。一般意志を表現することこそが、近代法の精神であるならば、ヴィアはまさしく軍神号上の掟であり、一般意志の総体である、公的意志を体現する。だからこそ、ミルトン・R・スターン（Milton R. Stern）が指摘するように、この物語において人間ヴィアは存在しえず、行政官ヴィアのみが必要とされるのだ（Stern 二一二一）。感傷を排し、一般意志、すなわち革命の結果生じうる混沌状況を抑制する無私の役割こそが、ヴィアが果たすべきものなのだ。

『ビリー・バッド』においては、美貌と無垢を有するビリー・バッドが、もたざる者、クラガートに嫉まれる。富者にたいする貧者の嫉妬、それがフランス革命の根底にあるとするならば、クラガートによるビリー告発も、ひとつの革命であるといってよい。アレントの言葉遣いでいうならば、クラガートとは私的な意志、特殊利益に突き動かされる存在である。そしてそれを抑制するのが、あるいは暴力の伝染を阻止するのが、一般意志としての衛生学的艦長ヴィアのつとめとなる。だがそこで、彼の無私は崩れ去る。美徳の人は分裂する。

4　父子の誕生

クラガートから謀反計画の徴候を告げられた際、ヴィアは直観的にこの者に反撥し、その押しつけがましい愛国心に苛立ちをおぼえる。計画の中心人物がビリーであると言明されたのちも、クラガートにたいする不信感を拭うことがかなわない（九五）。しかしながら、ビリーの冤罪を直観しながらも、ヴィアはその後、奇妙な思考回路を辿ることになる。クラガートの告発にたいし、すこし不思議な反応を示すのだ。

だがいまや、クラガート（Claggart）とその本心について、彼は本能的な確信というよりは、むしろ奇妙な疑惑につつまれた（clogged by strange dubieties）、強い猜疑心をともなう感覚をいだいていた。（九六）

ここでメルヴィルは、“Claggart”と“clogged”の音を懸け、ちょっとした言葉遊びをしているのだが、気がかりなのは、「奇妙な」という形容詞である。どうしてヴィアは、クラガートの申し立てが明々白々な嘘偽りであることを直観しながらも、「奇妙な疑惑につつまれた、強い猜疑心」のほうに想いをかたむけねばならないのか。そもそもなにが、「奇妙」なのか。しかも、この「疑惑（dubieties）」とは、定冠詞が付されていない複数形であり、したがって、「疑惑」の対象が、いま現在クラガートが忠言しているビリー・バッドの謀反計画のみをさしているとは考えられまい。善を嫉む堕落した悪の姿など、ヴィアに想像がつかないはずもなかろう。だとすると、「奇妙な疑惑」が措定するものは、ほかにいったいなにがあるのか。

その直前、果たしておのれの直言が艦長の信を勝ちえたのかと、クラガートはヴィアの様子を探らんとする。その立ち居振る舞いが、末子ヨセフに嫉妬するほかの子どもたちによる、父ヤコブからの愛情を追いもとめる姿に、「そうであったのかもしれぬ」という婉曲的な表現をともないながらも、かさねあわされている（九六）。それをうけて、ヴィアは、ビリーではなく、クラガートの対処をいかにすべきかとの一点に、思考の回路を集中させるのだ。それはまるで、固有名詞“Claggart”と過去分詞“clogged”の韻をふんだ先の引用箇所について、ヴィアのなかに「奇妙な疑惑にクラガート化された強い猜疑心」が生じたのだ、と読まねばならないかのようである。クラガートが重要なる他者として、ヴィアのなかに内在化された瞬間である。そうしてヴィアは、「困惑（The perplexity）」の表情をみせ（九六）、叛乱の疑惑の対象であるビリー・バッドではなく、クラガートの対処のために、その後の段取りを検討する。この「困惑」も、メルヴィルは当初“That perplexity”というかたちで記したのち、“That”を“The”に書き換えている（三七〇）。ヴィアの困惑の対象が、目先の告発の問題から、もっと一般化したものにずらされている。

先のヤコブをめぐる直喩にくわえ、語り手は、棄子たるビリー・バッドの父の似姿を、ヴィアの像にかさねようともする（九九、一〇〇、一一五）。これらはすべて、たしかに曖昧な言及にとどまっており、結局のところ、この物語において語られるもののなかで、明示的なものなどほとんどないに等しいのだが、むろんそれは、なにも語られないことを意味するわけではない。メルヴィル生涯の主題たる、父と子の姿がここかしこにちりばめられ、ヴィアとビリー、ヴィアとクラガートの父子関係がほのめかされているところを念頭におきつつ、精神分析学の助けを借りれば、次のようなことがいえるだろうか。すなわち、ビリーとクラガートのそれぞれは、たがいにとっての分身であり、この意味で、二人はともにヤコブの表象をあたえられた、ヴィアの息子であるのだ、と（Rogers 一八）。そしてまた、この結論が安易にすぎるのであれば、メルヴィルがヴィアの父親的肖像に読み手の意識をみちびこうとした過程を辿りなおしてみればよい。ヴィアはたしかに家族をもたぬ「独身者」として（六〇）、物語のなかで紹介される。この箇所について、執筆当初、メルヴィルはヴィアのことを、たんなる「人（a man）」として提示していた。ヴィアの名の、ラテン語における字義どおりの意味である。しかしながらその後、その箇所を「凝り固まった独身男（a confirmed bachelor）」と書き換えて、さらには否定的ニュアンスを明示する「凝り固まった」という形容詞をはずし、最終的にはニュートラルな「独身者」として、ヴィアを提示するに至る（三〇九）。こうした改稿過程を経たのちに、先に指摘したように、ビリーとクラガートにたいする父の像を、メルヴィルは読み手に暗示する。ヴィアの家族は陸（おか）にあるのではなく、軍艦上にあるのだとでもいいたげに。

　わたしはなにも、物語における事実として、生物学的父子関係を強調しているわけではない。隠喩としての父の表象が、陰画のようなかたちで、掟としての父ヴィアに付与されていることを、確認したいだけである。そうであるとするならば、無冠詞複数形の「奇妙な疑惑」とは、彼がみせる、定冠詞付きの「困惑」とは、父の情愛に訴えんとする子の眼差しの真意をはかりかね、さまざまに思考をめぐらせる、ヴィアの心理を暗示するものと読めないか。父の寵愛をあたえられず、嫉み深き子と化したヤコブの子として、クラガートは父に愛をもとめて訴える。そうした子の姿をみてとって、しばし躊躇したのちに、ヴィアはすなわち隠密さ、秘密主義を最優先し、ことを進めようとする。そこにビリー・バッドにたいするものとは別の立場で、クラガートにたいして父の役割をひきうけんとする、ヴィアの姿がみえてこないか。国家も家族と同じく望ましからぬ出来事は、外へ洩らさぬようにするものである。そうして家族の比喩を秘密主義の文脈でもちだすのは、『ビリー・バッド』の語り手である（五五）。クラガートにたいする隠喩の父、ヴィアが、誕生した瞬間である。ヴィアがクラガートを受肉するということである。ビリー・バッドのみならず、クラガートも父をもとめ、父に愛されたかったのではなかろうか、西谷拓哉がそのような「仮説」を提示しているが（西谷 一五一─一七）、すくなくとも、ヴィアがそれを感得したのだと読まなければ、彼の「奇妙な」立ち居振る舞いが、物語において完全に浮きあがってしまうだろう。

そうしてヴィアは、ビリーとクラガート双方の「父」として、殴打の場面を目撃し、ビリーの処分を決めることになる。それは無私のものであるというよりも、私に属する判断であろう。法的手続きを踏みにじる艦長ヴィアは、「人間」と「美徳」、あるいは私的意志と公的意志の狭間で、引き裂かれるのだ。掟の父が、隠喩の父の姿を垣間みせるのだ。

フランス革命の余波のもと、自然人のなかにみいだされるアダムのような穢れなさ。そこに同時に孕んでいる、無秩序に至る暴力性。ビリー・バッドが自然性にひそむ善と無秩序を表象する、フランス革命という時代の産児であるならば、他方クラガートも時代の落とし子であるといえるだろう。社会の混乱に乗じ、怪しい素性をとりつくろって、英国海軍にもぐりこむのだから。歴史の混迷がひきおこす、善と悪の邂逅である。そうしてそこで暴力の記号がうけわたされ、父と子の主題がかさねあわされることで、二人の子を裁く隠喩の父がひた隠す痛みの表情が、鋼の仮面から間接的に前景化される。自然と暴力をめぐる嵐の風景は、陰画のかたちで、父と子の寓話へと変容する。物語は、ポジからネガへと反転する。

5　テクスチュアル・クーデター

草稿研究に拠れば、一八八五年の末ごろに着手された『ビリー・バッド』の原型は、一九六二年に刊行されたシカゴ大学版の最終章に収録されている「手枷のビリー」とほぼ同じかたちで、わたしたちがいまみるビリー・バッド像より年配の、もう一人のビリーの瞑想を中心に展開されていたのだという。彼は実際に叛乱の主導者をつとめた咎で、すでに処刑が宣告されており、処刑を目前にしたビリーの瞑想が主題化される。だが、次の段階において、悪の人クラガートが書きこまれた時点で、ビリーは無実／無垢（イノセント）の自然人に純化する。悪はクラガートに転移されるのだ。このとき出生の謎が導入され、ビリー・バッドは親を知らぬ棄子の属性を獲得する。フランス革命という時代背景があたえられ、彼は軍艦に強制徴募される。「高貴なる野蛮人」の登場である。この時点ですでに、ビリー・バッドは吃音のあまり、クラガートを殴り殺したことになっており、艦長によって死刑判決がくだされるが、それは臨時軍法会議にて即決されるものではない。すなわち物語は、ヴィアの内面が深化される以前から、ビリーがクラガートを誤って殴り殺し、無実の者は処刑されねばならないとの前提で、成立していたことになる。自然人は、暴力をふるうからこそ罰せられねばならない。一般意志は自然の暴走を、暴力の伝染を、是が非でも抑えねばならないのだ、と。自然の穢れなさ、そこに孕む暴力性。「自然の堕落」という属性をあたえられたクラガートも（七五）、自然のもうひとつの似姿である。物語はふたつの自然形態が衝突し、善と悪が交差するものとなるに至る。

そうして一八八八年一一月以降、『ビリー・バッド』はドラスティックな変身を遂げる。物語生成の最終段階にて、ヴィアの内面が織りこまれるのだ。ヴィアは公的意志たる「美徳」の総体であるのと同時に、「人間」でもあるのだから。近代人であり、リアリズムの人である以上（六二）、無私の人にも私がひそむ。主要作中人物のうちで、掟の人でありながらも、ヴィアだけが過去をもつ存在として提示されるのは、無私における私性を暗示させるためであったのだろうか。したがって、先に引いたスターンの指摘は、ビリー・バッドによる殴打事件の直後より、いま一度、反転させてうけとめるべきものであろう。行政官ヴィアの仮面の亀裂に垣間みえる「人間」の顔をひきだすのが、ビリー・バッドとクラガートであるのだ、と。「現実の人間や出来事をあつかった書物」を好む無私の人が（六二）、二人によって、人間という物語を読むよう促されるのだ、と。この意味で、『ビリー・バッド』における真の中心人物は、最終的には人間ヴィアであるのだ、と。

このころメルヴィルは、先に言及した序文を削除して、代わってビリー・バッドによるクラガート殴打の結果生じたヴィアの狂気をめぐる、軍医の反応を書きこむことになる。ヴィアが狂気であるやもしれぬ論拠として、判決があまりに急であり、慣例からも逸脱していること、かつその過程があまりに秘密主義的であることを、メルヴィルは軍医をとおしてほのめかす。無私と私の分裂を前景化させるのである。そうして掟と秩序が殴られるのだ。ヴィアには貴族階級の属性もあたえられるが（六二）、物語はこの時点で、自然人たる子と子の狭間で揺さぶられる、貴族階級である美徳の人の、父としての苦悩の隠喩をめぐるものとなる。死刑を目前に、苦悩する者が、裁かれる側から裁く側へと移行するのだ。そうして裁く父が、裁かれた子から祝福をうける。ビリーが処刑直前、「ヴィア艦長に祝福あれ！」（一二三）、そのようにヴィアを赦す言葉を捧げるのである。同情は、裏切られる子が裏切る父に施すものとなる。同情のクーデターである。父は子を裏切ったのち、子によって赦された。そしてそこに、父と子の抱擁という秘蹟があったのかもしれぬという（一一五）。フランス革命の際に下層階級としての人民にあたえられた同情を、自然児ビリー・バッドが貴族人ヴィアに施すという、子が父に施すという逆転の論理が、ネガの世界で展開される。そしてまた、物語の生成上、悪を投射することで、ビリーからクラガートが生まれたのであるならば、弟は兄を産み、兄が誕生した結果、穢れなき者になることができる。あるいはヴィアが処刑することで、伝説の人ビリー・バッドが乗組みのあいだで生まれたのであれば、文字どおり、ヴィアはビリー伝説の産みの親であるといってもよい。父が子を産むのである。

エドウィン・ハヴィランド・ミラー（Edwin Haviland Miller）は、精神分析学的立場に拠るメルヴィル伝において、クラガートは語りが達者なところから、メルヴィルの兄ガンズヴォートを連想させ、まごつきながら**ども**るという点で、ビリーはハーマン・メルヴィルその人を想起させると論じているが（Miller 三六三）、クラガートが兄であり、ビリー・バッドが弟であるならば、『ビリー・バッド』とは、弟が兄を殺め、子が父を殴る物語となるだろう。すなわちアベルがカインを殺すのであり、イサクがアブラハムを殴るのであり、ヤコブが息子に殴られるのである。系譜学上でのクーデターだ。

ビリー・バッドはたしかに殴る。パリの暴動者と同様に、殴りつける。悲劇が悲劇として成立しえない散文時代の舞台において（四三）、ここにカタストロフィはなく、ビリー・バッドの死にも、クラガートの死にも、そしてヴィアの死ですら、どこかにやるせない想いが漂っている。しかしながら物語では、激しく系譜を逆転させる構造をともないながら、フランス革命とは異なって、美徳のなかにも苦悩があり、善のなかにも暴力はある、理性は狂気であるやもしれぬ、堕落は愛を渇望する、裏切り者の貴族階級は、裏切られた自然人によって赦される、もたざる兄に父があたえられ、もつ弟からはうばわれる、そうした転移と逆転の動力学が、激しいかたちで展開する。そうしておびただしい隠喩のクーデターを反復したのち、「創世記」に決して書きこまれることのなかった父と子の抱擁の陰画をつうじて、自然人と貴族階級の和解が告げられる。メルヴィルが遺した『ビリー・バッド』の草稿は、旧約聖書からも、フランス革命からも、遠く離れた彼岸の世界の物語となったのである。

第七章　永遠の風景『タイピー』

1　喪われた自然

一八四六年に発表されたメルヴィルの第一作、『タイピー』は、茫漠とした南洋のただなかから、遙か遠い田園風景を渇望する、長旅に倦んだ語り手の独白で幕をあける。

ああ、爽快な草の葉をひと目でも見られぬものか！　ひと握りのローム土の馨しい香りも嗅げないのか！　あたり一面、どこにもみずみずしさがない。緑もまったく見えないぞ。いや、船の舷牆の内側は、たしかに緑色に塗装されている。でも、なんとも穢らわしく貧弱な色合いだ（後略）。（三―四）

おんぼろのアメリカ船ドリー号から、陸でなじんだ緑の輝きと、鮮やかな土の赤茶が夢想される。かつて舷牆を彩っていたらしい、美しき緑も、いまやくすんでいるという。そうして消え去った生気をもとめて、語り手はここで叫ぶのである。視覚も嗅覚も動員して、物語は冒頭から、喪われたみずみずしきものへの志向を隠そうとしない。

その後、船はマルケサス諸島に辿りつき、ヌクヒーヴァの港に碇泊する。そうして船上からみあげられた島の絶景は、「巨大な自然の円形劇場の廃墟」のような威厳をたたえているという。だがそれが、「自然の愛好者」たちの眼に触れないことは（二四）、残念遣るかたない。語り手はそのように紡ぐのだが、この「自然の愛好者」という言葉遣いは、いったいどのような人びとを想定したものなのだろうか。

むろんそれは、自然を愛でるために、欧米から南洋へとおもむく旅行者のことではないだろう。そのような目的でマルケサスをおとずれる者は、この当時、調査隊員として南洋を巡航していた少数の博物学者や画家以外、ほとんど存在しなかったのだから。だとすれば、これはアメリカ国内の文脈におけるものなのではなかろうか。古代からの歴史を有するローマであれば、たしかに自然ではない人工の円形劇場の廃墟があろう。だが、そうした史跡、文化遺産のごときものは、マルケサスには存在しないし、新世界アメリカにあるわけでもない。どちらにもあるのは、自然の「遺跡」でしかない。そのような荒野を観賞するツーリズムが、一九世紀前半期になると、たしかにアメリカの教養人のあいだで成立していたのだ（Kornhauser 六一七）。たとえばキャッツキル山脈やナイアガラ瀑布などは、その最たる人気スポットであった。メルヴィル自身、一八四七年の新婚旅行で、ニューハンプシャーのホワイト山脈やカナダ東部の壮大な自然の景観を周遊しているが（Robertson-Lorant, *Melville* 一六三、Parker, *Herman Melville*, Vol. 1 五四六）、一八三〇年代、四〇年代のアメリカ国内において、圧倒的な自然の驚異を堪能する感性が、すでに用意されていたということである。だからこそ、『タイピー』の語り手は、ともに逃亡して荒野の山腹を突き進む仲間トビーの勇気を称える際、このようにかたるのだ。「怖れを知らぬこいつを、しょげさせたり怯えさせたりするものはなさそうだった。タイピーだってナイアガラだって、奴の知ったことじゃない」（六二）、と。そうして人喰いの評判高きマルケサスの蛮族と、北アメリカの大瀑布が、自然の驚異、自然の恐怖という文脈で、並置され、同一の次元であつかわれる。記号として、マルケサスと新大陸の驚異と恐怖がかさねられる。

風景にたいする語り手の感性には、さらなる特性も窺われる。船から眺められた風景のなかに入りこみ、逃亡しながら森をさまよう二人が、はじめて夕暮れの山中から島の内陸部をみつめる瞬間、そこに聖なる沈黙がみいだされる。

この方角には、ぼくらの視線がとどくかぎり、生き物の気配がまったくなく、かつて束の間人間が住んでいたことを示すものですら、なにもみあたらなかった。この風景(landscape)全体が、ひとつの完全な沈黙のようであり、天地創造(the creation)の朝以来、島の内陸部には誰も居住したことがないようなのだ。ぼくらはこの荒野を進んだが、自分たちの話し声が、奇妙な音となって耳に響いてきた。この地の怖るべき沈黙は、遙か遠くの瀑布が奏でる呟き声に中断されることを除けば、これまで一度たりとも人間の言葉にかき乱されることがなかったのではないかと思われるほどだった。(四四)

ここにおいて、「荒野」という、新大陸に付与されてきた因習的概念にくわえて、「瀑布」というきわめてピクトリアルな、アメリカ人の想像力を掻きたてやすいイコンにも、語り手の視覚と聴覚が向かっている。そもそも風景とは、それを風景と認識する感性がなければ、風景にはならないものである。あたりまえのものであるならば、別段意識されることなく、素通りされてしかるべきものだ。『タイピー』の語り手は、「風景」という語を選択しているところにも窺えようが、眼前の荒野を風景として捉えている。あるいは風景画のフィルターをとおして世界を認識している。そうしてさらにこの場所は、天地創造以後、誰によっても穢されていない、原初の自然であるように、語り手の眼に映っている。

ちなみに第二作『オムー』におけるタヒチも、はじめて船から眺められる際、創造主が産み落としたばかりの、みずみずしくも新鮮な世界として描写される。

海から見たその眺めは、壮大だった。浜辺から山頂に至るまで、緑で陰影をつけた色合いからなる、ひとつのかたまりのようだ。渓谷や尾根、谷間、滝のおかげで、際限なく変化に富んだ眺めになっている。尾根の向こうでは、そこかしこで、さらに背の高い峰が影を投げかけており、それは渓谷の奥まで伸びている。渓谷の最上部では、垂直にたつ緑のあずまやから降りそそいでいるかのように、瀑布がいきおいよく陽射しのなかに飛沫をあげて流れ落ちている。そこはまさしく妖精の世界、創造主（the Creator）の手から生まれたばかりの、みずみずしい花咲く楽園、といった魅惑感が、全体にみちあふれている。

近づいてみても、この絵画（the picture）の魅力が減ずることはない。(後略) (*Omoo* 六六)

そこは「創造主」の手から創られたばかりの、花咲く楽園なのである。だからこそ、かのブーガンヴィルも、タヒチを「エデンの園」に喩えたのだ（*Omoo* 六六）。『オムー』の語り手はそのように紡ぐ。こうした風景を描く修辞法は、光と影という対照を際立たせ、高い山の尾根と、深遠なる渓谷と、そのような高低、明暗を浮き彫りにする。そしてまた、全体として、この風景にたいする眼差しは、垂直方向に動く傾向にある。そうして以上をひっくるめて、タヒチの風景を、『オムー』の語り手は「絵画」と呼ぶ。ここはまさに、風景画のような風景なのだ、と。語り手の在りようは、『タイピー』の場面では山のなかから眺める一方、『オムー』では船上から観察する、といった相違はあるが、それぞれが、ヌクヒーヴァとタヒチの島に、風景画でも愛でるかのように、天地創造の瞬間をみいだしている。それはたしかなことである。

じつのところ、風景画と天地創造の概念は、一九世紀アメリカにおいて、きわめて密な関係にあった。アメリカが自国の自然に投影していたものは、まさしくエデンの園としての自然であり、原初の荒野（あらの）としての自然であったのだ。バーバラ・ノヴァック（Barbara Novak）に拠れば、アメリカ人にとって、血が流されておらず、すなわち穢されてはおらず、よってそれだけ神に近しいといえるような荒野こそが、歴史を有する西洋とは差異化された、自分たちの風景であったという（Novak 一二四-一二五）。あるいはアメリカが独自性を確保するためには、そうでなければならないのだ。かくて一九世紀の風景画には、天地を創造した神の意図をあきらかにする、すなわち啓示せんとする使命があったのだという（Novak 一三二）。

そしてまた、自然の荒野を描く一九世紀アメリカの風景画には、神学的なものだけでなく、社会的な問題も付随する。荒野を絵画の眼差しで愛でる感性は、アメリカでは皮肉なことに、自然が喪われつつあることによって強化されたものでもある。一八二五年にエリー運河が完成すると、国土の開拓と人口移動が、西へ西へと進行してゆく。そこに鉄道の敷設も拍車をかける。それは開拓という名のもとに、未開の地が開墾されゆくなかで、環境破壊が進むということでもある。ケネス・ジョン・マイヤーズ (Kenneth John Myers) が興味深い指摘をしているが、ウィリアム・チャーヴァット (William Charvat) に拠れば、自然を謳う、英国のロマン派詩人ウィリアム・ワーズワス (William Wordsworth) がアメリカで人気を博するようになったのは、おおよそ一八三〇年代なかばのことであったのだという (Charvat 五〇)。かくてマイヤーズは、そのころに、一般的なアメリカ人の自然にたいする感性が変化したのではないかと推測する (Myers 七五)。それをさらに敷衍するならば、環境破壊にたいする問題意識が、かなりの程度、一般の人びとのあいだで共有されるに至ったということでもあろう。美しくも穢れなき自然、というアメリカ神話が崩れ落ちつつあるために、それを再神話化することで、保存せんとする心性が成立したということである。あたりまえのものが、あたりまえではなくなったのだ。だからこそ、そのころに勃興した風景画というジャンルの意識下には、国家主義とも連動しつつ、喪われつつあるものを記録する、保存媒体としての機能が窺われよう。ハドソン・リヴァー派の創始者で、アメリカ風景画の父とも呼ばれるトマス・コール

(Thomas Cole) が本格的に活動をはじめたのは、まさに一八二五年、エリー運河の開通と同じ年であった。メルヴィル自身、南洋に向けた航海に旅立つ直前の一八四〇年六月に、開拓が進む中西部や五大湖周辺を旅しているが、その道程でおそらく鉄道を利用していようし、ナイアガラ瀑布を見ている可能性も高いと思われる。すさまじい勢いで開発が進む、だが、スラム街のような都市化の矛盾もすでに露呈していた、バッファローのようなフロンティアの新都市を、メルヴィルはたしかにめぐっている (Howard 三一–三七、Robertson-Lorant, *Melville* 八〇、Parker, *Herman Melville*, Vol. 1 一七四)。西部開発と、それにともなう環境破壊を、作家になる前の作家は、リアルタイムでまのあたりにしていたのであった。

かくて、自然破壊という文脈を踏まえるならば、冒頭に引いた、かつて美しき緑に彩られていたアメリカ船から楽園を夢想する場面は、開拓、開墾が進行しつつある一九世紀アメリカが、神話世界としての緑のアメリカを夢想するような、ひとつのノスタルジーの隠喩であるようにも読めてくる。あるいはタイピー族とナイアガラ瀑布を同一次元にならべる心性にも、ナイアガラという大自然ですら、一八二五年以後、急速に観光地化されたために、すでに一部の旅行者たちに失望をあたえてしまうほどに世俗化していた時代に鑑みれば (Lueck 一三五)、タイピーという記号から喚起される感覚を援用することで、本来のナイアガラが宿していたはずである、見る者の度肝をぬき、驚愕させる自然の力を、再確認せんとする語り手の無意識がみえてこよう。さらにいえば、「自然の円形劇場の廃墟」という言葉遣いにせよ、古代ローマに比肩する遺跡がマルケサスの大自然にみいだされる、そしてそのスケールは西洋のそれより遙かにおおきいという意味内容には、文明にたいして、自然を、対等ないしはそれ以上に位置づけんとする欲望が窺われる。歴史を超越するのだといってもよい。メルヴィルの語り手における南洋の熱帯幻想の背景には、アメリカにおける自然の再神話化、あるいは喪われた自然へのノスタルジーという主題が、どうやら隠れているようだ。

2 時間の地層

『タイピー』の語り手は、風景のなかに天地創造の啓示をみいだした直後、森のなかで最初の夜を迎えた体験を、このようにふりかえる。

あの怖ろしい(horrid)夜をわすれることなどできようか?(中略)この惨めな(wretched)夜のあいだ、ぼくらがおかれた完全無欠の悲惨(misery)な状況をしあげるために、足りないものなどなにもないように思われた。(中略)ぼくはこれまで生きてきたなかで、ずぶ濡れになったことが幾度もあったが、そしてまた、一般論的には濡れたところでさして気にもしなかったのだが、あの夜の恐怖（horrors）はじわじわとつみかさなってきて、周囲も死にそうなほど冷えこんできて、ぞっとするような（appalling）暗闇と、不気味な（dismal）孤独（forlorn）感に襲われたせいで、ほとんど去勢されたも同然の状態になったのだった。（四六）

日本語訳に英語を付している箇所がおのずと告げるところであろうが、ここにおいて、ゴシック・ロマンスを彩る語彙が数多くもちいられる。南洋の孤島を描く修辞法が、西洋中世をめぐるそれに酷似するのだ。そこにも歴史を超えんとする荒野の欲望をみいだすことができるだろう。そしてまた、天地創造の文脈を踏まえるならば、ここには有史以前の原初の風景、原始宗教的な風景、さらにいえば、原始宗教における畏怖と恐怖の感覚もみえてくる。熱帯の湿気に苛まれながら、ヌクヒーヴァの山の尾根を彷徨する語り手は、遙か遠い太古の沈黙の森にいるかのように、ちいさき自分、孤独な自分に震え、そして、慄いている。

聖なる沈黙がかぶせられるのみならず、『タイピー』の風景描写には、美学的感性も連動する。先に触れた「自然の円形劇場の廃墟」がみいだされる場面の直前にて、語り手は、はじめてまのあたりにしたヌクヒーヴァの山並みを、次のように描きだす。

陸（おか）は水辺から一様にたちあがり、きつい傾斜の緑青がそれにつづく。そこにゆるやかに起伏する中腹の斜面と小高い高台がつづき、そうして陸はすこしずつ、壮大かつ威風堂々とした嶺となる。その青い稜線が、周囲をかこいこんでいるために、視界はそこで閉ざされる。美しい岸辺は、ロマンティックな深い渓谷のおかげで、ますます引き立てられている。渓谷はほぼ等間隔で岸辺に降りてきているが、それらすべてがひとつの中心部から放射線状に伸びているようで、その最端は、山影に遮られて見えない。これらちいさき渓谷の一つひとつに、澄みきった小川が流れこんでおり、そこかしこですらりとしたちいさな糸滝の様相を呈しているのだが、そこから先は見えなくなったかと思うと、急におおきな轟々たる瀑布となってふたたび姿をあらわし、そうして最後はとりすましたような趣を呈しつつ、蛇行しながら海に流れこんでゆく。（一二三―一二四）

なめらかな線状がすこしずつ隆起して、「壮大かつ威風堂々とした嶺」になってゆく。それを眺める視線は、前景、中景、後景と順序立てつつ、すなわち風景にきちんとした垂直的構図をみいだしつつ、しかしながらすべてをみとおすことが赦されない。無限の神秘がみいだされるのだといってもよい。それと同時に「ロマンティック」なまでに深遠な渓谷や、「糸滝」のようなちいさいイコンが、観る者に喜びをあたえてくれる。そしてその先にみえるのは、「おおきな轟々たる瀑布」の圧倒だという。こうした風景描写の特徴を一言でいえば、本来異なった美学概念たる、崇高、美、ピクチュアレスクといった諸要素が、共存しているさまにある。

これら一連の風景美学は、直接的には一八世紀後半の英国に由来するものである。一八世紀なかばにおける、エドマンド・バーク流の崇高と美にかんする定式に拠れば、崇高概念の対象は、曖昧で、無限で、おおきなものであり、それは人間の認識能力を超えるために、苦痛に由来するものであった。他方美の対象は、なめらかで、ちいさきもので、その起源は快楽にあるとされた。バークの影響下、一八世紀後半に至ると、これらふたつの中間にあるともいえる、ピクチュアレスクという視覚芸術上の概念が登場する。それにおおいに貢献した、牧師ウィリアム・ギルピン（William Gilpin）に拠れば、これらふたつとピクチュアレスク、とりわけ一見混同されがちな美とピクチュアレスクは、厳密に区別されるべきものであった。ピクチュアレスクの特徴は、粗さ（roughness）、ごつごつとした性質（ruggedness）にあるのであり、その対象がおおきいものであれちいさきものであれ、作者がみずからの手腕をつうじ、額縁のなかで意図的に構図をつくり、鑑賞者を愉しませることができるもの、ということである（Gilpin 六–七）。したがって、ピクチュアレスクは観る者が視覚をつうじて愉しむものである以上、人間の認識能力を超える崇高とも、原理的にいって相容れない。それが英国的風景美学のひとつの典型的在りようであった。

　そうして一九世紀に入り、文明をもたぬアメリカに移植されると、風景美学はおおきな変貌を遂げることになる。たとえば文明と自然といった英国的二項対立の感性を、荒野にあるアメリカは有していなかった。その結果、三つの区分が曖昧になることで、アメリカン・ピクチュアレスクとも呼ばれる独自の「折衷的」美学が形成され（Conron 一七―一九）、これら三つを混在させた風景美学が成立するのだ。こうした点を念頭におけば、ゴシック・ロマンス的でもある「自然の円形劇場の廃墟」を描くメルヴィルの語り手の、「折衷的」な風景画的感性が、浮き彫りになることだろう。

　そもそも火山帯に位置するマルケサス諸島の山の風景は、剣先のように鋭い頂きをもつ、急な勾配に特色がある。あるいは語り手がそのように描きだす。『タイピー』の続篇とも読める『オムー』において、船上から眺められる風景は、先にも触れたように、垂直性を強調するものになっているのだが、じつのところ、上陸後のタヒチとイメーオの風景は、ゆるやかな斜面が前景化されたものとなっており、『タイピー』の鋭角的なそれとはかなり対照的である。後者における、ごつごつとして鋭いヌクヒーヴァの山の風景は、美しくあるのと同時に、おおきくて、無限で、曖昧な対象にたいして感じるような、恐怖、苦痛、荘厳を漂わせる条件をみたしている。マジョリー・ホープ・ニコルソン（Marjorie Hope Nicolson）が指摘するように、不規則な形態を有する山こそが、畏怖と恐怖を醸しだす、自然の聖堂、自然の祭壇であり、それらを幻想し、愛でる感性が成立するようになるのは、西洋においてはおおよそ一八世紀なかばのことであった（Nicolson 二）。山をめぐるこのような崇高の概念もかさねられた、「折衷的」なヌクヒーヴァの風景は、熱帯雨林という気候に付随する楽園性にくわえて、山に聖なるものをみいだす美意識によってもささえられているのだといってよい。そこに西洋文化の継承と超越に向かう意志の混在が窺われるのだといってもよい。

だからこそ、『タイピー』の語り手は、風景の表層に隠されているものをみつめんとするのだ。考古学、地質学の主題のことである。世界の時間、地球の歴史の探索のことである。語り手がトビーとともに森をさまようなか、渓谷を通過する際に直面するさまざまな困難は、「エジプトの地下墓所の通路を這いだした、ベルツォーニが出会った以上の障害」であったという（五九）。ジョヴァンニ・バッティスタ・ベルツォーニ（Giovanni Battista Belzoni）とは、一七七八年に生まれ、一八二三年に没した、イタリアの探検家かつ考古学者のことであり、エジプトのピラミッドや神殿を発掘したことで知られる人物である。そしてまた、このように、「円形劇場の廃墟」以外にも、『タイピー』にはイタリアやエジプトなど、古代文明を想起させるところがいくつかみうけられるのだが、ここにおいて語り手とトビーは、ベルツォーニ以上に困難な考古学的探検をしているのだと、すこし妙なことがかたられる。だがそれは、神話性をともなう自然に入りこもうとしているという文脈を踏まえれば、さして可笑しくもないのだろう。二人は考古学者のような探検家として、これまで土中に埋められていた、エジプト文明の遺跡を掘りかえす営みと同様に、時間という地層を掘りおこし、過去へと向かう時間旅行（タイム・トラベル）を遂行しているのだ。自然に歴史を接続するのだ。

かくて、語り手の眼差しは、風景を前にして、時間的に逆行する。タイピー渓谷で暮らすようになったのち、トンモと呼ばれることになった語り手が、ある日、通常の水浴を終えて住まいにもどる途中、偶然遺跡のような石の台地に辿りつく。その巨大な石の遺跡について、トンモは付き添いのコリ＝コリという青年に、いつものように「科学的」な質問をする（一五四）。トンモはたしかに科学者という自負心をいだいているのだが、それにたいしてコリ＝コリは、神々が世界を創造したときに創りたもうたものだと返答する。トンモはそれを無知のなせる説明であるとして、心のなかで一蹴する。だがその後、見る者を圧倒するほどに巨大な岩石と、蔓がその隙間から伸びて周囲の樹木に複雑にからまる様子に鑑みて、神が創ったのではないにせよ、太古のむかしにここに住んでいた人類が造ったものではなかろうか、そのように推測するに至る。そうして彼は、「ケオプス「が建てたギザ」の大ピラミッドの麓で瞑想していたとしても、それ以上の強い畏怖の想いに駆られた」のだと告白する。自然の大地に埋もれていた、古代の証しを突如みつけるとき、トンモはそこに驚異をみるのだ。そうしてマルケサス諸島の歴史に想いを馳せ、「三千年前、エジプトの地に人間が住んでいた可能性と同じぐらい、マルケサスの渓谷にも三千年前、人間が住んでいたという説もありうるだろう」と呟く(一五五)。マルケサスの文明史が、エジプトのそれと同程度である可能性をみとめ、石の遺跡から古代へと、想念を飛躍させる。ここにおいてもトンモは時間の地層を掘り起こし、圧倒され、歴史の超越をほのめかす。

その後、話題は流れてゆき、マルケサスの島々を形成したのが珊瑚なのか、火山の噴火によるものか、そうした議論に向かってゆく。そのときトンモは、「地質学者がアメリカ大陸形成の原因を、北極からケープ・ホーンに走るエトナ系海底火山の同時爆発であると主張したところで、異議をとなえるつもりはない」といい(一五五)、話を新大陸にずらしてゆく。むろん悪ふざけの冗談ではあるが、わざわざそのような冗句のために、語り手は地質学を援用しつつ、アメリカ大陸火成説を提示するのである。ヌクヒーヴァの古代遺跡にはじまる話題が、文明論へと展開され、そうしてそれが新大陸へと接がれ、その際に、火山というイコンを参照しつつ、シチリア島のエトナ山が言及される。こうした論理の展開は、かなり不可思議なものであるといってよい。冗句のかたちをとらなければかたりえない非論理であるといってもよい。エトナ山とは、西洋最大の活火山のひとつであり、活動を開始したころは海底火山であったと考えられているものだが、トンモは地質学という科学に頼りつつ、その海底火山の噴火がアメリカ大陸を形成したのだとする新説、珍説の蓋然性を吟味する。すなわちヨーロッパ大陸、あるいはすくなくともシチリアないしはイタリア周辺の陸地と、新大陸の、形成時期とその由来が、ほとんど同じではないかと主張するのだ。マルケサスとエジプトの文明史を同列にならべたうえで、アメリカという「山」と西洋という「山」の起源を、同じところにもとめるのだ。ここにおいて語り手は、エトナ系海底火山の噴火こそが、アメリカの「山」を形成したのではないかとかたりつつ、すなわち新大陸に天地創造と崇高の概念をかぶせつつ[19]、そのようなまわりくどいことをしたうえで、西洋文明にまさるともおとらない、火山島であるマルケサスの文明の風景の歴史性を称えようとしている。それと同時にアメリカの自然の風景の歴史性を称えている。どうやらそういうことなのだ。

山から地層に至る自然の風景をみつめる語り手の眼差しは、風景画的、考古学的、地質学的特性をかねそなえている。そうしてアメリカの自然がかさねられたマルケサスの崇高なる風景は、ますます古代性、神話性をともなうものになってゆく。語り手トンモの冒険は、時間の地層を掘りかえしつつ、古代を夢想しながら、最終的には天地創造の瞬間へと回帰せんとする、探検と巡礼の旅である。

メルヴィルは、『タイピー』の商業的成功によって、一躍名声を手にいれたにもかかわらず、その後わずか一〇年ほどの歳月を経て、小説家としての筆を折ることになる。一八五七年に、生前最後の長篇作品『詐欺師』を上梓したあと、糊口をしのぐために、アメリカ国内で講演旅行を都合三度おこなうのだが、そのなかのひとつに、「南洋」("The South Seas")と題されたものがあった。一八五八年一二月から翌五九年三月にかけておこなわれたこの講演の内容を再構成した原稿に拠れば、メルヴィルはそれを、次のようなかたちで閉じている。

> 私は一般論的な意味での博愛主義者として、そしてとりわけポリネシア人の友人として、肥沃な土壌に恵まれて、幸福な住人が住まう南洋のエデンには、まだその多くが文明と接触することで汚染されていないからこそ、これからも、その素朴さ、美しさ、純潔さを損なわないでいてほしいと思うのです。併合にかんしては、心から祈りたい——ここにおられるみなさんと、すべてのキリスト者が、この点で私の仲間になってくださるようお願いしたいのです——私たちが道徳的、精神的、身体的な意味で、救貧院や刑務所、病院［などの諸改革］に至った［今日のアメリカ］文明よりも高度な文明を、自分た

ちのためにつくりだしていない以上、まだ結婚予告をするべきではないのだ、と。(“The South Seas” 四二〇、傍点原文)

文明は、南洋のエデンと接触してはならない。聖なる風景を穢してはならない。政治的併合をする前に、キリスト者自身がもっと文明の名に値する存在にならねばいけないのだ。メルヴィルはそのように告げて、話を現在形のアメリカにフィードバックさせる。「素朴さ、美しさ、純潔さ」という言葉遣いも、本来の新世界が有していたはずである、穢れを知らぬ神話的世界を、どこかしら彷彿とさせる。

メルヴィルはその後詩作に転じ、一八九一年九月二八日、七二歳にして逝去するのだが、その三年前、一八八八年六月に遺書をしたためたのち、私家版詩集『ジョン・マーと水夫たち』(*John Marr and Other Sailors with Some Sea-Pieces* 一八八八年)を二五部刷っている。そこに採録された詩篇のなかに、「ネッドに」(“To Ned”)と題されたものがある。そこで詩人はこうかたる。「マルケサスと峡谷の小島/それは異教の海に浮かぶ正真正銘のエデンの園」(*John Marr* 二三七)、と。七〇歳という齢を前に、おそらくはみずからの死を意識する段に至っても、メルヴィルはマルケサスの風景を、いとおしく回想し、それとエデンを同一視する。それも、「正真正銘」のエデンと呼ぶ。

『タイピー』の聖なる風景は、南洋をみつめるメルヴィルの、原風景であったのだろう。旅から帰還したのちに、さまざまに知を吸収し、愛と信頼を全否定する『詐欺師』のような作品までものした作家は、結局のところのちになっても、マルケサスの謎めく始原の聖地を、いとおしく思っていたようなのだ。『タイピー』の語り手は、ヌクヒーヴァの風景のことを、幾度となく、計りしれない、近づきがたい、不浸透などと形容し、人喰いの影にも怯えつつ、タイピー社会の宗教については、「すべてを見たが、なにも理解できなかった」とかたる（一七七）。それらはメルヴィルにとって、謎めくものでありつづけた。だからこそ、わからないからこそ、そこに聖なるものを見ることができたのだ。

そうしてのちに、マルケサスの風景を追憶するなかで、起源の風景を回復させようとしたのだといってもよい。メルヴィルはその風景を、永遠に向けて開こうとしたのだ。すでにして喪われたアメリカの神話的自然の風景にたいする想いを、その営みに接いだのだ。それを若き小説家の蒼き想念と呼んでもよい。老いた詩人の蒼き想念と呼んでもよい。

メルヴィルは最晩年、机をおいた部屋の壁にひっそりと、一枚の紙片を貼りつけていた。「若かりし日々の夢に忠実であれ」(Metcalf 二八五)。そこにはそう記されていたという。

第八章　道化の祈り「コケコッコー！」

1　雄鶏の象徴

『ピエール』が読書界から狂気的、冒涜的との酷評をうけたのち、生前最後の長篇作品となる『詐欺師』をものすまでの、おおよそ二年半ほどの歳月において、メルヴィルは集中的に短篇小説を書いている。その最初期にあたる、『ハーパーズ』（*Harper's New Monthly Magazine*）一八五三年一二月号に掲載された作品が、「コケコッコー！」（"Cock-A-Doodle-Doo! Or, The Crowing of the Noble Cock Beneventano"　一八五三年）である。作者は『パトナムズ』（*Putnam's Monthly Magazine*）の同年一一月号と一二月号という同じ季節に、「バートルビー」も発表しており、これら二作品は、ほぼ同じ頃合いに執筆されたものと推察される。したがって、これら二つの作品を、ペアリングして解釈するような向きもある。たしかにレオン・ハワードが指摘するように、どちらの作中人物にも、「つつましやかな忍耐」という共通の属性があろう（Howard 二〇九）。そしてまた、どちらの物語も、名をもたぬ一人称の人物によってかたられる。だが、二人の語り手は、あきらかに別種の人格の持ち主であり、舞台の背景も異なっている。「バートルビー」が、マンハッタンのウォール街を舞台とした、法律家である初老の「わたし」によって綴られる物語であるのにたいして、「コケコッコー！」の語り手は、物書きであると読めなくもないが、農業にたずさわっている人とおぼしいし、物語の舞台は、執筆当時メルヴィルが暮らしていた、マサチューセッツ州のバークシャー地方を想起させる田園空間に設定されている。二人の語り手と、二つの舞台は、むしろ対照的であるといってよい。

こうした物語の設定だけが理由というわけでもないのだが、「コケコッコー！」の語り手は、メルヴィルの短篇小説のなかでも、わりに作者に近しいような印象を、わたしはいだいている。たしかに彼は、作者の伝記的側面に符合するかのごとく、心も身体も病んでおり、経済的にも借金苦に苛まれるという、八方塞がりの日々を過ごしている。だが、ある朝、丘に散策にでかけてみると、不意に雄鶏の鳴き声が聞こえてきて、その声に、生きる勇気を授けられる。その日以後、へこむたびに、この雄鳥の鳴き声が昼夜を問わず聞こえてきて、語り手を力づけてくれるのだという。語り手は、貧しい樵夫のメリマスクが住まう掘っ立て小屋で、この雄鳥に偶然出会い、大金を払ってでも雄鶏を買い受けたい、そのように申しでるのだが、自分の病弱の家族がみんな、雄鶏に勇気をもらっているとの理由で、メリマスクによって固辞される。それからしばらくして、語り手がふたたび小屋をおとずれると、なぜだかメリマスクまでもが重篤な病いに伏しており、雄鶏がけたたましく鳴き声をあげると、語り手の眼前で息をひきとる。そしてまた、メリマスクの妻も、四人の子どもたちも、雄鶏の鳴き声に鼓舞されつつ、天上に向かうかのごとく光輝につつまれながら、次々とこの世を去る。最後に雄鶏自身が、語り手の足許に崩れ落ち、絶命する。こうした不可思議なプロットをもつ物語である。くわえて作品の末尾には、次のような後日談が添えられる。

もし諸君が今日、あの小高い土地をおとずれたならば、湿地帯の反対側にある、神無月山の麓の鉄道線路の近くに――そう、そのあたりに、石碑をひとつみかけることだろう。そしてそれには髑髏印ではなく、鳴き声をあげるさなかの威勢のよい雄鶏の姿が彫りこまれ、その下に、次のような碑銘が添えてあるのをみることだろう。

死よ、汝の勝利は、どこにあるのか？

墓場よ、汝の刺は、どこにあるのか？

樵夫とその家族は、シニョール・ベネヴェンターノとともに、ここに眠っている。わたしが彼らを埋葬し、墓石をあつらえ、墓を建ててやったのだ。爾来、わたしは一度として陰気にふさぐことはなく、いついかなるときでも、朝な夕な、一度はかならず次のように鳴くのである。

コケコッコオオ！――オオ！――オオ！――オオ！――オオ！――（二八八）

おのれがシニョール・ベネヴェンターノと呼ぶ雄鶏と、メリマスク一家のために、新約聖書「コリント人への第一の手紙」第一五章五五節から引いた言葉と、雄鶏のイコンを刻んだ墓石を、語り手が建てたのだという。そうして弔いを終えたその人は、ふたたび気病みに陥ることもなく、朝な夕な、雄鶏のごとく絶叫しているのだとして、物語は閉じられる。

ふざけているかのようにも響くエンディングだが、たしかに作品全体の筆致そのものも、メルヴィルの作品のなかでは、もっともかろやかなもののひとつである。だが、物語の中身は、それほど軽いわけではなさそうだ。たとえばエグバート・S・オリヴァー（Egbert S. Oliver）の説に拠れば、天上における生き方を地上で実践した結果、樵夫のメリマスクが死ぬことをつうじて、一九世紀の超越主義思想に窺われる非現実的熱狂を風刺した作品である、ということになる（Oliver 二二五）。そしてまた、作中にある、英国ロマン派詩人ウィリアム・ワーズワスのパロディを手がかりにして、ワーズワス的な文学者の自然礼賛にたいする風刺を読みこまんとする批評家もいる（Bohm 三九）。風刺であるかどうかは別としても、この作品には笑える要素が多々窺われることはたしかであろう。物語の語り手は、循環気質にあるためか、頻繁に、暴走気味に、興奮する。だからこそ、読み手としても頻繁に、苦笑、失笑、爆笑せざるをえなくなる。そしてまた、先に引いたエンディングにおける、雄鶏の鳴き声を真似て絶叫しているらしき語り手の姿は、常軌を逸した滑稽のようにも映ってくる。そうした笑いにみちあふれる作品なのだ。他方、キリスト教や世俗の伝統に倣えば、夜明けを告げる雄鶏の姿は、復活や浄化の象徴に連結する（Moss 二一〇、Rowland 五九八–九九）。そしてまた、先にも触れたように、語り手自身が物語のエンディングにて、「コリント人への第一の手紙」に言及したりもする。したがって、モチーフだけをとりあげれば、「コケコッコー！」は再生と霊魂の不滅をめぐる物語である、ということにもなるはずだ。すくなくとも、語り手がそれを希求していることは、たしかである。たとえば『白鯨』第九九章「スペイン金貨」において、金貨に掘られた雄鶏のイコンに向けて、エイハブがおのれを投射しつつ、「勇気にみなぎり（courageous）、怖れを知らず（undaunted）、勝利を告げる（victorious）この雄鶏、これもエイハブだ」（*Moby-Dick* 四三一）、そのように独りごつ場面があるが、ここで雄鶏に添えられる三つの形容詞、およびそれらの派生語、類義語は、「コケコッコー！」においてもたびたびもちいられており、物語の鍵語といってもよいものである。語り手が勇気と勝利を告げる雄鶏を謳う物語だということである。だとすると、霊魂の不滅にたいする祈り、というモチーフが、物語のもうひとつの属性である、語り手に由来する笑いや喜劇性という外枠と、いかに接続しているのだろうか。そこにこそ、物語のさわりと妙味があるはずだ。

2 笑いという煙幕

物語の冒頭、語り手は気病みのせいで、夜、眠ることがかなわなかったため、早朝、近隣の丘に散策にでかけたのだという。

空気は冷たく霞み、湿っぽく（damp）、鬱陶しかった（disagreeable）。地面は生の汁液のような水分が一面に噴きだし、生煮えの料理よろしく、じくじくしていた。（中略）しばらくのあいだ、わたしは丘陵の頂き近くで、朽ちかけている太い丸太に腰をおろし、こんもりとした林を背にしながら、変化に富んで起伏する盆地を広範囲にわたってとりかこむ山並みと向かいあった。（中略）遥か彼方に眼を転じれば、三方を山にかこまれた、湾のような平地に横たわる、遠い村の上空に、ひらたく広がる巨大な天蓋のようなもやがたちこめており、棺衣を彷彿させるものがあった。煙突から吐きだされて凝縮した煙が、村人たちの口から吐きだされて凝縮した息と一緒になり、まわりの丘陵によって閉じこめられ、霧散できないまま生じたものだ。なにしろあまりに重々しく、生気に欠けているために、おのれの力で上空に昇ってゆくこともかなわないのである。こうしてそのもやは村と空の中間に漂っているのだが、その向こうには、間違いなく、おたふく風邪に罹った数多くの大人たちや、吐き気をもよおしている数多くの子どもたちが、隠されているはずだ。（二六八―六九）

引用場面の第二段落前半に、ちらりとほのめかされていようが、これはちょっとしたピクチュアレスク・ツアーのようなものであり、美しい自然を愛でることで、気持ちを新たにせんとするための旅路である。だが、このたびの散策が、「わたし」の気分を晴らすことはない。語り手は、周囲の自然に風光明媚をみいだすどころか、視界を遮られ、皮膚感覚の次元でも、不快なものばかり感じとる。引用箇所の冒頭にある、“damp”や“disagreeable”といった形容詞が、主観的なニュアンスを醸しだすものであることに、まずは注意しておきたい。たとえば“moist”というよりも、“damp”という語のほうが、不快、という主観的感覚が強く入ってくるであろうし、“disagreeable”という形容詞は、典型的に主観的なものだといってよい。

そしてまた、第二段落において、煙がたちこめて出来たもやのことを、語り手は「棺衣」に喩えており、その向こうには、空気がよどんでいるところから連想されるのだろうが、視界がまるでないにもかかわらず、大人や子どもの病人が多数いるはずだと、「間違いなく」という副詞までわざわざ添えて、語り手は断言もするのである。このように、風景のなかに死や病気をみいだす営みは、語り手の精神状態を、逆に浮かびあがらせるのだろう。「わたし」の鬱っぽい精神状態が、文字どおり、この風景描写に色濃く反映されているということだ。

おのれの主観を外部に照射する語り手は、だからこそ、丘から風景を眺めていながらも、たいして眺めることをしない。その代わり、鉄道が通過するさまをみている次の引用場面にあるように、彼の想いは千々に乱れ、ただひたすらに脱線する。

> 時代のおおいなる進歩だと！　なんということか！　死と人殺しを容易にするものを進歩と呼ぶとは！　誰があんなに速く旅したいと思うものか？　わたしの祖父は、そんなことを望まなかったし、それでいて決して馬鹿などではなかったぞ。聴け！　ほら、例の竜（ドラゴン）がまたもやこっちにやってくる――あの巨大なアブのようなモロク［子どもの人身御供をもとめる、セム族の神。旧約聖書「レビ記」参照］めが――蒸気を吐いて！　煙を吐いて！　汽笛を鳴らして！（中略）願わくは、五〇もの山々が共謀して、こやつの頭上に

崩れ落ちてくれんことを！　それに、こやつを襲うのと同時に、わたしの債務者たる、あの小者の借金取り立て魔の頭上にも、崩れ落ちてくれるとよいのだが。なにしろ、こいつときたら、わたしが寿命の縮まる想いで怖がっている点では、機関車の比ではない――頬がこけ、顎がぐいと突きでているこの悪漢も、鉄道線路の上を走っているらしく、日曜日の教会の行き帰りまでうるさくつきまとい、借金の催促をしてくる。教会のなかに入ると、わたしと同じ信者席に陣取って、適当な箇所をひらいた祈祷書を丁重に手渡すふりをしながら、わたしが祈っておる真っ最中に、鼻先に、はた迷惑にも請求書を突きつけてくるものだから、結局この男に邪魔されて、わたしの魂の救済もままならぬ仕儀となる。こんな仕打ちをされて、平静をたもつことなど、できようはずもなかろう。（二七〇）

このようにして、鉄道事故とその犠牲者たちに想いを馳せるとき、語りの時制が、突如、過去形から現在形に切り替えられる。語り手がこの引用箇所で展開する、鉄道批判の梗概は、簡潔にいえば、おおきな事故につながりうるのに、そんなに急いでどこへゆく、といったところなのだが、おのれの祖父はそんなことを望まなかったが、彼は馬鹿ではなかった、といったことも、そこに付言される。祖父が言及される点については、追って触れることにするが、ここではひとまず、時制の問題にこだわりたい。文法的にいえば、この現在形は、自由直接話法に近しいものだが、その一般論的な効果としては、臨場感を高める点が挙げられよう。とりわけこれは、一人称の語り手による現在形であるために、かたっている当人の主観的意見や感情が、ふつうの直接話法や間接話法で綴られる場合よりも、より強く、読み手に伝わることを容易にする。あるいは語り手の独り言の度合いが、いっそう高まりゆく。そのようにいってもよいのだが、だからこそ、この内的独白には、連想、ないしは「意識の流れ」と呼んでもよいような、語りの特性が窺われる。物語内の事実に基づくならば、たしかに語り手は、「意識の流れ」の先取り的作品として知られる、ローレンス・スターン（Laurence Sterne）の『トリストラム・シャンディ』（*The Life and Opinions of Tristram Shandy, Gentleman* 一七五九–一七六七年）を読む類いの人物でもある。具体的にいえば、引用場面の真ん中あたりのところだが、鉄道批判をしているはずが、すなわち社会問題や科学技術の是非を論じているはずが、この箇所で、語り手は興奮して、仮定法のかたちを借りて、借金という個人的な事柄に、怒りの矛先をずらしてゆく。読み手からすれば、社会問題はいざしらず、あくまで個人的な問題にすぎぬ方向へと語り手の意識が流れ、憤怒しはじめるために、語り手に感情移入するどころか、そこから距離をおき、かつ彼の支離滅裂な激情に、軽く、クスッと笑うところである。笑いとは、このような不自然な一連の動き、すなわちこわばりのようなものを前にして、生じやすいものなのだから。
物語の語り手には、このように、興奮するとすぐに意識が流れるクセがある。次の場面も、そうしたさらなる一例である。

この怖ろしい男に支払う金など、わたしにあろうはずがない。それなのに、世間はお金ほど潤沢に出回るものはないという——市場の滞貨（ドラッグ）なのだ、と。ところがこの滞貨なるもの、まったくわたしの懐に入ってこない。この特殊な薬剤をこれほど切実に必要としている病人は、これまでいたためしがないというのに。あれは嘘っぱちだ、お金がふんだんに出回っているはずがない——わたしのポケットを触ってみるがよい。おや、向こうのあばら屋に住んでいる、アイルランド人の溝掘り人夫一家の病気の赤ん坊にとどけるつもりだった、粉薬が入っておる。あの赤ん坊、猩紅熱に罹っているんだ。なんでもこの土地には麻疹も流行っているのだとか。それに、仮痘や、水疱瘡も。歯が生えかけているような幼児にとっては、まことに気の毒なことだ。とにかくそうした哀れな幼児は、こうした病気を患ったあと、あっけなく死亡するケースが多いように思うのだ。そんなわけで、子どもたちは麻疹、おたふく風邪、クループ〔激しい咳をともなう小児病〕、猩紅熱、水疱瘡、急性中毒症、そのほかなんでも、やたらめったらに罹ったものだ。わたしはというと、ああ、右肩にリューマチの激痛が走る。これはある晩、ノース・リヴァーを走る船に乗っていたときに罹った持病だ。船内が混んでいたもので、病弱のご婦人に寝棚をゆずってやり、しょぼつく雨のなか、朝まで甲板にでていたのがいけなかった。慈愛の報いがこれだ！　あ、痛っ！　汝ら、リューマチどもよ、さっさと消え失せよ！　このわたしが、あのご婦人に親切心などおこさずに、ご婦人を殺害するような悪人であれば、おまえたちリューマチどもも、こんなにひどい仕打ちはできなかっただろうに。消化不良だってそうだ――わたしはこれにも悩まされておる。（二七〇―七一）

お金がポケットに入っているのかどうか、たしかめようとした際に、気病みのせいですっかり放念していたらしき、病気の赤ん坊にわたすつもりであった薬品のことを、語り手は思いだす。自分でぼけて、自分でつっこんでいるような口調だが、この場面には、笑いによってカムフラージュされているが、別の要素も窺われる。薬をわたそうとする相手が、アイルランド系の移民であることに、わざわざ言及することで、笑いのなかに、貧困と施し、すなわち慈愛の主題をもぐりこませているのだから。このあと語り手は、さらなる脱線を反復し、おのれがリューマチを患うようになったのは、船上で女性に席をゆずった慈愛精神のせいなのだと、やけっぽちのごとく、世間に因縁をつける。そこに消化不良で苦しんでいる愚痴も接続させる。

貧困、病気、慈愛といった主題が連結し、連想的に流れてゆくような塩梅である。これらの副次的な主題は、追って、長篇小説『詐欺師』において、作者が展開させるものなのだが、「コケコッコー！」にかんしていえば、作者がこうしたシリアスな主題を、笑いという衣装でくるみながら提示している点を、まずは確認しておきたい。

つづいて、語り手がはじめて雄鳥の鳴き声を耳にする、物語の分岐点たる場面をみてみたい。ここにおいても笑いをめぐる、語り手の特徴的なクセが窺われる。

> 聴け！　あれはいったいなんだ？　ほら、毛皮の旅行カバンども［仔牛たちのこと］までが、ピンと聞き耳をたて、たちどまりながら、彼方の起伏する平地のほうをじっと見おろしているではないか。ほら、また聞こえる！　なんという澄みきった声！　なんという音楽的な声！　なんという息の長い声！　あれは勝ち誇った鶏鳴（けいめい）の感謝の祈りだ！「いと高き処では、神に栄光あれ！」［新約聖書「ルカによる福音書」第二章一四節より］この世でかつてなかったほどに、はっきりとこの言葉を告げている。これまたなんとしたことか、わたしの元気もすこしは戻ってくるではないか。ようやく霧が晴れてきた。彼方の太陽が姿をあらわしかけ、わたしの身体もあたたまってくる。
>
> 聴け！　またはじまったぞ！　あのような祝福された鶏鳴が、これほどまでに地上に

響きわたったためしがあろうか！　澄みきった声、甲高い声、潑剌たる声、火と燃ゆる声、愉しみにみちた声、欣喜雀躍の声。それははっきりと、こう告げている——「めそめそするな！」わが友よ、これは尋常ならざるものだよな？

思わず知らず、わたしは熱に浮かされたように、二歳の子どもたち——仔牛たちのことだ——に向かって話しかけていた。人間はときとして、まったく無意識のうちに、おのれの本性をうっかりみせてしまうことがある。というのは、理智の力をもたぬ無一文の雄鶏が、かの低地にあって、腹をすかせた主人の手によって、いつなんどき首を刎ねられるやもしれぬのに、ニューオーリンズの輝かしき勝利［米英戦争末期、アンドリュー・ジャクソン将軍率いる米軍が、この地で英軍を撃退した］を祝う桂冠詩人のごとく、鬨の声をおくってよこしている、なのに、このわたしが丘の頂きにあって独りふさぎこんでいるとあっては、二歳の子どもと、すなわち仔牛と、なんら変わるところがなかったからだ。

聴け！　ほらまたはじまったぞ！　わが友よ、あれはきっと上海鶏にちがいないぞ。アメリカ産の雄鶏が、あんなに途方もない歓びの調べを謳いあげるなんて、ありえんことだ。あきらかに、わが友よ、あれは支那皇帝の血筋をひいた上海鶏にちがいなかろう。（二七一）

この場面も継続して、現在形で綴られる。雄鳥の鳴き声に興奮した語り手は、第二段落のところだが、下のほうの牧草地にいる二歳の仔牛の群れに向け、「わが友よ」、と呼びかける。その直後、我をわすれて仔牛に話しかけるおのれの滑稽に気がつくと、第三段落で、「しまった！」という感じで、恥じ入るおのれの姿を描写する。まるで自分が二歳の仔牛のように愚かである、などとかさねることで、笑いの基本である、自分で自分を落とす、ということもやってのける。さらにいえば、その直後、最後の段落のところで、ふたたび、みたび、仔牛たちに「わが友よ」、と呼びかけて、うっかりと、さらなる恥さらしを反復する。繰りかえし、というのも、笑いにおける、古典的な手法であるといえようが、それを語り手自身が無自覚のうちにやってしまうところにも、さらなる笑いの契機がある。語り手がここまで自分でぼけるために、語り手の無意識的滑稽に気がついて、彼を下に見るような感覚をもつことが赦される読み手としては、爆笑してしまうところである。かくて、語り手が勇ましき雄鳥の鳴き声をはじめて耳にするという、物語上重要な転換場面も、このように、語り手が極度に興奮することで生ずる過剰な要素に由来する、喜劇的な笑いにあふれている。

この場面では、第一段落にあるように、日の出とともに雄鳥が鳴き、太陽が風景を照らしはじめ、霧も晴れてくる。あるいは語り手の瞳に、そのように映しだされる。すなわち、語り手の精神状態が晴れるのと同時に、風景も晴れあがるということなのだが、こうした変化がありながらも、語り手の精神状態が外部の風景に投射されている点においては、じつのところ、なんら変わるところがない。そしてまた、この場面でも、語り手は継続して、おのれの主観に没頭するかのごとき、内的独白の世界にある。そのとき聞こえてくるのが、雄鶏の鳴き声なのである。すなわち、語り手が聞いている雄鳥の鳴き声は、語り手の身体上の聴覚器官ではなく、心のなかの聴覚器官が聞きとっている可能性が高いのではなかろうか。雄鶏の鳴き声は、語り手の幻聴ではないかということだ。たしかに作者はその蓋然性をほのめかすのだが、読み手のほうは、暴走し、興奮する語り手を笑い、あるいは作者に笑わされることで、ややもすると、この可能性に気づかず読み飛ばしてしまうことになる。眼前のもやが晴れあがるさまを綴るこの場面において、興奮状態にある語り手の内的独白によって生ずる笑いが、自己投射、という語り手のクセに、煙幕を張る役割を果たしている。

3　自己投射のゆくえ

雄鳥の鳴き声のおかげで、一時的に気病みの状態から脱出できた語り手が、朝食をとるために自宅に戻るところで、ようやく時制は過去形にもどされる。内的独白の幻想、妄想の世界から、語り手は「現実」にもどるということだが、これ以後、語りの時制が現在形に切り替わることはない。この日の朝食後、語り手は借金取りの督促訪問をうける。それをいつになく強気な態度で追いかえした語り手の耳に、ふたたび雄鳥の鳴き声が響いてくる。

いやはや、なんたる鶏鳴だ！　上海鶏が完璧な歓喜と称揚の歌を謳いあげるものだから――すなわち、勝利のラッパを鳴り響かせるものだから、わが魂までもが鼻嵐をふいてしまったというわけだ。借金取りなんてたいしたことはない――まことに、敵は幾万ありとても、といった感じだったな！　あきらかに、上海鶏の意見はこうしたものだった――借金取りがこの世に生まれてきたのは、ひとえに蹴飛ばされ、打ちつけられ、殴りつけられ、叩きつぶされ、首を絞められ、強烈なパンチをくわえられ、金槌で打たれ、水に沈められ、棍棒で打たれるためである、と。

室内に戻り、借金取りに勝利した歓びがいくぶん収まったところで、謎の上海鶏について考えてみた。あの雄鶏がわが家からこんなに近くで聞こえてくるとは思ってもみなかった。いったいどこぞの金持ちの庭から鳴いているのだろうか。（二七三―七四）

歓喜や勝ち鬨を意味するような、これまで雄鳥の声にたいしてもちいられていた語彙が、この場面において、語り手が自分自身の行為や精神状態を描写する際に援用される。先の引用箇所にある、「ニューオーリンズの輝かしき勝利（the glorious victory of New Orleans）」や、「あんなに途方もない歓びの調べ（such prodigious exulting strains）」といった言葉遣いと、この場面における「借金取りに勝利した歓び（the exultation of my victory）」といったあたりのことを、わたしは念頭においているのだが、ここだけを読めば、雄鳥の勇ましさが、語り手に転移しているようにみえるのかもしれぬ。だが、自己投射や内的独白といった語り手のクセを念頭におけば、次のようなことにならないだろうか。すなわち、そもそも語り手の内面というか、無意識のなかに存していたものが、雄鳥にたいして投射され、それが今度はおのれの意識を鼓舞してくれているということだ。雄鶏は、語り手の他我なのだといってもよい。そしてまた、時制的にいえば、「現実」にもどったはずの語り手に、雄鳥の鳴き声が聞こえてくるのだから、それほどまでに、強く、激しく、雄鶏の幻聴が、「わたし」の「現実」に入りこんでいる、そうしたことでもあるのだろう。

このあと、翌日以降、語り手はこの雄鳥を手にいれるために、飼い主を捜す営みに着手する。こうした旅路にも、物語のプロットからすれば、奇妙な余剰が窺われる。次の場面は、語り手が道すがら、牧草地の柵を修理している老農夫に、雄鶏のことを訊ねるところである。

やがて、倒れかかった古い横棒の柵を修繕しているもう一人の老人に出くわした。この柵の横木は腐っていて、老人が手を動かすたびに崩れ落ち、黄土と化していた。この柵はほうっておくにかぎるようだ。さもなくば、新しい柵と交換してやることだ。ここでわたしはいっておきたい――ほかの職業に就いている人たちに比べて、農夫の痴呆(idiocy)がいっそう目立つという悲しき事実は、あたたかい、のどかな春の日和に、腐った柵を修繕しようとすることに起因しているのだ、と。これは見通しのたたない仕事、労多くして益のない仕事。人を悲嘆に暮れさせるような仕事だ。空しきことに費やされる、多大の労力。腐った横棒を腐った杭で立たせるなんて、できっこないのだ。六〇年におよぶ冬と夏、凍てつく寒さと焼けつく暑さに痛めつけられてきた棒に活をいれるなんて、どんな魔法をつかってもできっこない。これをみれば、わかることだ。腐った横棒の柵を、同じ柵の腐った棒で修繕しようとする、この惨めな努力、これが多くの農夫を保護施設(アサイラム)におくりこむ元凶なのだ。

問題の老人の顔には、痴呆の兆し(incipient idiocy)がはっきりと刻まれていた。なぜなら彼の前には、これまでついぞお目にかかったことのないような、不幸で落胆しつつ心が折れた(the most unhappy and desponding broken-hearted)ジグザグ形の柵が、三〇〇メートルほども長く伸びていたからだ。一方、その向こうの牧草地では、何頭かの仔牛が、悪魔にでも憑かれたかのように（possessed as by devils）、この哀れな古い柵に向かってひっきりなしに角を突きつけては、あちらこちらを突き破り、外に出てくる。すると老人は仕事をほうりだして、そいつらを柵の内側に追いかえす羽目となる。（二七六、傍点引用者）

腐りきったボロボロの柵を無意味に修理している老人の様子をみた語り手は、農夫には保護施設におくりこまれる人が多い、やっても無駄なことをするからおかしくなるのだ、そのような一方的な論評をくわえる。不毛な努力が人間の精神を病いに至らせるのだとする、語り手の発想の構図が、ここには窺われよう。作者自身の、おのれの創作にたいする自虐的な皮肉を読みこみたくなる誘惑に駆られるところだが、それはさておき、語り手の眼前にある農夫にも、そして、そこにいる仔牛にも、双方ともに、「痴呆」、「悪魔憑き」といった、「精神異常」に接続する属性が、語り手によって付与される。語り手自身も農業にたずさわっており、かつ、精神のバランスを崩していることに鑑みつつ、ここまでの物語における語りの特性を踏まえれば、農夫や仔牛をめぐるこのような描写からも、語り手がおのれを外部に投射しているさまが浮かびあがってくる。彼らを「異常」と呼ぶ営みも、語り手による自己言及なのだ。だが、語り手自身はおのれの自己投射に気づいていないため、読み手からすれば、軽く笑いながら、語り手につっこみたくなるところである。

この場面のなかで、崩れつつある柵の年齢が六〇歳であるとして、唐突に、具体的な数字が明示される。相手は材木なのだから、どうして六〇歳なのか、五〇歳や七〇歳ではいけないのか、すこし不思議な気がする。自己投射を常とする語り手であることを念頭におけば、「バートルビー」の語り手と同じような、余命短きおのれの齢が、ここにかさねられているのかもしれぬ。そしてまた、それが二世代を意味する数字であることも気になる。先にも触れたように、たしかにほかの場面でも、祖父にたいする言及があり、また、『ピエール』の世界が典型的であるが、メルヴィルの作品において、祖父の英雄性が物語の主題のひとつとなるほどに、このモチーフは重たい意味をともなうものである。そしてそれは、メルヴィルだけの特性にとどまるものでもないのだろう。アメリカ国家というおおきな枠組みからみても、メルヴィルの祖父の世代は、独立戦争を勝ち抜いた英雄なのだから。祖父の時代が、国家神話の次元においても、作者の個人史的意味合いにおいても、栄光の基準軸になるということである。だとすると、それから六〇年が経過して、現在におけるこの柵がボロボロであるとする、この余剰的な要素は、語り手が、英雄の時代から二世代が経過した時代、およびそこにあるおのれ自身の姿を、柵にかさねることから生ずるようにもみえてくる。

語り手の自己投射は、ここまで徹底しているのだ。だからこそ、語り手はこの柵に、奇妙な形容詞を唐突に付与する。引用場面の最終段落にある、「不幸で落胆しつつ心が折れ」たという箇所のことだが、エイハブの営みと同様に、語り手が柵にたいしてもおのれを投射しているとするならば、この違和感も消えゆくだろう。「不幸で落胆しつつ心が折れ」ているのは、物語の冒頭における、語り手その人なのだから。

そもそも語り手の耳には、雄鶏の鳴き声がとてつもなく力強く鳴り響くのだが、近隣に住まう人びとには、誰にもそれが聞こえていないという、物語上奇妙な事実がある。だが、ここまでの議論を踏まえれば、それは別段、奇妙でも、不思議でも、なくなってくるはずだ。そうして物語の後半部に至り、雄鳥の飼い主は、偶然、身近なところでみつかる。この、身近なところ、というところも、もちろん充分臭うのだが、貧しい樵夫のメリマスクという男が、物語の後半で、突然読み手に紹介される。メリマスク一家が住まう小屋は、人里離れた山の麓にあるらしいのだが、その場所を知っているのは、どうやら語り手だけである（二八一）。語り手はこの男の家に、薪割りをしてもらった駄賃の清算をするためにおとずれるのだが、そのとき、例の雄鳥の飼い主がこの貧者であることを知る。そもそもはじめて雄鳥の声を聞いたとき、それがおのれに向けて、「いと高き処では、神に栄光あれ！」と呼びかけているかのように（二七一）、語り手の耳に響くのだが、それとほぼ同じフレーズを、樵夫メリマスクも、雄鳥の鳴き声から聞きとりだす（二八六）。雄鶏の所有者たるメリマスクも、「わたし」の幻想内部においてのみ存するような、語り手の他我である可能性が、こうして高まりゆくのである。借金取り以外の存在は、すべて語り手の主観が外部に投影された、幻聴、幻覚なのだといってもよい。

すべては、夢、なのだ。最初に雄鳥の鳴き声を聞いた場面における、文体上、内的独白を伝達する現在形という時制は、そこで終わりになるのだが、過去形の文体にもどったところで、実質上は語り手の内的独白がつづくのだ。裏を返せば、語り手が幻想を「現実」に持ち帰っているということである。「コケコッコー！」とは、そうした幻想の力を借りて、どん底の生活を切り抜けようとする語り手による、語り手自身の心象風景をめぐる物語なのだといってもよい。だが、どうやら語り手自身は、それに気づいていない。それほどまでに、幻想のなかにおのれの精神を没頭させている。それに気づいているのは、語り手ではなく、作者である。メルヴィルは、読み手を爆笑の渦に巻きこみながら、秘めやかに、語り手の幻聴や幻覚という蓋然性を、ちらりちらりと小出しにして、ほのめかしつづけるのみなのだ。

そのようにして、本章の冒頭に引いたエンディングの場面に、物語は接続してゆく。そこにある、「コリント人への第一の手紙」からの引用については、物語のなかに伏線があり、たとえば雄鶏の鳴き声が、セントポール大聖堂の鐘の音のように響く、あるいはそれを凌駕する、あるいは雄鶏の羽毛がセントポール大聖堂のドームにたなびく旗のようだ、といったことを、語り手が都合三回、言及する（二七二、二七六、二八七）。パウロの名が三度、告げられるということだが、くわえて先にも触れたように、「コケコッコー！」には、慈愛（チャリティ）という、「コリント人への第一の手紙」における中心的な主題もほのめかされる（第一三章）。このような伏線を張ったうえで、物語はエンディングの場面に流れてゆく。だからこそ、生の勝利と霊魂の不滅を謳う引用部分は、語り手がおおまじめに叫んでいるものなのだと、読み手は解することになる。

そしてまた、本章の冒頭でも触れたように、物語における語り手と作者の距離が近しいのだとすれば、一見ふざけているかのごときエンディングの絶叫に、皮肉があるとするならば、いや、それはたしかにあるのだろうが、それはどのような皮肉であるかというと、読み手にこうした語り手を笑わせることで、その滑稽を笑わせることで、作者がおのれの分身を笑うのであり、そうしておのれを笑い飛ばすことで、救済を希むという、そうした類いの祈りの笑いを裏返した皮肉であるということだ。笑いには、作者の自虐性がひそんでいるということである。自虐性、という言葉遣いを、身悶えするような感覚、といいかえてもよいのだが、身悶えしながらおのれを笑うという、道化の祈りの世界が、ここにおいて展開される。雄鶏の鳴き声を真似たかのような、滑稽にもみえる語り手の姿は、おのれのなかにのこされている、祈る力をふりしぼらんとする者の、心象風景そのものなのだ。それを作者が読み手に笑わせんとするところにこそ、道化の祈りが隠れているのだ。

物語には、過剰だけでなく、欠落の要素もみうけられる。それはたとえば、語り手がメリマスクに借金の清算をした形跡がみあたらないところや、最初の訪問の際には病気の気配すらなかったメリマスクが、二度目の訪問の際に、なぜだか突然危篤状態にあり、なぜだか最初に亡くなる、といったところである。これらについて、語り手はなにも説明しようとしないのだが、メリマスクが語り手の他我であるとするならば、欠落の意味も了解されよう。メルヴィルの世界では、たとえば『レッドバーン』のハリー・ボルトンや、『白鯨』におけるクイークェグのように、主人公が再生するために、その分身的存在はわりにあっけなく死ぬ、というクセがある。だからこそ、語り手が、自身を苛む死の欲動を、おのれの他我たるメリマスクに投射することで、おのれの再生をはかっている。「コケコッコー！」とは、そのように読むべき物語であろう。

「コケコッコー！」における笑いは、一九世紀中葉という時代において、内的独白や「意識の流れ」といった文芸上の手法を実験的にもちいつつ、貧困、慈愛といった社会的、宗教的問題を、同時にともなう傾向にある、わりに複雑な笑いである。笑いという衣装にくるみながら、再生への祈りを祈る物語である。雄鶏が命をふりしぼり、天上におくりださんと絶叫する、メリマスクの子どもたちの霊魂に、語り手は「解脱をもとめる、遙かなる、深い、強烈な願い」の想いをみいだすが（二八八）、激しい希望が生まれるためには、その前提として、激しい絶望が存している。激しい絶望がなければ、激しい希望は生まれないのだ。そのような絶望を笑いでくるみ、祈りにつなげる。あるいは絶望と笑いと祈りが、わかちがたく結ぼれている。「コケコッコー！」とは、そうした類いの喜劇であると、わたしは考えている。

第九章　幻視のゆくえ　「ピアザ」

1　ピアザからみえるもの

「ピアザ」(“The Piazza” 一八五六年)は、メルヴィルが文芸誌『パトナムズ』に掲載した短篇小説のなかから選び、一八五六年五月、『ピアザ物語』(*The Piazza Tales*)として作品集を刊行する際に、書き下ろし、冒頭に収めた短篇である。執筆当時、作者がアロウヘッドと命名し、暮らしていたバークシャー地方の家屋が、どうやら物語の舞台のモデルになっている。名をもたぬ語り手の男が、都会から田舎にうつり、住まうことにしたという、古めかしい農家のことである。作者の家屋と同様に、築七〇年とされるこの農家には(一)、ピアザ、すなわちベランダがない。この地は風光明媚なピクチュアレスク的自然の風景にかこまれており、だからこそ、是が非でもピアザを増築したい。語り手たる「わたし」はそのように考えるのだが、予算の都合上、東西南北の四方のうち、一方だけにしかとりつけることがかなわないという。このような場合、北半球にあるバークシャー地方のような涼しい土地柄では、家屋の南側に設置するのが世間の「常識」なのであろうが、周囲に嘲笑されつつも、「わたし」は北向きにピアザをとりつけることにする。それは、シャルルマーニュ大帝に喩えられるほどに壮大な、グレイロック山を眺めることができるからだという（二）。ちなみにグレイロックとは、作者が『ピエール』を献じた山である。

同じように自伝色がつよい「コケコッコー！」の語り手と同様に、「ピアザ」の「わたし」にも、神経過敏で循環気質の気味がある。新居に越してから一年ほどのあいだ、「わたし」は自宅にピアザがないことに、不平不満を漏らしつづける。芸術と信仰というふたつの主題を関連づける「わたし」にとり、自然の美しい風景を崇拝し、鑑賞する場がピアザであり、それは神に祈りを捧げる教会の、信者席のようなものだという（二）。芸術と祈りにかかわる空間として、ピアザの必要性を謳うのだ。そしてまた、自然崇拝と信仰を連結させる発想は、本書第七章でも触れたように、きわめて新世界的であるともいえようが、近隣住民のみならず、読み手にも笑われるほどに、語り手は興奮気味に、戯れ気味に、そうしたことを伝えんとする。それはたとえば現代のことを、「信心が弱まり、足腰が弱まる当今 (these times of failing faith and feeble knees)」と呼び（二）、故意に初歩的な韻を踏む姿に窺われよう。「わたし」は笑われることを厭わない。笑われることを希む人なのだといってもよい。

かくて語り手は、転居後一年ほどの歳月を経た、三月の寒空のもと、ようやく北向きにピアザを増築する（三）。その年の晩秋のある午後のことである。ピアザから北西の方角に位置する山並みをみていると、周囲一帯が影に覆われているにもかかわらず、山腹に、ぼんやりと輝く場所が見える。光と影による、「魔法の（witching）」ごとき作用によって（四）、偶然見えたものではなかろうか。「わたし」はそのように考える。薄暗い晩秋の午後だからこそ、光り輝く一点が、相対的に際立つのだ。それは妖精たちのダンスの輪にちがいない（四）。この者はそのように夢想もする。

それからしばらく時間が流れ、翌年五月の朝焼けどき、ふたたび同じ場所に、「わたし」は輝く斑点を、二度つづけてみつける。それが次の場面である。

それから数日後、晴れやかに太陽が昇るとともに、こないだと同じ場所で、黄金色の閃光（a golden sparkle）が輝きだした。それはじつに鮮烈で、ガラスの反射光にしてはじめて可能なもののように思われた。したがって、あの建物は——かりに建物であるとしての話だが——すくなくとも納屋ではない。ましてや腐った干し草が、そのなかで一〇年間もカビを生やしたまま打ち棄てられた納屋などではない。そうだとも、もし人間の手によって建てられたものだとすれば、あれはコテージにちがいない。おそらく何年ものあいだ、空き家になってガラスもはずれていたのが、この春になって、魔法の力で（magically）修復が施され、窓ガラスも嵌められたのだろう。

そしてまたしてもある日の午後、わたしは同じ方角に、これまで以上におおきな広がりをもつ輝き（a broader gleam）を認めた。それは、段々畑のように傾斜してつづいている葉群の霞んだ頂きの上にみられたのだが、まるで誰かが身をかがめたまま、太陽に向けて、頭上高く銀の円盾をかかげたかのような輝きであった。以前にも似たような経験をしたことがあるので、わたしはあの輝きも、新たに葺き替えられた屋根から発するものに相違ないと思った。それはとりもなおさず、妖精の国のあの遙かなるちいさな家に、最近誰かが住みはじめたという証拠になるのではあるまいか。（五）

前回の、晩秋のときとは異なって、このたびの輝きは、おそらく陽射し自体が強いためか、眩いばかりに強烈だという。ガラスの反射光ではなかろうか、かりにそれが人間の手による建物であるとするならば、ずっと空き家であった「コテージ」が、この春、「魔法の力で」修復され、窓にも新しくガラスが嵌められたのではなかろうか。語り手はそのように推察をかさねる。こうして物語はあらかじめ、妖精の国のきらめきが、光の「魔術」的作用にかかわるとする想像力を反復する。次の段落にうつり、別の日の正午、さらに幅広の光線が、同じ方向にきらめいている。おのれの経験と照らしあわせ、新しく葺き替えられた屋根に、陽射しが反射して、輝いているにちがいない、「わたし」はそのように推しはかる。最初の段落における"sparkle"にせよ、次の段落の"gleam"にせよ、朝と昼の陽光が、ガラスや屋根のようなものに反射しているのではなかろうか、「わたし」のそうした発想も、このようにして反復される。

五月という、眩いばかりの新緑の季節を経て、語り手はひと夏のあいだ病いに伏せ（五）、ようやく九月ごろに恢復する（六）。「ピアザ」とは、北向きにピアザを設置することで起動するという点で、空間上の位置関係がおおきな意味をもつ物語であることは、自明といってよいのだが、それに連動するかたちで、こうして季節や時間という細部がきわめて具体的に提示されるところも、特徴的だといってよい。とまれ、そのような九月のある日、ふと北側の山並みをみあげた「わたし」は、山腹に輝く黄金色の点に気づく。そうして、いてもたってもいられなくなり、妖精探しの旅にでることを決意する（六）。

「コケコッコー！」の場合に似て、「ピアザ」におけるこの探索も、語り手自身の気病みを癒すための旅なのだろう。そうして空にまだ三日月が浮かぶような早朝に出発した語り手は、神話世界に入りこむかのごとく、羊や野鳥にみちびかれつつ、陽が昇る頃合いには、ぶじ、めざしていた場所を探しあて、そこに住まう一人の女性と出会うことになる。マリアンナと名乗るこの人物は、しかしながら、妖精ではなく、数ヶ月前から弟と一緒に山腹のコテージに住みはじめたという、貧しく孤独な女性であった。その彼女は、疲弊と孤独の日々における唯一の愉しみとして、おのれのコテージの窓辺から、夕焼けに照らされて、茜色に輝く美しい建物を日々みつめている。「わたし」を前にして、そこに住まう幸福にみちあふれた人に会ってみたい、彼女はそのようなことも口にする。「わたし」が彼女の指さす方向を見ると、空間的な位置関係から、それがおのれの家屋であることを知る（九）。語り手とマリアンナのそれぞれが、対称的に、遠方に輝く互いの住まいに焦がれていたということなのだ。だが、おのれの素性をあかすこともなく、「わたし」はいとまを告げて自宅にもどる。「わたし」の幻滅をほのめかしつつ、そうして物語は閉じられる。

2　シンメトリーの世界

幻想をめぐる物語、という意味で、「ピアザ」には「コケコッコー！」にも近しい主題が窺われよう。そしてまた、「コケコッコー！」と同様に、「ピアザ」も奇妙な要素をかかえこむ。ここまで粗筋めいたものをくどくどしく記した所以は、空間や時間をめぐる細部が、この物語ではきわめて重要な役割を果たしているからなのだが、そうしたところを踏まえつつ、物語に窺われる不可思議を、具体的に眺めたい。

妖精探しの旅路の果てに、山腹のコテージに辿りついた語り手は、マリアンナに会う前に、まずは家屋の外観をつぶさに実見する。その後、マリアンナと対話することになるのだが、こうした「わたし」の観察と、マリアンナとのやりとりをつうじて、語り手がピアザからさまざまに推量していた事柄が、ひとつひとつ、確認される。あるいは厳密にいえば、そうした細部を照合するのは読み手であり、語り手自身の言動に、確認作業という営みをほのめかす素振りはみうけられない。結論的にいうならば、語り手が自宅のピアザから眺めつつ、推察していた事柄の大半は、そこが「妖精の国」ではないことを除けば、わりに正確なようである。

マリアンナのコテージに辿りついた直後の語り手による、家屋の外観にかかわる観察は、次のように綴られる。

ここには異様なかたちをした岩がいくつも横たわっており、獣が群れをなして休憩しているような塩梅であった。そしてそれらの岩にかこまれながら、なかば人の足によって踏みならされた小径が、曲がりくねってつづいている。これを登ってゆくと、ちいさなコテージが一軒あった。それは軒が低く、灰色がかっていて、屋根は尼僧の帽子のように尖っていた。

屋根の一方の斜面は、風雨にさらされてすっかり変色してしまい、芝生のような草が生えている軒の雨樋近くは、一面にビロードの毛羽が立っているかのようだった。そこにはカタツムリの修道僧たちが、苔むした庵を結んでいたのにちがいない。屋根の反対側の斜面は葺き替えられていた。家の北側には戸口も窓もない。あるのはペンキも塗られていない羽目板だけで、苔に覆われたマツの木の北側とそっくりに、緑色に変色していた。あるいは凪にはまって動けなくなった、ジャパンの平底帆船の船底が、銅板を剝ぎとられてしまったのにも似ているとでもいおうか。家の土台は、その近くに横たわる岩石と同じく、茫々と生える芝草が昏い影の縞となって、周囲一帯をぐるりと縁取っていた。それというのも、妖精の国の家では、天然の岩石を炉石につかい、その岩石はたとえ家のなかに閉じこめられても、原野にあるときと同様、地味を肥やす魔力を最後まで喪わないからだ。(八)

引用場面の第一段落で、事前の推察どおり、「わたし」はこの建物が「コテージ」であることを確認する。さらに最初に目につく家屋の特徴として、屋根が「尼僧の帽子のように尖って」いると記したのち、第二段落にうつり、コテージの屋根板や外壁などの様子を詳述する。

こうした描写から判断するに、この建物に屋根板は二枚しかなく、つまり、屋根は切妻造りの、わりにシンプルな構造のもののようである。建物がコテージであることと同様に、屋根板の一方も、本章で最初に引いた場面にある、語り手が五月にピアザから眺めた際の推測と一致するかたちで（五）、ここにおいて、新しく葺き替えられたものだと断言される。葺き替えられていないほうの屋根板は、風雨にさらされ、ひどく傷んでいるというが、裏を返せば、葺き替えられたほうのそれは、いっそう酷い状態にあったのだろう。この場面において、コテージの北側の壁には戸口も窓もないことが、わざわざ言及されるのだが、そこから推しはかるに、戸口がどの位置にあるのかは定かでないが、窓はおそらく採光のよい、南側におかれているということだろう。さもなくば、マリアンナが窓辺から、「わたし」の農家を眺めることもかなわないのだから。さらに、北側の羽目板は、苔に覆われたマツの木の北側と同じように緑色であった、と紡がれるが、それはすなわち、コテージの北側の壁は日照がよくないために、苔むして、朽ちつつあるさまを含意しよう。こうしたところはわかるのだが、ただ一点、葺き替えられた屋根の空間的な位置が、どうしたわけか、具体的に明示されることはない。この欠落は、例外的であるからこそ、不可思議なかたちで際立っている。

　こうして見分を終えたのち、「わたし」はコテージのなかに入り、マリアンナと対面する。その後の二人のやりとりに拠れば、マリアンナと弟がコテージに居をうつしたのは、数ヶ月前のことであったという（九）。語り手のこの探索は、九月ごろに敢行されたものだから、マリアンナと弟が越してきたのは、おおよそ六月前後のことになる。転居の前に、あらかじめコテージを修復する機会があったのかもしれないが、いずれにせよ、語り手が五月に山腹に見たという、改修されたとおぼしきガラスの反射光に気づいた季節と、時期的にいえば、ほぼ一致するといってよい。時間的な細部においても、おのれの観察に基づいて紡ぐ語り手の言葉は、わりに正確なようである。こうして物語は、ピアザから山腹に輝く光のきらめきを見る語り手の言葉に、信憑性をあたえんとする。

ところで、語り手が住まう農家と、マリアンナのコテージがもつ特性には、さまざまに類似性があたえられている。あるいは類似しつつも、対称的である様子が描きだされる。マリアンナのコテージから、おのれの農家をみおろす際、語り手がピアザからみあげていたマリアンナのコテージと、陽射しをうけて反射し、きらめく様子が酷似していることに、語り手は気づく（九）。だが、語り手のピアザから眺められる「妖精」のコテージが輝くのは、主として午前中である一方で、マリアンナは夕陽に映える語り手の家屋に、こころを奪われる。同じように輝いてはいても、朝焼けと夕焼けという対称的な属性が、ここにはある。そしてまた、どちらの家屋の周囲にも、木の株がひとつだけ現存している。異なるのは、マリアンナのシラカバが、雷に撃たれて折れたために、薪にするために弟が切ってしまったとされる一方で（一一）、語り手のニレの木は、いまだに頑強に、孤独に、屹立しているところである（一）。さらに、「わたしの物憂い気持ちをいつもあんなに慰めてくれていた、いちばんの親友（the friendliest one, that used to soothe my weariness so much）」であるとして（一一）、マリアンナがかつて家の横に立っていたシラカバのことを説明し、それがつくる日陰が、過去において、座りっぱなしで動くことをせぬおのれの疲労を和らげてくれた、と綴られるところは、「あの乙女の姿を眺めれば、わたしの病後の保養になり、この物憂い気分も癒やされることだろう（it will do me good, it will cure this weariness, to look on her）」という（六）、動くことをする語り手の、妖精探しという旅の目的を告げる、未来形の表現とも似かよっている。類似しつつも対称的、というシンメトリーの属性が、ここにおいても保持される。

類似性と対称性が共存する例として、もうひとつだけ挙げる。物語の前半部において、北向きにピアザを増築した「わたし」は、夏になると、眼前に広がる牧草地や山並みの眺望から、海のうねりや水飛沫を連想する。そうした風景は、「広大さ（the vastness）」、「物寂しさ（the lonesomeness）」、「静けさ（the silence）」、「単調さ（the sameness）」といった点で、海と似かよっているのだという。そうしてかつての勇ましき水夫時代を想起しつつ、語り手の精神は昂揚する（三–四）。他方、マリアンナは物語の後半部にて、おのれのコテージ生活について、「わたし」に向けて、次のように繰り言をいう。

「（前略）お客さんはこうお思いでしょうね。こんなところでこんな物寂しい(lonesome) 暮らしをし、なにひとつ知らないで、なにも聞こえてくるものがなく(hearing nothing) ――聞こえてくるといえば、雷の音や木の倒れる音ぐらいのものですもの――それに本も読まないし、めったに口をきくこともありませんし、それでいて、眼が覚めて眠れないときていますから、妙な空想に――だって、お客さんもそうおっしゃっていらしたでしょう――耽ることになるのかもしれないって。こんなに物憂い気分で、それでいて眠れないのも、それが原因だと思われても無理はありませんわ。弟のほうは、屋外で立ち仕事をしていますでしょ。それでよく眠れるらしいの。わたしもあんなふうに休めたら、と思うわ。でも、わたしの場合、たいていが退屈な女の仕事だけ――ただ座って、そう、落ち着かないままじっと座っているだけなんですもの (sitting, sitting, restless sitting)」

「しかし、ときには散歩に出かけることもないのですかね？　ここらの森は、広々としているし」

「広くて寂しいわ。あんまり広々としているもので、物寂しいんです (lonesome, because so wide)。ときどきお昼過ぎなんかにちょっと歩いてみることはあるけれど、すぐに戻ってきてしまうの。岩だらけのところにいるよりも、炉辺で寂しい想いをしているほうが、まだましだわ。(後略)」(一一一-一一二)

なにも聞こえぬ、沈黙に覆われた環境のなかで、ただ腰掛けるしかないという単調な生活を、マリアンナは嘆く。「広々とした」森であるからこそ、そこを散歩すると、よけいに「物寂しく」なるのだともいう。こうした属性は、語り手にすれば、壮大な海の想い出に耽ることが赦されるものなのだが、マリアンナにとっては、不眠の原因なのだとされる。語り手とマリアンナのあいだには、あるいは両者のピアザとコテージのあいだには、どうにも類似性と対称性が共存するのだ。語り手とマリアンナの瞳に映る風景は、あるいは彼ら二人の精神風景は、合わせ鏡に映しだされた映像の、対（ペア）のようにもみえるのだ。山腹にあるコテージの世界そのものが、ピアザにおける「わたし」の精神風景を裏返した、鏡の国のそれなのだといってもよい。鏡に反射することで浮かびあがる幻像が、物語の全体に染みわたるのだといってもよい。

だからこそ、物語では、光の反射作用にかかわる表現が多用される。ピアザを設置したのち、北西の方向に斑点がきらめくことに気づいた際、「わたし」はそれを、「雲にとりかこまれたシムプロン峠に射しこむ細い光線の二次的反射」による作用のせいだろうと推察する(四)。あるいは別の日、軽いにわか雨が降ったあと、同じ斑点が「虹」の先端に見えたという

（五）。そしてまた、マリアンナのコテージから眺められるおのれの家屋をめぐり、それが「蜃気楼」のような霧のおかげで（九）、王宮のように見えたとも、「わたし」は告げる。視覚にかかわる自然現象にたびたび言及する「ピアザ」という物語は、光の反射、あるいは反射することで映しだされる幻像、そのようなものに読み手の意識が向かうよう、構築されているようだ。

3　反射と幻覚

だが、この光の反射という現象には、どうにも辻褄のあわないところがある。先にも触れたように、この物語では、空間上の位置関係が、きわめて重要な役割を果たしているのだが、一箇所だけ、秘めやかに、奇妙な要素が紛れているのだ。夕焼けに照らされ、茜色に染めあげられた語り手の家屋を称えるマリアンナにたいして、語り手がマリアンナのコテージのほうが美しいと応える際の、二人のやりとりの場面のなかに、それはある。物語の臍にかかわるところなので、多少長くはなるが、以下に引く。

「きっと夕焼けの光で金色に輝くんだろうね。でも、朝焼けの光でこの家が輝くほどの美しさではないでしょう」

「この家がですか？　お日さまはよくあたります。でも、この家が金色に輝くなんて、そんなこと、ありっこないわ。だって、そうでしょ？　この古い家は朽ちかけていますもの。だから苔だらけなのよ。もちろん朝になれば、この古い窓から陽射しは入ってきます——最初に越してきたときは、板で囲ってありましたし、窓は、どんなに精をだしても、きれいにしておくことができませんけど——それはもう、燃えるような感じですわ。針仕事をしていても、眼が眩むほどです。それに、陽射しが入ってきますと、ハエやスズメバチまでがうるさく飛びまわるんですの——侘しい山の家にだけみられるハエやスズメバチですけど。ここにあるカーテンで——このエプロンのことです——陽射しを締めだそうとするので、ほら、こんなにも色褪せてしまって。お日さまがこの家を金色に輝かせるですって？　マリアンナはそんなところ、見たことありませんわ」

「それは、この家の屋根がいちばん美しく輝いているときに、貴女が家のなかにいるからですよ」

「いちばん暑くて物憂げな時間帯でしょ？　でも、お客さん、この家の屋根がお日さまの光で金色に輝くなんて、そんなことありませんわ。雨漏りがひどいものですから、弟が片側だけぜんぶ葺き替えましたの。ご覧になりませんでしたか？　北側ですけど、雨に濡れたあと、そこがいちばん陽射しが強いんですもの。日当たりはいいんですけど、でもこの家の屋根は、最初は焼けつくように熱くなって、それから腐ってゆくんです。古い家ですもの。この家を建てた人たちは、西部にいってしまって、とっくにこの世の人じゃないっていう話ですわ。山のなかの一軒家でしょ。冬はキツネも住まないの。炉辺は雪がいっぱい詰まるし、まるで洞（うろ）のある木の切り株みたい」

「マリアンナさんは、なかなか風変わりな空想をなさるんですね」

「実際のことをいってるだけです」

「そうですか。では、風変わりな空想だなんていわずに、このあたりはずいぶん変わっているんだね、というべきでしたか」

「それはもう、お好きなように」そういって、彼女は針仕事を再開した。（一〇、傍点引用者）

新たに越してきたときに、羽目板をとりはずして、窓から陽が射しこむようにしたとするマリアンナの説明は、先にも指摘したように、家屋の南側の壁をめぐるものであろう。すなわち、南側にある窓をとおして、太陽光線がコテージのなかを照らしつけるということであり、この推測は、マリアンナが日中、コテージのなかで日照りに苦しむ様子とも整合する。だが、どうにも奇妙に思われるのは、屋根の位置にかかわるところである。語り手がコテージに到着した直後に実見した際に、どうしたわけか、明示することをしなかった、葺き替えられたほうの屋根板の方角を、ここにおいてマリアンナ自身が、「北側」であると明言するのだ。そこには念押しでもするかのように、「ご覧になりませんでしたか?」、という一言も、添えられる。だが、マリアンナによるこの説明が正しいとすれば、どうにもおかしなことになる。

妖精探しに旅立つ前、新しく葺き替えられた屋根に、陽射しが反射して輝いているのだろうとした語り手の推測それ自体は、その後の語り手の見分や、マリアンナの説明に鑑みて、一見正しいようではある。だが、「わたし」は自宅の北側にとりつけたピアザから、北西の方角にそびえる山並みを見ているのであり、したがって、ピアザの方角を向いて光を反射させている、マリアンナのコテージの屋根は、「尼僧の帽子のように尖って」いる切妻造りのものである以上、南側、あるいは南東側のそれでなければならないはずだ。最初に引いた場面において、旅立ち前のピアザにて、屋根板のことにくわえ、「わたし」は窓ガラスに反射したとおぼしききらめきにも言及するが(五)、たしかにこの窓ガラスはコテージの南側にあるようだから、そこに矛盾した要素はみあたらない。コテージの外壁やガラスの空間的位置関係にかかわる描写には、たしかに整合性があるのだが、不可思議なことに、屋根の南北だけが、なぜだか反転しているのである。語り手が、「まるで誰かが身をかがめたまま、太陽に向けて、頭上高く銀の円盾をかかげたかのような輝き」だという、葺き替えられたとおぼしき屋根に反射するきらめきをみたのは、五月のことであり、かつ、それはその日の「正午」のことだとする説明も（五）、わざわざ付されている。それはすなわち、太陽が南中する時間帯、真南から屋根を照らしつける時間帯、ということである。こうしたところを踏まえても、マリアンナがコテージの北側とする屋根板から反射した光線が、語り手のピアザがある方角に向かうということは、物理的にありえないのだ。見えるはずがない北側の屋根板の反射光が、お昼どきに、コテージの南東方向に位置するピアザから、見えているということなのだ。

こうした面妖なる反射現象を意識しつつ読むならば、先に引いた場面のなかで、マリアンナが語り手にたいして呟く科白、「実際のことをいってるだけです（They but reflect the things)」という言葉も、意味深げな様相を呈してくる。これは文字どおりに読むべきものではなかろうか、と。先にも触れた、類似性と対称性の共存という、鏡の国の属性を、ここで想起してもよい。すなわち、マリアンナが住まう世界は、あるいはマリアンナの心象風景は、鏡に反射することで映しだされた幻像であることを、当人も気づかぬかたちで、マリアンナ自身が口にする、ということである。そしてまた、その反射の在りようが、どうにも不可思議なものだということである。こうした言葉の多義性と矛盾に、読み手だけが気づくよう、物語が構築されているということである。

見えないはずの屋根板が、見えている。「わたし」は、夢を、幻を、見ているのだろうか。あるいはそれは、逆しまの世界なのか。芸術と信仰の空間たるピアザから眺めれば、奇蹟という超自然的作用により、鏡の国の屋根板が、反転するということか。だが、語り手とマリアンナによる説明のなかで、空間的な位置関係に狂いが生ずるのは、じつのところ、この一点のみである。だからこそ、単純に、これは「わたし」の思い違いであると解するべきではなかろうか。端的にいえば、見えないものを幻視する、あるいは幻視したような錯乱を覚える、「わたし」の誤読だということである。そのように考えれば、物語の冒頭に添えられたエピグラフが、「誤読」をめぐるものだということの意味合いも、たしかにみえてくるだろう。シェイクスピアの『シンベリーン』(*Cymbeline* 一六〇九―一六一〇年頃)第四幕第二場から引いた、次の箇所のことである。「夏がつづき、ぼくがここに住んでいるあいだは、フィディーリよ、／いちばん美しい花で――」(一)。一過性の毒薬を服用したために、仮死状態にある、ブリテン王シンベリーンの娘イモージェンに捧げられたこの言葉は、あるいは男装した彼女の偽名たる、フィディーリという「少年」に捧げられたこの言葉は、死者でもなく、フィディーリでもない者を悼むそれである以上、一義的にいえば、誤った喪の祈り、思い違いを含意する。勘違いに基づく祈りのことなのだ。

そうしておのれの誤読をおのれの分身によって突きつけられた「わたし」は、しかしながいう、直接的には誤読に幻滅することをしない。「わたし」の幻滅は、妖精の国を夢みるというおのれと同質の営みを、マリアンナも営んでいる、しかもその夢の対象がおのれ自身であるというマリアンナの勘違いに、表面的には由来するのだから。かくて物語は、マリアンナとの対面を終え、自宅のピアザにもどった語り手が、以下のように呟くふたつの段落をもって閉じられる。

――これ以上はかたるまい。わたしはもう二度と、妖精の国に船出することなどせずに、このピアザに踏みとどまることにする。これこそわたしの特等席。眼前の円形劇場は、わがサン・カルロの劇場［一七三七年に建てられた、ナポリにある歌劇場のこと］。そうなのだ。わが眼前の舞台は魔術的な力をもち、その幻想は完璧そのものだ。そしてわがプリマドンナたる牧場の雲雀夫人（マダム・メドウ・クラーク）が、この舞台で一大演技をみせてくれる。夫人の日の出の調べは、まるでメムノン［エジプトの古代都市テーベのナイル川西岸にある、古代エジプトの一対の巨像。最初の朝日があたると音楽を奏でるとの伝説がある］のように、あの黄金色に輝く窓から奏でられるかのようであり、その調べにうっとりと聴き惚れていると、その窓辺の奥にある、あの物憂げな顔は、このわたしからなんと遠く離れたものに感じられることか。

だが、毎夜舞台の幕がおりるたびに、真実は暗闇とともに忍びこんでくる。あの山からは、なんの灯影もみえてこない。マリアンナの顔や、そして同じようにリアルである、数多くの身の上話につきまとわれながら、わたしは甲板にも似たわが家のピアザを往ったり来たりするのである。(一二)

「わたし」自身の妖精をめぐる幻想と、マリアンナの憧憬と、ふたつの勘違いを知る「わたし」は、妖精の国を夢みることをやめ、ピアザにとどまることを決意する。眼前の舞台たる風景は「魔術」がかっており、自然の「円形劇場」における「幻想」は、完璧そのものなのだから。しかしながら、当人が口にすることはないが、きらめく屋根板の方角に狂いがある以上、すでにして、光の魔術の足場は崩れている。そしてまた、完璧であると口にする類いの「幻想」とは、もはや幻想たりえない。だからこそ、夜明けを告げる雲雀の鳴き声とともに、「わたし」が精神を昂揚させようとも、その営みは現実逃避であるとともに、鏡の国の分身たる、「倦み疲れた」マリアンナの貧困と苦しみを抑圧するものでもあるのだろう。あるいはこれらふたつの忘却は、同じものだといってもよい。そうして夜の帷(とばり)がおりるとき、光の作用は姿を消す。幻覚が消え、忘却を赦さぬ暗闇がおとずれるとき、「真実」が姿をあらわすのだ。「わたし」はそのように言葉を紡ぐ。影として、リアルなものとして、抑圧したものは回帰する。幻滅を知る「わたし」とは、そうしたことを知る「わたし」の謂いでもある。

だが、さらに付言すべきことがある。芸術と祈りの場としてのピアザは、幻滅を知ったのちも、魔術的な作用をつうじて、「わたし」の心を鼓舞してくれる。そのように告げる「わたし」であるからこそ、おのれの幻想に幻滅する「わたし」であるからこそ、日中におけるおのが昂揚に、自虐のアイロニーが向けられるのだ。だからこそ、「わたし」は笑われることを希むのだ。そしてまた、「わたし」の昂揚が、ときに誤読に基づく勘違いである可能性も、物語は間接的にほのめかす。そうしてわたしの言葉を不安定なものにする。「ピアザ」におけるアイロニーは、直接と間接という二重のそれだということである。それはたしかなことである。あるいは「わたし」の分身が、「わたし」に誤読を告げる以上、どちらのアイロニーにも自虐性がひそんでいるのだといってもよい。

だが、さらに付言すべきことがある。そうであるとしたところで、フィ、ディ、ー、リ、という名が付与された「愚者の船」にて展開される（*The Confidence-Man* 一五）、同じように鏡の属性を有する『詐欺師』の虚無主義的世界とは異なって、「ピアザ」における幻想が、すべてアイロニーに毒されているわけでもなさそうなのだ。作者が直接引用することはないが、『シンベリーン』における誤読の主題には、さらなる先があるのだから。たとえ間違った喪の祈りであろうとも、それはイモージェンの再生という一点において、叶えられるものなのだから。幻想は、幻覚は、幻滅に終わるばかりではない。祈りと芸術は、あるいは祈りの芸術は、反射光に幻惑され、アイロニーに笑い、笑われながらも、それでもなお、うっすらと、存立する。物語は間接的に、そうしたこともほのめかす。作者が生前最後の長篇小説となる『詐欺師』を、一八五七年の万愚節に刊行するまで、あとおおよそ一年間、流れるべき歳月がのこされているということか。

とまれ、「ピアザ」は、光をめぐる魔術の試煉に悶えつつ、「わたし」とその分身による二重のアイロニーという自虐性に蝕まれつつ、かすかに、わずかに、芸術と祈りを幻想する。それもたしかなことである。

第一〇章　痕跡と文学「エンカンターダズ」

1　魔法の島

一八五四年に文芸誌『パトナムズ』に掲載され、その後、一八五六年に短篇選集『ピアザ物語』に収められた作品「エンカンターダズ」の表題を、文字どおりに解するならば、「魔法をかけられた島々」という意味になる。それはすなわちガラパゴス諸島のことをさすのだが、そこは死火山が身をよせあい、劫火のあとのごとき世界の様相を呈している、この世の果てのようだという。そうしたガラパゴスの島々の描写と、そこにまつわる人びとのエピソードが、一〇篇の「スケッチ」というかたちをとって綴られる短篇作品である。ガラパゴス諸島全体の特性として、表題にも明示されていることだが、魔法がかった現象がたびたびみられることを、語り手は、幾度となく反復して言及する。おおきな文脈でいうならば、そうした属性が共通項となり、それぞれのスケッチをゆるやかに結合させるかたちで、「エンカンターダズ」という作品が成立しているといってよい。

これら一〇篇のスケッチのなかでも、読み手の心にとりわけ痛切に響くのは、第八スケッチ、「ノーフォーク島と混血の寡婦」と題されたものであろう。語り手たちの捕鯨船が、立ち寄ったノーフォーク島から出港する直前、島にとりのこされている一人の人間を偶然発見し、救出するに至るのだが、彼女はインディオとスペイン人の混血である、ウニイヤであると名乗る。ノーフォーク島は、ガラパゴス諸島のなかでも、他島から「隔離」された「孤島」である（一五二）。語り手はそのように告げるのだが、そうした無人島にいた理由を、救出されたのちに当人がかたりはじめる。それに拠れば、彼女は新婚の夫と、たった一人の弟、そして二匹の愛犬とつれだち、一攫千金をもとめて、リクガメの油を収穫するために、この島にわたったのだという。だが、四ヶ月後に迎えにくると約束したフランス船があらわれることは、なかった。かてくわえて、到着してから七週間後に、夫と弟を水難事故で喪うことになる。そうしてどうやら三年ほどのあいだ、孤独と困窮のなか、一〇匹ほどにまで数を増やした犬たちとともに過ごしていたところを、語り手たちの船によって、発見されたのだという。

いま、どうやら三年ほど、と記したが、そうした留保をせねばならない所以は、ウニイヤ自身が男たちを喪ったのちに、時間感覚を喪失しているからである。葦の茎の表層に切りこみをいれ、流れた歳月、捕獲した魚やカメの数、天候などを記録していたころもあったのだが、その刻まれた傷も、日を追うごとに浅くなっていったという。切りこみの深さが、彼女がいだく希望の強さを象徴しているといってもよいのだが、そうして徐々に、刻まれる傷が浅くなりゆくなかで、一八〇日後に、どうやらある「事件」が起こる。そうして彼女は、葦を切りこむことすらやめてしまう。すなわち絶望がおとずれるのだが、かくて彼女は、その後、どれほどの歳月が経過したのか、よくわかっていない。時間の流れは、ウニイャのなかで、もはや停止しているのだ。あるいは『ピエール』のイザベルの場合と同様に、時間がうばわれているのだといってもよい。

批評史的には常識的な事柄なのだろうが、この「事件」とは、おそらくは、偶然近くをとおりがかった船に助けをもとめた際に、彼女が乗組みたちに襲われたのではないか、ということである。だが、というか、だからこそ、というべきか、ウニイャはそれをかたることをかたくなに拒絶する。そうした彼女の名誉を慮る語り手も、事件の内実にかんして、かたることを放棄する。かくて物語は、欠落という痕跡をかかえこむ。

このような第八スケッチの主題を一言でいうならば、裏切りと受難、絶望と忍耐、そして受容、そうした過程を孤独にたどった混血女性、ということになるのだろう。ウニイャは苦難に耐えつつ、すり切れた十字架を手に、聖母マリアに祈りを捧げる。それもまた、受難と忍耐の象徴性を、あるいは悲しみのマリアの似姿を、いっそう際立たせることになるのだろう。十字架に刻まれた模様がすり減る様子は、受難と忍耐の日々があまりにも長すぎたことを暗示していようが、それと同時に、葦の茎に刻まれた傷と同様に、かつて捧げられた強き祈りの痕跡も、象徴していることだろう。

2　額縁という枠組み

そうしたウニイャの受難の描かれ方を、具体的にみてみたい。ウニイャが夫と弟の水難事故を目撃する場面は、わりに特徴的なかたちで描写される。すこし長くなってしまうのだが、以下に引く。

> ウニイャの眼の前で、男たちは沈んでいった。現実に起こったこの悲痛な出来事が、彼女の眼の前で繰りひろげられたとき、それはなにやら舞台上で演じられる、芝居がかった悲劇を観ているようなものだった。そのとき彼女は、岸辺からいくぶん奥まったところに立つ高い崖の上の、枯れた茂みにかこまれた、粗末なあずまやに座ってい

た。茂みがうまく配置されていたために、木の枝から下に広がる海全体をみやると、まるで高みにあるバルコニーの格子から眺めるような感じだった。だが、この出来事が起きた日、ウニイャは愛する二人の冒険がよく見えるように、木の枝を片側にひきよせたままにしていた。この枝が卵形のフレームを形づくり、そこから果てしなく広がる青海原が、一幅の絵画さながらに、うねってみえた。するとそのとき、姿もみえぬ画家が彼女のために、波に翻弄され、バラバラになる筏の絵を描いてみせたとでもいうのだろうか、それまで水平に漂っていた丸太が、傾斜するマストのように斜めにもちあげられ、四本の腕がその丸太と入り乱れるように、あがいていた。それからなにもかもがなめらかに流れるクリームのような波のなかに沈んでゆき、筏の残骸がゆっくりと漂った。その間、始めから終わりまで、いかなる音も聞こえなかった。それは物言わぬ絵画のなかの死であり、眼がみる夢なのであり、海市のようにはかなく消えゆく影にすぎなかった。

瞬間的な光景であり、そこにはまことに恍惚としたような(trance-like)、おだやかな絵画的効果があり、彼女が座っている枯れた茂みのあずまやと、彼女自身の日常的な感覚から、あまりに距離があるために、ウニイャとしては呆然とみつめつくすのみで、指一本あげることも、泣き声を発することもできなかった。もし事情がちがっていたら、なにかなす術もあったのだろうが、ただこのように黙然と座りこみ、茫然自失のうちにその無言劇をみつめるのが、彼女には関の山であった。あいだには、二分の一マイルにおよぶ海が介在しているのだ。魔の力に呪縛された彼女の二本の腕（her two enchanted arms）が、死する運命にあるあの四本の腕を、助けだすことなどできようか。距離はながく、時は砂のごとし。（一五四、傍点引用者）

島をかこむ珊瑚礁の沖合にて、二人の男が急場でこしらえたちゃちな筏で魚を捕獲する冒険に興じている。そうして筏がこわれ、転覆し、彼らがあばれながら波に呑まれてゆく。その様子を、岸に沿って切りたつ崖の上にある「粗末なあずまや」から、ウニイャがながめている。それは舞台上で演じられる、「芝居がかった悲劇」のようにみえたという。ウニイャがいるあずまやには、「高みにあるバルコニー」という直喩があたえられるのだが、かくてそれは、愛とロマンスを連想させる、いわゆるバルコニーのことでありながら、天井桟敷のバルコニー席のイメージも含意されているように読めるだろう。彼女は劇場の観客席にいるようなのだ。無限に蒼い、無言の海は、絵画に描かれたそれのように、二人を呑みこむ前も、呑んだ後も、しずかに、おだやかに、うねっている。そうした懸隔も、この風景を非現実的なものにするのだろう。かくて二人の死は、海市のごとき、視覚の錯乱のようにもみえたという。

一義的にいうならば、このような、夢のような錯覚も、魔法がかかったガラパゴスの島々が有する魔力であるのだろう。先の引用の後半部においても、ウニイャの両腕が「魔の力に呪縛され」ている、と綴られるのだから。そもそも彼女が島の反対側に碇泊していた語り手たちの船に、気づくはずがないにもかかわらず気づいた理由を、迷信好きの乗組みたちは、「この島の魔法がかった空気（this isle's enchanted air）」のせいだと断言したりもするのだから（一五八）。このような魔術にかかわる島の特性があるために、決定的であるこの場面が、絵画的、演劇的な比喩をつうじて、すなわち現実感が欠落しているようなかたちで、描写されているのだろう。

そもそも「エンカンターダズ」という作品が、一〇篇の「スケッチ」で構成されているという枠組みにも、絵画にたいする語り手の自意識が窺われる。第八スケッチの冒頭において、語り手は、その哀しげな外観とはじめて対面したときに、ウニイャの様子を、できることならクレヨン画で描きたい、そう告白したりもする（一五二）。ウニイャという人は、あらかじめ、絵画の枠組みで描くのがふさわしい女性として、語り手の眼に映っている。そのようにいってもよい。

そうしてこの「バルコニー」から、自然の木の枝でつくったフレーム、すなわち額縁をつうじて、ウニイャは二人の男が魚をつかまえる様子をながめている。彼女自身が小枝をひいて、その枠組み（フレーム）をつくったのだと綴られるのだが、それは二人の姿がよくみえるようにするためであったという。その結果、崖の高みにいることもあいまって、彼女が二人の水難事故を、しかとみつめることが可能になる。そしてまた、夫と弟が溺死するというこの場面は、ウニイャにとって、大惨事であるにちがいないのだが、それが絵画のフレームに切りとられると、ある種、美しいものとして、ウニイャの心に刻印される。

この場面では、演劇的な比喩が、いつのまにやら絵画的なものへと移行してゆくのだが、絵画的であるということは、鑑賞するものと、鑑賞されるものとのあいだに、距離があることを前提とする。見る側と、見られる側とのあいだに、断絶があるということだ。溺れつつある男たちは、このとき間違いなく、もがいている。だが、その阿鼻叫喚の叫び声が、ウニイャの耳にはとどかないのだ。あるいは額縁がなければ、おおいなる海原のなかでは、彼らの動きはちいさな点のごときものなのだろうから、ややもすれば、溺れていることとすら判然としないのかもしれぬ。救いをもとめる彼らの腕は、ウニイャ自身によって額縁に切りとられることで、たとえかすかであろうとも、はじめて視覚で捉えられることができるのだ。だが、物理的な距離のせいで、声は聞こえず、視覚的にも沈みゆく筏の木材と区別がつかない程度のものとしか映らないのだ。

先に引いた場面のなかでは、「彼女の眼の前で」、といった、視覚を強調する言葉遣いが、幾度も反復されている。それによって、彼女が直接的な観察者、あるいは目撃者であることが前景化されるのだが、それと同時に、彼女が物理的な距離によって、二人の死の場面から、精神的に疎外されているさまも浮き彫りにされる。ウニイヤは文字どおりの傍観者、かたわらでみているだけ、という枠組みに閉じこめられるのだ。あるいは、死を視覚だけで捉えるのだ。「眼がみる夢」と綴られるように、五感のうちで、視覚だけしか援用されない夢なのだ。一般論的に、対象との関係性という文脈に鑑みれば、聴覚、嗅覚、味覚、触覚などと比べると、視覚と対象との関わりは、もっとも間接的なものだといってよい。それは対象から距離をおいたときに、はじめて機能する感覚なのだから。直接性から、もっとも遠く離れているのだ。だからこそ、二人が溺死しつつある、苦しんでいる、そうして海に沈んで死んでゆく、そのような死にたいする実感を、ウニイヤは簒奪されるのだ。「物言わぬ絵画のなかの死」と紡がれる所以である。

ところで、ウニイヤが座るあずまやは、筏が転覆したところから、二分の一マイル、すなわち八〇〇メートルほど離れているという。距離を示すこの数字は、先の引用箇所においても、そしてその直前においても、都合二度、反復して言及される。そうしてたしかにかなりの距離であることが強調されるのだが、物語における事実を踏まえるならば、この数字は、語り手たちの船がウニイヤをみつけた際の距離を示すそれと、同じものである（一五二）。同じ距離でありながらも、一方では最愛の他者の死にたいするウニイヤの距離感、すなわち精神的な無力感に接続し、他方ではウニイャの救済に向かってゆく。こうしたアイロニーも、魔の島々が醸しだす、魔力なのかもしれぬのだろう。あるいはそこに、創造主の無関心、気まぐれにたいする、メルヴィル一流の批判をみることもできよう。

とまれ、話をフレームにもどすならば、額縁の存在によって、ウニイャはたしかに死を観察することが可能になるわけだが、それと同時に、感覚のなかで、唯一機能しているはずである視覚のはたらきが、固定化されることにもなる。風景の切りとり方が一様でしかないということだ。ウニイャの眼前の光景が、単一の静止画像になるということだ。それを比喩的にいえば、彼女の視覚がひとつの絵画の枠組みに閉じこめられるということである。「距離はながく、時は砂のごとし」というフレーズにも窺われるように、物理的な距離の存在が、ウニイャが眺める絵画を特徴づける。重要なる他者の死をうけとめる際に必要な、時間の流れもとまっている。そうしてウニイャの視覚は凍結される。瞬間冷凍のようなものである。

「瞬間的」で、「距離がある」、こうした風景に付随する、「おだやかな絵画的効果」にたいして、語り手は「恍惚としたような (trance-like)」という属性を付与している。それはガラパゴスの特性である、「うっとりした (enchanted)」状態にも連結する意味内容である。語源的にいえば、恍惚状態を意味する"trance"という語は、ラテン語の"*transire*"(越えていく、渡る) に由来する。それはすなわち「生から死へと渡ってゆく」という意味であり、それはすなわち怖ろしい状態のことである。そもそもこの作品の鍵語である“enchant”という語は、「en-（中に）＋chant（歌う）」からなっており、これも本来的には、「歌うことで、相手の心に呪文にかける」という意味であり、悪意をともなう営みを含意する。そうしたところを踏まえるならば、ここで夢をみているかのような恍惚感に囚われているウニイヤは、眼前にある絵画的風景に呪いをかけられることで、みずからも生から死へと誘われている、そのようなさまが、ありありと浮き彫りになってくる。したがって、ウニイヤの様子が絵画的であったという、語り手の第一印象も想起すれば、「物言わぬ絵画のなかの死」という言葉遣いには、二人の男の死のことであるだけでなく、二人の死を描いた絵画のフレームに囚われている、ウニイヤ自身の時間の停止、すなわち死の状態、厳密にいえば、「恍惚としたような」、という属性が付与されているのだから、ウニイヤの仮死状態を読みこむことができるのではなかろうか。

現実が絵画と化しているのだ。あるいは、絵画が現実と化しているのだ。いずれにせよ、それは時間がとまり、固定された視覚以外の身体感覚が喪われた、精神における仮死の風景である。だからこそ、ウニイヤの心が絵画のフレームにかこまれ身動きがとれなくなっている様子は、鋼の枠組みという隠喩をつうじて、スケッチの最後においても言及される。ウニイヤとは、「遠くのものに憧れながらも、鋼の枠（a frame of steel）にかこまれた心、地上の憧れをいだきつつも、空から降り落ちる霜に凍てついた心」の人なのだ（一六二）、と。ウニイヤの心は、フレームによって固定され、そうして、凍りついている。

3　欠落という存在

『ピエール』を例外とすれば、メルヴィルという作家は、登場人物の感情的側面や、時間の経過によるそれら内面の変遷といったところを、心理小説のように描くことをしない傾向にある。あるいは登場人物の外観的特徴についても、なにやら機械やモノを描いているような印象をもたせる書き方をする、そうした特性がある。そこが小説家としてみれば、たとえばナサニエル・ホーソーン（Nathaniel Hawthorne）とのおおきな違いであるのだが、メルヴィルは登場人物の内面を描く際に、モノをつうじてであったり、あるいは象徴性をつみかさねることで、間接的に照射する方向に向かうクセがある。象徴主義の作家の特性であるといえば、それはそのとおりなのだが、だからこそ、ウニイャの内面については、たとえば先の引用でいうならば、「空から降り落ちる霜に凍てつく」という隠喩をつうじて、神からあたえられた試煉を示唆し、そのようにしてウニイャの心の苦しみを、象徴的に、間接的に、提示する。したがって、読み手が語り手をつうじてウニイャの心に近づくためには、モノや象徴を手がかりにするとよいのだろう。

救出されたのち、乗組みたちが彼女の寓居をおとずれる。切妻がいくつもかさなるような、緑の溶岩からなる崖の上に、彼女が独りで住まう小屋がたっている。白カビのはえた、背の高い草を葺いた屋根は、崩れる寸前のようである。

それは、つんだ人がもはやこの世のものでないために、打ち棄てられたままになっている、干し草の山のようだった。屋根は片側傾斜で、軒は地面から二フィートもないところまで下がっていた。(中略)まず軒下一帯の砂地に杭を何本か打ちこみ、その上に風雨にさらされてあちこちに汚れが染みついている敷布が張ってあり、この敷布の真ん中に、金屎(かなくそ)のようなちいさな石塊を投げこんで、くぼみをつくり、そこに集まったほんのわずかの雨水を、布で濾過して、それが下に置いてある瓢箪の容器にしたたり落ちる仕組みになっているのだ。この容器に落ちる貴重な水の一滴一滴が、チョーロたち(the Cholos)がこの島で口にする、唯一のものであった。(一五九)

こうしてウニイヤではなく、いまは亡き男たちが生前葺いた屋根であることが、あるいはそうなのだろうという語り手の推察をつうじて、ほのめかされる。雨水をあつめて濾過する粗末な装置のことも綴られるが、それを利用するものは、ウニイャ一人ではなく、スペインと南米先住民の混血人を意味する“the Cholos”という、複数形の人びとだとされる。かくてこの装置も、おそらくは、二人の男が生前につくったものであるのだろう。男たちが水死したあとも、精神的に仮死状態にあるウニイャは、二人がつくった小屋に寝泊まりし、二人がつくった濾過装置のおかげで、身体的にはかろうじて、生きながらえているということだ。二人が遺した生の痕跡、生のプロセスが突然停止した痕跡にささえられ、暮らしているということだ。

小屋の周囲の茂みには、油をしぼった際の残骸である、リクガメの甲羅が散らばっている。その油は、瓢箪や樽につめられているのだが、その近くの壺のなかには、蒸発するにまかせたままの、大量の乾いた油が入っている。それを乗組みたちに説明したのちに、ウニイャはおもわず顔を背ける（一六〇）。この壺は、精油作業を終えることなく、ある日突然、ウニイャの眼前から消えた二人が、やりのこした営みの痕跡である。そこからおもわず視線をそらす際に、彼女がみせる表情の変化について、メルヴィルの語り手はなにも描こうとしないのだが、だが、直視に耐えられぬほどにリアルな生の痕跡のかたわらで、すなわち二人の喪失、存在が欠落しているという欠損の感覚、そうしたものを想起せざるをえないもののかたわらで、ウニイャは毎日暮らしてきたことになる。「エンカンターダズ」第一スケッチにおいて、語り手は、ガラパゴスの記憶があまりにも強烈であるために、文明をみても、日常をみても、そこに生の廃墟をみてしまう、呪縛されているかのようだという（一二九）。それはすなわち、ガラパゴスの廃墟の風景が、語り手のなかに内在化されているということなのだが、それと同様、ウニイャもまた、仮死状態のなかで、二人の男の痕跡を内在化せざるをえないのではなかろうか。リクガメの甲羅も、壺も、決して動くことをしない。かつて生きていた者たちが遺した、だがいまは、動作を停止し、凍結でもしたかのように、ただそこにあるだけのモノたちもまた、ウニイャがみた男たちの絵画的風景と同じように、彼女の心の凍結に連動するのだ。

そうしたモノを乗組みたちに説明しようとして、ウニイャがおもわず顔を背けるわけは、いわずもがなのことなのだろうが、二人の生を直接的に想起することで、二人がこの作業を再開することは、永遠にない、そうした事実に直面し、おもわず涙を流しそうになるからである。涙をこらえるために、視線をそらさざるをえないのだ。彼女は人前では泣かないし、人に涙をもとめることもしない人であるという。

彼女の表情について、どのような解釈をくだすのも勝手だが、すくなくともこれをかたる彼女の言葉だけから察するかぎり、当のウニイャ自身が、彼女のかたる物語のヒロインであるとは、ほとんど想像もつかないことだろう。だが、そうはいっても、彼女がこのようにしてわたしたちを偽って、無理に涙を流させたわけではない。人間の悲嘆がかくも気丈になりうるものか。わたしたちはみな、そのように考えて、血の涙を流したのであった。

彼女がわたしたちにみせたものは、おのれの魂の深淵を覆い隠し、かつその上に不可思議な暗号文字を刻んである、ふただけだった。そのふたの下の中身はすべて、これを人にみせることをよしとせぬ自負心によって、閉ざされたままなのだ。(一五五)

語り手に拠れば、ウニイャはどこかしら、ひとごとのように、みずからの苦難の日々のことをかたるのだという。彼女の魂は、奇妙な暗号が刻まれるふたに喩えられる。彼女の自尊心が、その内側を人にみせることを赦さないのだ、と。

スケッチの最終場面間近において、夫の亡骸に別れを告げんとして、ウニイャはただ一人、墓地に向かう。語り手はひそやかにあとをつけ、別れの場面を目撃する。だが、その際のウニイャの表情は、髪で覆われていたために、見えなかったのだという。すくなくとも語り手は、読み手にたいして、そのように告げる。そうしてふたたび乗組みたちの前にあらわれたウニイャの瞳をのぞきこむが、そこに「涙は見えなかった」という。「スペインとインディオの哀しみ」は、人に見えるようなかたちでは嘆かないのだ、と。そうしてわざわざ混血であることも強調されるのだが、それは象徴的かつ具体的な次元において、すでにして、社会的、政治的、歴史的な意味でレイプされていることを意味しよう。ウニイャは二重の意味で陵辱されたことになるのだ。しかしながら、そのようなこともふくめて、災いの苦悩、哀しみを、人目にさらすということは、ウニイャの自尊心が赦さないのだ、と（一六一）。だからこそ、メルヴィルの語り手も、ウニイャの涙を直接的に描かないのではなかろうか。先に触れた、ウニイャの髪が顔にかぶさり表情はわからなかった、語り手がそのように綴る箇所は、見えなかったのではなく、レイプ事件の顛末と同様、語り手が描きたくなかったということではないか。じつのところ、髪が顔に覆いかぶさり、涙を隠す、という修辞法は、本書第二章で指摘したとおり、『白鯨』のエイハブ船長にたいしてももちいられる。モービー・ディックとの直接対決の直前、第一三二章において、エイハブは、おそらくは瞳に涙をたたえているせいで、前がみえないのだが、それは髪が眼にかかっているせいであると、スターバックに強弁する（*Moby-Dick* 五四四）。文字どおり、髪の毛は、涙を隠してくれるのだ。

だからこそ、ウニイャが涙を隠そうとする人であるからこそ、語り手もそれを隠そうとするのだ。涙の不在、涙の痕跡をかたることで、涙を描くのだといってもよい。先ほどウニイャの小屋の場面でもみたように、痕跡とは、それ自体、きわめてリアルなものなのだから。語り手は、ウニイャの内面にたちいらない。それはメルヴィル的特性でもあるのだが、このスケッチにかんしていえば、作者の品位であるといってよい。ウニイャが乗組みたちの同情を拒否するかのように、涙を隠すのと同様、メルヴィルの語り手は、ウニイャの涙を隠すことで、読み手の感傷的な涙を拒否している。それによって、偽善と虚偽からのがれようとしている。そのようにいってもよい。だからこそ語り手は、このスケッチの舞台たるノーフォーク島のことを、物語冒頭において、人類がうけたもっとも厳しい試煉によって、「神聖」化された孤島であるというのである（一五一）。そうして触れることが赦されないものを、痕跡をつうじてかたらんとする語り手の姿が、浮かびあがってくる。

吉田健一の『英国の文学』に、次のような一節がある。「或るものを美しいと見るにも力がなければならず、それを美しいと見た上で更にそれを自分のものにするには、力が一層に必要なのである」（吉田　一五）。ウニイャの美しさは、読み手の心に突き刺さる、痛々しい類いのそれなのだが、そうしたウニイャに寄り添いつつ、「エンカンターダズ」における痕跡とその痛み、悼みを読みこむことは、読み手に忍耐という力がもとめられる類いの営みなのだろう。

第一一章　死の虚空、痕跡の生
「バートルビー」

1　刻まれる痕跡

「やらないほうがよいのですが」。

とりすました表情で、ニコリともせず、かといって、怒り心頭というふうでもなく、冷静に、沈着に、なまあたたかい拒絶もどきを含意するかのような言葉。謎の青年バートルビーは、この科白を幾度となく口にする。原文において“I would prefer not to”と綴られるそれは、どうにも奇妙に響いてくる。否定を意志するやわらかい肯定文なのだ。そしてまた、“to”の後につづくべき動詞の原形が削がれることで、そしてそれが反復されることで、拒否せんとする行為自体が曖昧となってゆく。否定をしているのではあるが、なにを否定したいのかが朦朧としてくるのだ。非肯定と非否定が同時に指向されるのだといってもよい。それは眼前にある者に投げかけられる言葉ではない。その者の背後に浮かぶ虚空に向けてかたられるかのようである。みつめることをしないのだ。

『ピエール』を世に問うた翌年の一八五三年、メルヴィルが文芸誌『パトナムズ』に掲載した「バートルビー」の表題人物は、白い壁の向こう側に突き抜けんとするエイハブ船長の激烈とは対照的に、おだやかに、黙しながら壁をみつめる。壁の向こうのゆるんだ虚空をみつめている。そうした謎の男との接触を境に、千々に心の乱れる語り手が、困惑と狼狽、悲哀と同情、嫌悪と畏怖を吐露しながら綴る物語である。決して知りえないバートルビーの謎に近づく術（すべ）は、ほぼ、ない。それは「文学にとってなんとも埋めがたい損失」なのだ（一二）。バートルビーの死後、「わたし」がそう想い起こしながら紡がれる物語である。

ときは一九世紀中葉、アメリカ資本主義の心臓部たる壁の街、ウォール街にて法律事務所を開設する「わたし」が、自宅からトリニティ教会での日曜礼拝に向かう途中、多少時間に余裕があるため、合鍵をもちいておのれの事務所に立ち寄ることにする。するとそこに、安息日であるにもかかわらず、裸同然の姿をした書写人バートルビーがいる。いまは中に通したくないのです、追ってもう一度もどってきていただけますか。おのれが雇用する男にそう告げられた「わたし」は、愕然憤然としながらも、いわれたとおりにすると、ふたたびもどった事務所には、バートルビーの姿がみあたらぬ。その際「わたし」は次のように反応する。

室内をさらに綿密に調べているうちに、いつのころからかよくわからないけれども、どうやらバートルビーはここで食事をし、着替えをし、寝起きしていたらしいことが推測され、しかも食器も、鏡も、ベッドもないというありさまであった。片隅にある、ぐらぐらする古いソファーの座部のクッションには、痩せた男が身体を横たえた痕跡(impress)が、かすかにのこっていた。また毛布が一枚、机の下に丸めこめられているのが発見されたし、火の気のない火格子の下には、靴墨と刷毛が押しこめられ、椅子の上には石鹸と破れタオルをいれたブリキの金盥がのせられ、新聞紙にはジンジャー・ナットの破片と一口分ほどのチーズがつつまれてあった。そうだ、とわたしは思った。バートルビーがここを自分の家とし、独身者の館を独り占めにしていたことは、明瞭にすぎるほどだ。するとたちまち、ここにみられるものは、なんとも悲惨な寄る辺なき淋しさであることか、という想念が、わたしの脳裡をかすめた。貧困ぶりもさることながら、その孤独たるや、なんとも凄まじいものであることか! 考えてもみよ。日曜日ともなれば、ウォール街では廃墟の都ペトラ同然、人通りが途絶えてしまう。いや、日曜日にかぎらず、毎日、夜にはまったくの空白状態だ。(中略)

わたしは、生まれてはじめて、強烈に疼くような憂鬱に捉えられた。それまではせいぜい、かならずしも不快ともいえない悲哀を経験してきただけだった。そのわたしがい

> ま、人間としての共通の絆にいざなわれて、抗いがたく陰鬱へと沈んでゆく。これは同朋としての憂鬱！　なぜならば、わたしも、バートルビーも、結局同じアダムの子孫だからだ。（中略）異様な数々の発見がなされるような予感が、わたしにつきまとって離れない。たとえば、あの書写人の蒼白い姿が無関心な群集にかこまれて、打ち震える屍衣をまといながら、入棺の準備をされているようにみえたりする。（二七―二八）

バートルビーがおのれの事務所に住みついて、どうやら絶対的孤独にある痕跡をみて、「わたし」は戦慄する。壁の街という「廃墟」のなかで、独りぽつねんと漂うバートルビーの孤独とは、存在してはいるのだが、誰もそれに気がつかない、近代における透明人間のそれなのだ。バートルビーが先ほどまで横たわっていたとおぼしき、ソファーの上のかすかな「痕跡（インプレス）」が、彼のかぼそい生の在りようを照射しよう。それを欠落としての存在感であるといってもよい。その非在が、「わたし」の心に刻印（インプレス）される。非在という欠損が、バートルビーという存在を、シルエットとして規定する。影が「わたし」を揺さぶるのだ。

物語は「わたし」という、俗に生きる一般人の、限定された眼差しの枠組みにてかたられる。だからこそ、ときに甘い自己愛にひたる「わたし」の言葉をめぐり、批評の歴史はしばしばその信頼性に疑念を突きつけてきた。「わたし」は結局バートルビーを理解しえない、独善かつ偽善の人なのだ、と。だが、みつめ、みつめられるという相互性の切断こそが、「わたし」とバートルビーとの欠落した関係性そのものであるならば、「わたし」のズレた眼差しは、バートルビーの非在としての存在を際立たせるためにあるともいえよう。読み手は「わたし」のズレを、ズレとして、うけとめればよいのだろう。

「わたし」は全知全能ではなく、超人でもなく、多分に利己的でありながらも、神を前にして跪く、近代の俗人すなわち常人なのだ。だからこそ、「わたし」は先の引用箇所にて衝撃をうけたこの日、教会にいくことをとりやめる。バートルビーに愛を分配することがあたわぬ以上、おのれにキリスト者としての資格がないことを思い知らされたからである。そうして翌朝、贖いたのために慈愛(チャリティ)精神を実践しようと、貧者バートルビーにたいして郷里にもどる費用を用立てし、その後の生活も援助しようともうしでる。だが彼は、「わたしのほうをみないで、キケロの胸像に視線をそそぎつづけて」いるだけである(三〇)。「わたし」がみつめても、バートルビーは胸像のごとくみつめかえすことをしない。「わたし」は彼にみつめられない。愛は成就されぬのだ。おのれの由来を訊ねられても、バートルビーは「やらないほうがよいのですが」といって黙してしまう。「わたし」にとり、彼は孤児であり、異邦人でありつづける。かくて「公平と正義を行い、物を奪われた人を、しえたげる者の手から救い、異邦の人、孤児、寡婦を悩まし、しえたげてはならない」と諭す「エレミヤ書」の教えさながらに

（第二二章三節）、キリスト者は彼に神の愛を分配しようと試みるのだろう。しかしながら、「わたし」の慈愛は拒絶される。彼はその間「表情ひとつ変えず、ただ血の気のない薄唇が申し訳程度にかすかに震えるのみ」である（三〇）。

そのときバートルビーが震えている。震えていることに、「わたし」が気づく。

2　伝染する震え

圧倒的な孤独に覆われるバートルビーとは裏腹に、物語にはターキー、ニッパーズという二人の書写人、および見習いのジンジャー・ナットという、互いにあたえあった綽名で呼ばれる戯画的人物が三名登場し、物語にお笑いの要素を付与もする。バートルビーの登場とともに、本性的に奇妙な彼らに、バートルビーの奇癖が伝染する。「やらないほうがよいのですが」という謎の科白が、「わたし」のみならず、彼らの無意識にも刻まれて、不必要な場面においてそれが反復されるドタバタ新喜劇が成立するのである。そしてまた、伝染するのは「やらないほうがよい」だけではない。震える動きもうつるのだ。先に指摘した箇所にくわえ、冒頭に引いた場面の末尾でも、壁の街にて無関心な人びとにかこまれるバートルビーの白装束が、「わたし」の予感のなかで震えている。彼は「わたし」の前で、あるいは「わたし」の妄想のなかで、時折こうしてかすかに震える。書写の仕事に励む以外、ほぼ動作することをしないバートルビーにとり、震えこそが、のこされた唯一の遂行行為なのだとでもいいたげに。

それは彼のかすかなる、生の証しであるのだろうか。いや、死を内包するからこそ、あるいは死を間近にひかえるからこそ、震えというほのかな動きが彼の生を際立たせるのではなかろうか。震えは生の終わりを浮かびあがらせるのだ。それは生が終わりかける間際の、やわらかな痙攣のようにもみえるのだ。死へと向かうとき、生が人間の身体から離脱するとき、生と死の確執の際の物理的な筋肉反応として、身体は震える。それは死したのちの凍てつくように固まった姿と、あまりに鮮明な対照をなす。そうした震えが「わたし」にとって、シルエットとしてのバートルビーの生の在りようを映しだしているのではなかろうか。

だからこそ、影が刻印された「わたし」のなかで、震えも内在化されてゆくのだ。「どういうわけか、最近わたしは、あまりそれにふさわしくない場面においても、無意識のうちに、この「ほうがよい」という言葉をつかいたがるクセがついてしまっていた。それにこの書写人と接触したことで、すでに精神的な面で深刻な影響をうけてしまっていることを思い、身震いしたのであった」（三一、傍点引用者）。「わたし」は「ほうがよい」が伝染するさまを自覚的にかたるとき、無自覚ながらも震えの感染も告げている。物語の後半部、バートルビーを切り離すため、彼をのこして事務所を移転した「わたし」の許に、空いた事務所に入居した弁護士が訪ねてくる。そうして事務所に居座るバートルビーを退去させるよう要求されるとき、「わたし」は「平静を装いつつも、内心は身震いするような想いだった」と告白し（三九、傍点引用者）、やむをえずバートルビーとの直談判をさせられるに至る。その調整も不首尾に終わり、追っ手を怖れて混乱した「わたし」は、その場から逃げだし、数日間、逃亡生活をおくる。その後事務所にもどってみると、以前の事務所の家主からとどいた短信が机上にある。それを彼は、「震える手」で開けようとする（四二）。そうして「わたし」は、バートルビーの影に震えつづける。

そしてまた、震える「わたし」の妄想のなかで、バートルビーは殺されもする。物語の結末近く、「墓場」と呼ばれる刑務所にて、バートルビーは「丸くちぢこま」りながらこの世を去る（四四）。だが、それだけが、物語における彼の死ではなかろう。最終手段として事務所の移転を決意する直前、「エレミヤ書」の教えに逆らって、力ずくでバートルビーを追いだすくらいならば、「むしろここに住まわせて、死に水をとってやったほうがましだ。そして遺体を壁に塗りこめてやったほうがまだしもだ」と（三八）、慈愛のひとつの在りようとして、「わたし」はエドガー・アラン・ポー（Edgar Allan Poe）の「黒猫」（"The Black Cat" 一八四三年）まがいの逸脱行為を夢想する。それもひとつの愛のかたちなのだ。だが彼は、そこから逃避する。愛から逃避するのである。冒頭に引いた「わたし」の予感においても、バートルビーは棺にいれられ埋葬される。バートルビーをすくうことがかなわぬ、愛がとどかぬ、そうしたおのれの無力に怯えるからこそ、彼の死を想うのだ。あるいは影に呑みこまれるのが怖いのだ。彼を「殺さ」なければ、自身が死の極みへと連れ去られるからだ。影と震えを内在化した「わたし」には、生と死の境界線が、透明人間バートルビーをつうじて透けてみえるのだ。だから彼から逃げるのだ。怒りから、恐怖から、憂鬱から、戦慄から、涙から、憐憫から、それらから逃げだすために「殺す」のである。それほどまでに、震えるバートルビーの痕跡が、「わたし」の心を震わせるのだといってもよい。

異邦人が「わたし」のなかに入ってくる。そうして「わたし」はかぼそい痕跡に、蒼白い震えに、しずかにおだやかに囚われる。訪問客が主(あるじ)と化し、死へとみちびかれる恐怖に凍りつく。

3　痕跡への祈り

だが、バートルビーが影となり、身体運動を停止するのは、もしやすると「わたし」自身の所為の結果なのではなかろうか。

「わたし」は齢にして六〇歳手前、若かりしころから「もっとも安易な生き方をもって人生の本義とすべし」という信念をもっていたという。法律家になったのちも、陪審の場であれ世間一般の前であれ、大演説をぶったり拍手喝采を浴びることを好まず、「ただひたすら人目につかぬ安穏な場所で平静をたもち、金持ちたちの契約書や抵当証書、それに不動産権利証書などをとりあつかいながら、ぬくぬくと商売に励む」のが身上であり、彼を知る人はみな、彼のことを「際立って安全な男」とみなすのだという（一四、傍点原文）。そうした彼が、仕事量の増加に対応するために、新たに書写人一名をもとめる求人広告をだす。ある夏の日、蒼白の痩せこけた青年が、開けはなたれた事務所の扉にあらわれる。それがバートルビーなのであった。「わたし」は彼をおのれのデスクの近くにおき、しかしながら衝立をあいだに挟み、声はとどくが視野に入らぬかたちで勤務させる。バートルビーを衝立の向こう側にある不可視の存在に仕立てるのは、じつのところ、「わたし」自身がなす営みなのだ。彼は採用直後、飢えていたかのように、蒼ざめた顔で猛烈に仕事に没頭する。だが、三日目の日、書類の読みあわせに協力するよう依頼されるとき、はじめて「やらないほうがよいのですが」と口にする。慣例でしかない仕事をどうして拒むのか。そう訊ねられても、「やらないほうがよいのですが」を反復するばかりなのだ。それ以後、バートルビーのやわらかな拒絶は増長する。自身の由来をかたること、書写の仕事そのもの、転居、転職のすすめといった、たびかさなる「わたし」からの問いかけ、依頼、打診にたいし、ことごとく、「やらないほうがよいのですが」と呟き撥ねつける。非肯定、非否定の言葉を反復することで、震えることすら停止して、彼の身体運動はしずかに零度へと向かいゆくのである。そうして「部屋の備品（フィクスチュア）」と化し（三二）、ただ壁の街の壁をみつめることしかしなくなるのだ。苛立ちながらもキリスト者のつとめとして、「わたし」はバートルビーに救いと施しをあたえようとするが、それらすべてが謎の言葉を前に門前払いを喰わされる。与えたいものと求めるものとがすれちがうのだ。そのとき「わたし」にとり、バートルビーは固定（フィクス）されたもの、定められたものとなる。バートルビーとは神によってあたえられた試煉なのだ、そう解するキリスト者は、彼のことをあらかじめ定められた運命なのだとうけとめる。

　バートルビーが「備品」と化したのち、「わたし」は彼に最終的な解雇通告を突きつける。だが彼は、平然とそれを無視する。そのとき「わたし」はこう呟く。「またしてもこの底知れぬ謎の書写人が、わたしにたいして不可思議な支配権をふるい、この支配権からは、どんなにもがいても完全にのがれることができ」ないのだ（三五）、と。だが、そもそもバートルビーは、「わたし」の求めにおうじ、開かれた扉から入ってきたのではなかったか。それを中途で閉ざそうとしても、「備品」と化したバートルビーが赦さないだけではなかろうか。外部の者が、招きにおうじて開かれた扉へと「降臨（アドヴェント）」し（一五）、「わたし」の部屋に住みついただけのことではないか。だから彼は「わたし」という部屋に定住して、離れようとしないだけではないのか。彼は「わたし」が招いたのだ。離れないからこそ、それは「わたし」の強迫観念と化してゆく。運命とは、そこから逃げようとすればするほどに、いつもかならず追いかけてくるものなのだから。

あるいはこうもいえまいか。バートルビーが「やらないほうがよい」のは、あるいはその言葉を口にせずにおれないのは、すべて「わたし」に言い寄られるからなのだ、と。「わたし」がなにも依頼せねば、尋問しなければ、彼は「やらないほうがよい」と思う必要などないのだ。「わたし」が「わたし」の運命を、みずから招聘したというのは、そしてバートルビーが「わたし」の主であるというのは、そうした意味においてでもある。だから彼から逃げだそうとしても、それはかなわぬのだ。だから「わたし」は苦しいのだ。バートルビーを苦しめるのも「わたし」なのだ。眼差しのみならず、苦しみまでもがすれちがうのだ。

絶対的な他者は、外部からやってきて、開かれた扉からわたしの許に辿りつき、わたしを支配するのだろう。そうしてわたしを震わせて、わたしを跪かせるのだろう。あなたはなにも、わかっていない、と。追いかければ追いかけるほど、他者はいつも逃げてゆく。言葉で捉えようとすればするほど、意味はかならず身をかわす。だが逆に、逃げようとすれば、それは追いかけてきて離れない。それはバートルビーのことでありながら、文学そのものの謂いでもある。

バートルビーの死後数ヶ月のちに、「わたし」が耳にした噂がある。「わたし」の事務所にあらわれる以前、彼は首都ワシントンにある郵便局の「配達不能便課（デッド・レター・オフィス）」にて勤務していたのだという。噂の信憑性については、「わたし」自身も留保するが、「絶望のうちに死んでいった人びとには赦しの手紙、希望を喪って死んでいった人びとには希望の手紙、救いなき災厄に窒息死した人びとには吉報等」が（四五）、それら配達不能便のなかにふくまれていたのだろう。「わたし」がそのように夢想して、物語は感傷的なかたちで閉じられる。死者（デッド・メン）を想起させる死文（デッド・レター）とは、まさしくバートルビーに似つかわしいのだ、と。だが、「配達不能」の手紙とは、虚空に投げだされたそれでもあろう。バートルビーがみつめるそれに投げだされたものである。「わたし」のバートルビーへの愛のことである。とどかぬ死者への言葉である。交差することのない眼差しである。

　壁にかこまれた「墓場」の中庭にて心肺が停止するバートルビーの横に、やわらかな芝生が芽生えている（四四）。「わたし」は心と身体を震わせながら、それに気づく。死の風景に、生の萌芽が描きこまれるのである。死とともにあるということは、そこに生をかさねることなのだろう。墓地に生花を添えるように。辿りつけぬ他者の記憶に追いかけられながら生きること。刻印された記憶を想起しながら生きること。わたしたちは通常、それを祈りと呼んでいる。

（翻訳）ホーソーンと彼の苔[20]

ハーマン・メルヴィル
橋本安央　訳

（＊印の語註については、二九五―三〇〇頁を参照）

一マイル四方に住居はなく、軒先まで木の葉に覆われている――そしてまた、山並みや、いにしえの森、先住民の沼池に囲まれている――そのような、時代がかった美しい農家にある、壁紙貼りの一室が、ホーソーンについて述べるのに、たしかにうってつけの場所である。[21] この北国の大気には、なにがしかの魔力がある。愛情と義務の双方が、この仕事に駆りたてているような気がするからだ。世間から隔絶されたこの場所で、深遠で気高い人柄の人物が、私の心をとらえたのだ。彼の人の荒々しい、魔術師のごとき声色が、私のなかを貫いて、鳴り響いている。あるいはもっと優しい音調で、窓際に広がるカラマツ林で歌う山鳥のさえずりとなり、聞こえてくるかのようでもある。

優れた書物の誰しもが、父をもたず、母もいない孤児であればよいのに。そうであれば、表面的には作者とされる人のことを考慮にいれずに、書物の素晴らしさを称えることができるだろう。たとえ真理を告げる作家であっても、この点の例外とはならないのだ。なかんずく、次のように書いている人であれば――「〈芸術家〉が高みにまで舞いあがり、〈美〉を成就するとき、有限たる人間の感覚が知覚できるようにするためにもちいた象徴などは、当人の眼からみれば、たいして価値もないものになる。〈芸術家〉の魂は、美の本質を充分に満喫しているのだから」［「美の芸術家」（"The Artist of the Beautiful"）より］。

だが、さらに付言すべきことがある。優れた書物の扉に記すべき正しい名前を、私は知らないのだが、卓越した作者の名は、あのジュニアス[*1]の場合にもまして、すべて虚構のものであるとは感じている。――名前とは、実際のところ、遍在的に天才のなかに乗り移っている、神秘的でとらえがたい、〈美そのものの精神〉を象徴しているにすぎないのだ、と。こうした思いつきは、まったくもって空想の産物のようにうけとめられるのかもしれないが、それでもなお、どれほど偉大な作家であっても、読者が当人と個人的に話をしてみて、それまで作家にたいして抱いていた理想の姿にしっくりきたというようなことは、いまだかつてない、という事実によって、多少なりとも保証されているように思われる。だが、私たちの肉体を構成しているこの塵が、私たちのなかでも気高い部類の知性を、適切に表現することはかなわないのだ。

敬意をもって口にせねばならないことだが、聖者と呼ばれる人の場合ですら、あるいは我らの救世主キリストの場合ですら、私たちの眼に映る体つきが、内なる尊い本質を示しているということは、これまでもなかったのである。さもなければ、あのユダヤの証人たちが、救世主かららちらりと投げかけられた視線のなかに、よもや天の栄光を見逃すこともなかったはずだ。

田舎道を歩いていて、彼方に広がるおおきな風景をほのめかすことなどまったくない、ありきたりの生け垣に邪魔をされ、このうえなく壮大な眺望や、心地よい眺望を見逃してしまうというのは、なんとも奇妙なことである。このホーソーンという、きわめて優れた〈苔の人〉の魂のなかにある、魔法の力で読者をうっとりとさせるような風景にかんしていえば、私もまさしく同じような状況にあったのだった。彼の『旧牧師館』[*2]は四年前に書かれたものだが、私が初めて読んだのは、一両日前のことである。書店でみかけたことはあるし――たびたび噂も耳にしたし――さらにいえば、趣味のよい友人から、おそらくは、万人に好まれるにふさわしい価値がありすぎるせいで、万人に好まれてはいないが、静謐で稀有な書物であると、薦められたことすらあったのだ。だが、世に「優れている」とされる書物は山ほどあるのだし、価値は高いが人気がないものも多々あるわけだから、日々の諸事にかまけてしまい、私は趣味のよい友人が示唆してくれたことを無視していた。そのせいで、この四年間、旧牧師館の〈苔〉がもつ悠久の緑に、心を洗われることもなかったのである。しかしながらこの間ずっと、さながらワインのように、この書物は風味とコクを増していただけのことなのかもしれない。いずれにせよ、たまたまではあるが、このようにぐずぐずと先延ばしにしていた怠惰のおかげで、幸福な結果がもたらされたのだった。この二週間ほどのあいだ、従妹にあたる、山里の少女が、毎朝イチゴとラズベリーの収穫を――おとぎ話にでてくるバラや真珠さながらに、彼女の真っ赤な頬そっくりの苗床から、皿の上に落としていくような塩梅で――手伝ってくれていたのだが、先日の朝食の際、愉快で魅力的なこのチェリー嬢が、私に次のようなことをいったのだった。――「午前中は、いつも納屋でお過ごしなのですね。昨日、あそこで『ドワイトのニューイングランド紀行』[22]をみつけましたわ。でも私、あれよりずっといい本をもってるのよ。こんな山中で夏を過ごしている私たちには、もっとうってつけの本ですわ。ちょっとこのラズベリーをもっていてくださいな。そしたら私、苔をもってきてさしあげますから」。「苔だって！」私はいった。「そうですよ、ぜひ納屋におもちになってね、それで『ドワイト』とはさようなら、ですよ」。

そういって、少女は出ていったのだが、まもなく一冊の書物を手にして戻ってきた。若葉色の装丁の本で、くわえて緑色の不思議な口絵で飾られている。――なんてことはない、本物のちいさな苔の切れ端で、見返しの頁に、器用にも押し花をつくっていたのだ。――「おやおや、これは」私はそういって、思わずもっていたラズベリーを床にばらまいてしまった。『旧牧師館の苔』じゃないか」。「ええ」従妹のチェリーが答えた。「そうよ、華やかに花を咲かせる、あのサンザシ（ホーソーン）です」。――「〈ホーソーンと苔〉か」私はいった。「まったくそのとおりだ。もう陽は昇っているし、季節は山里の七月だし、納屋に向かうことにするか」。

刈り取ったばかりのクローバーの上で身体を伸ばし、納屋のおおきな戸口から吹き抜けてくる、山辺のそよ風に身をまかせつつ、近くの牧草地から聞こえてくるハチの羽音に、ほのぼのとした気持ちになっているときに、この〈苔の人〉は、魔法のごとく、いつのまにやら私の前に現れたのだ！　そしてまた、惜しみなく、たっぷりと、旧牧師館にやってきた客人にたいして、あの甘美な約束を果たしたのであった。彼は客人にかんして、このように記しているのだから。――「ほかの人は客人に、喜びや愉しみ、助言といったものをあたえることができるのだろうが――こうしたものは、どこでも享受できるのだから――私は客人に、休息を提供しよう。苦渋に満ちた人生に、休息を！　疲れ果て、厭世的な気分になっている人に、これ以上のものを授けることができようか。私どもの魔法の領域に足を運んでくださったみなさんに、穏やかな気持ちになることができるような、魔法の霊的呪文をかけてさしあげるぐらいしか、私にできることはない」〔「旧牧師館」（"The Old Manse"）より〕、と。それで私は一日中、刈り取ったばかりのクローバーになかば埋もれながら、このホーソーンが描く「我が東方の頂きからみた、アッシリアの夜明けとパポスの日没と月の出」[*3]を、じっと眺めて過ごしたのであった。

この人物がもつ、うっとりとさせるような魔力の虜となった私は、入り組んだ夢のなかでくるくる踊り、まわっているかのような気分であった。書物を読み終え、呪文が解けると、この魔術師は「まるで彼のことを夢にみていたかのように、ぼんやりとした追憶だけをのこして、私を解放した」[*4]のである。

観照的なユーモアに富む、なんと穏やかな月明かりが、あの旧牧師館を包みこんでいることか！――それはじっくりと滲みでてくるような、薫り高き心を蒸留することで精製される、濃厚で珍(めずら)かな類いのものだ。陽気に騒ぎたてるのでもなく、脂ぎった料理を食し、ワインの澱(おり)まで呑んだせいで、乱痴気騒ぎをするのでもない。ここにあるのは、霊的なまでに穏やかで、きわめて高潔かつ深遠で、だけれどもきわめて豊穣な味わいがあるユーモアである。かくてそれを、天使の領域のものだといったところで、不適切になることはほとんどあるまい。それはまさしく、歓びの宗教なのだ。このような高みにまで到達しうる人間的な営みは、こうしたユーモア以外にないからだ。旧牧師館の果樹園は、それを描写する作者の卓越した精神を、視覚的に示す典型のごとき趣を呈している。よじれて歪んだ老木が、「曲がりくねった枝を伸ばしており、想像力をとらまえるばかりに、私たちはユーモアたっぷりの変わり者として、この木のことを記憶にとどめる」。まさにこのとき、すなわちこのグロテスクなかたちをした樹木に囲まれつつ、このホーソーンの呪文にかかったせいで、真昼の休息に黙するこのときに、彼の赤みを帯びた思索の果実が、静かに読者の魂に落ちてくるのだ。そのさまは、次のような描写によって、適切に象徴化されている。「静まりかえった午後、耳を澄ませていると、わずかな風もそよがないのに、完熟したという必然性のせいだけで、おおきなリンゴが地面に落ちる音が聞こえたのだった」［以上、「旧牧師館」より］！ リンゴの実が熟しているのと同様に、この香ばしき〈苔の人〉のなかにある、思索と空想の果実も、赤く熟しているのだから。

「蕾と小鳥の声」（"Buds and Bird-Voices"）。——なんとも甘美な作品だ！——「世界が朽ち果ててしまい、春になっても緑が蘇らない、などということがあるだろうか」。——そして、「火を崇める」（"Fire-Worship"）。家庭の炉床が祭壇の高みにまで称えられたことが、これまでにあっただろうか。この作品の表題だけで、五〇巻もの二つ折本に収められている、名の知れたどの作品よりも素晴らしい。次の引用もじつに絶妙だ。——「また、あの火の魔神が、機会をあたえられた際に、平穏な家中を荒らしまわり、住人を恐怖の抱擁で包みこみ、彼らの白骨だけをのこして立ち去ってゆくことになったとしても、そのせいで、優しげに、親しげに、礼儀正しく親切であるという、火にそなわる魔法の魅力が、損なわれることはないだろう。狂ったように破壊するというこの可能性は、家庭における火の親切心を、さらにいっそう美しく、感動的にするだけだ。このように破壊する力を授けられているにせよ、ほんのときおり、赤く燃える舌を煙突の先に突きだして、おのれの荒々しい本性を剝きだしにすることがあるだけで、それ以外は来る日も来る日も、夜ごと訪れる長く孤独な夜に、薄暗い炉床にとどまってくれる火は、なんとも親切なのである！　たしかに火は、この世の中で数々の災いをもたらしてきたし、今後もきわめて間違いなく、もたらしつづけるのだろうが、火の暖かい心がすべてを贖うことであろう。火は人類にたいして、心優しき存在であったのだ」。

だが、彼にはほかにも、それほど赤みを帯びているわけではないが、充分に熟しているリンゴがある――愉快な秋の収穫が終わり、枝の上に、しなびるがままに放っておかれたリンゴの実が。「リンゴ売りの老人」（"The Old Apple Dealer"）という短篇は、このうえなく微妙な、悲哀の精神で綴られている。「控えめで、おどおどしていた少年時代が、彼の発育不全たる壮年期を予表しており、壮年期自体の内にも、痩せこけて無気力な老年期の預言と面影が含まれていた」人物をめぐる物語である。この作品にみられるこのような筆致は、凡人の手から生まれるものではなく、きわめて深みのある優しさや、生きとし生けるものにたいする無限の共感、きわめて遍在的な愛情を示している。かくて私たちは、このようにいわねばならないのだ。このホーソーンは、彼の世代にあって、ほとんど唯一無二の存在である――すくなくとも、こうしたことを芸術的に表現するという点においては――、と。さらに付言すべきことがある。先に引いたような筆致は――きわめて数多の同様の実例が、各章の至るところにあるのだが――さまざまな手がかりを提供してくれており、私たちはそれに従い、物語の起源たる、複雑で深遠な作者の心のなかに、いささかなりとも入りこむ。そうして私たちは理解する。どのようなときであれ、どのようなかたちであれ、自分自身が苦しみ抜くことで――そうすることで、初めて人が抱える苦しみを描くことができるのだ、と。ホーソーンのメランコリー[23]は彼の全身を覆っており、それは小春日和さながらに、均等に、穏やかに、一つの土地全体に陽射しをそそいでいるのだが、それでもなお、周囲にそびえたつすべての山並みの色合いや、遥か遠くへと曲がりくねりゆく谷間一つひとつの色合いを、くっきりと浮かびあがらせるのである。

だがそれは、人から称賛を引き寄せる天才の、最小の部分でしかない。彼のことを知る人のあいだでは、ホーソーンは愉快な文体をもちいる愉快な作家とみなされているふしがある。――世間から隔絶されたところに住まう、人畜無害の人であり、深遠で重々しいものを書くだろうとは、ほとんど思われていない類いの人であり――つまり、重要ではないことを書こうとしている人である、と。だが、山の峰さながらに、ユーモアと愛情が恍惚の高みにまで舞いあがり、天空に輝く光の照射を一身に浴びているような人は、彼以外にいないだろう――ユーモアと愛情が、天才と呼ばれるあの高等な形態にあって育まれている人は、彼以外にいないのだ。こうした人が存在するとすれば、かならずや、ユーモアと愛情に不可欠な補完物として、錘（おもり）のように宇宙のなかへと降りてゆく、偉大で深遠なる知性も有しているはずである。あるいは、愛情とユーモアとは、こうした知性が世界をみる眼にすぎないのだといってもよい。このような精神のなかにある偉大な美しさとは、その強靭な精神が産みだしたものにすぎないのだといってもよい。すべての読者にとって、「ムッシュー・ドュ・ミロワール」（“Monsieur du Miroir”）と題された作品以上に、魔術がかった魅力をもつものがあるだろうか。この作品をとにもかくにも充分に洞察する能力がある読者にとって、魅力的であると同時に、これ以上に神秘的な深い意味合いをもつ作品があるだろうか。――そう、彼はあそこに腰かけて、私をじっとみつめている――この「謎めく姿をしたもの」が。この「まさしくムッシュー・ドュ・ミロワールたる人物」が――。「もしも彼が魔術師の力をもちいて私を探し、あらゆる障害も楽々と乗り越え、不意に眼前に立ち現れるとなれば、いまにも私は震えあがってしまうだろう」[*5]。

「地球の大燔祭」（“Earth's Holocaust”）が導きだす教訓は、なんと深遠で、いや、末恐ろしいものであることか。この作品では――世間の虚しい愚行と虚飾を手始めに――あらゆる虚栄心、空虚な学説や慣行が、一つずつ、みごとに段階を踏みつつ、徐々に範囲を拡大してゆきながら、寓意の劫火に投げこまれ、ついにはすべての発生源である人間の心だけがのこされる。だが、のこされたものが依然として焼き尽くされていない以上、この大火に意味はないのだ。

この作品に類するものが、「情報局」（“Intelligence Office”）であり、人間の魂に存する秘密の作用をみごとに象徴化した作品である。このほかにも、重々しい意味にさらに満ちている短篇がある。

「クリスマスの宴」(“The Christmas Banquet”)と「胸に棲む蛇」[*6]は、これらの作品を産みだした精神のなかにおそらくはある、推測上の要素を、入念かつ緻密に分析するための、格好の対象であろう。ホーソーンの魂のこちら側で、小春日和の陽射しがきらめいているにもかかわらず、あちら側は――物質界の球体の半分が暗いのと同じように――黒さに、それも一〇倍も黒い黒さに、覆われているからだ。しかしながらこの暗さは、そこを通り抜けて永久に前進し、ホーソーンの世界の周囲をまわり、つねに移動しつづける夜明けにたいして、いっそうの効果をあたえているにすぎない。ホーソーンがこの黒さの秘儀を、おのれの光と影におけるみごとな効果を生みだす手段として、たんに利用しただけということなのか。あるいは彼のなかに、おそらくは当人も知らないかたちで、ピューリタン的陰鬱のような特質が実際にひそんでいるのか。――この点は、私にもまったくわからない。しかしながら彼のなかにある、黒さが有するこのおおいなる力が、〈生得的堕落〉や〈原罪〉といった、あのカルヴィニズム的感覚に訴えるところに由来することに、間違いはない。深く思索する精神であれば、どのようなかたちであれ、こうしたカルヴィニズム的感覚の配剤から、いつだって全面的に自由である、などということはない。この世のことを熟考する人であれば、誰しもが、ある種の精神状態にあるときに、なんらかのかたちで〈原罪〉のようなものを差し挟まないことには、明暗のバランスをとることができないからである。とまれ、先述した、人畜無害のこのホーソーン以上に、おおきな恐怖に駆られつつ、このような怖ろしい思索を表現する作家は、おそらくは、いまだかつていなかったのだ。さらに付言すべきことがある。黒をめぐるこの綺想は、彼の全身に染みこんでいる。読者は彼が描く陽射しに魅了されるのかもしれないが——彼が読者の頭上に構築する、上空で麗らかに輝く金箔にみとれることもあるだろう——その彼方には、暗い黒さが存している。麗らかに輝く彼の金箔ですら、雷雲の縁取りでしかなく、その際（きわ）で戯れているにすぎないのだ。——端的にいえば、こうしたナサニエル・ホーソーンのことを、世間は誤解しているのである。おのれにかかわる馬鹿げた誤解に、当人は幾度となく苦笑したにちがいない。彼はたんなる批評家がつかう錘ではとどかぬほどに、果てしなく深遠な人なのだ。こうした人を試すことができるのは、頭脳ではない。心だけができるのである。いくら精査をしたところで、偉大さを知ることはあたわない。直観に拠らなければ、一瞥たりとも偉大さをとらえることはかなわない。金貨であることをたしかめたければ、叩いて鳴らす必要はなく、触れてみればよいだけである。

　さて、私の心をとらえ、魅了してやまないのは、いま述べた、ホーソーンのなかにあるあの黒さである。とはいえそれは、彼のなかで過剰に発達しすぎているのかもしれない。おそらく彼は、私たちがみえるように、おのれの暗闇にあるすべての陰影に光をあてることもしていない。だが、たとえそうだとしても、彼の背景を無限に薄暗くしているのは、まさしくこの黒さなのである。――そしてまた、それと同じ無限に薄暗いものを背景にして、シェイクスピアはきわめて壮大な綺想を演じている。すなわちシェイクスピアにたいして、もっとも深遠な思索者という、きわめて高尚ではあるが、きわめて限定的な名声をあたえるに至った綺想を演じているのだ。限定的な名声だとする所以は、深遠な思索者と呼ばれたせいで、哲学者がシェイクスピアのことを悲劇と喜劇の大作家として崇敬しないからである。「奴の首を刎ねろ！　バッキンガム公もこれまでだ！」[*7]。この種の大言壮語は、別人の手で書きこまれたのだが、たしかに満場の大喝采を博するものではある。――そしてまた、このように勘違いをして拍手喝采する人たちは、シェイクスピアのことを、たんにリチャード三世のこぶやマクベスの短剣を描くだけの人なのだろうと想像する。だが、シェイクスピアの奥底に存するもの、すなわち彼のなかにある直観的〈真理〉をときおり一瞬閃かせ、まさしく現実の枢軸たるものを素早く機敏に探りあてる力――こうしたものが、シェイクスピアをして、シェイクスピアたらしめているのだ。ハムレット、タイモン、リア、イアーゴーといった暗い人物の口をつうじて、シェイクスピアは巧みに告げる。あるいはときに、ほのめかす。まともな人格の善人であれば、かりに口にすれば、あるいは示唆するだけでも、ほとんど狂気の沙汰であるような、私たちが怖ろしい真理であるとうすうす感じている事柄を。苦悩の末に絶望に至った結果、狂乱の王リアは、仮面を脱ぎ去り、決定的な真理にかかわる正気の狂気を口にするのだ。だがそれは、先にも述べたように、人から称賛を引き寄せる天才の、最小の部分でしかない。したがって、シェイクスピアの上に積みあげられてきた、盲目的で節度を知らぬ称賛の多くは、彼の最小の部分に惜しみなく捧げられてきたのである。無数にいる註釈者や批評家のなかで、次のようなことを想起したとおぼしき人、あるいは気づいたとおぼしき人は、ほとんどいないに等しいのだ。すなわち、偉大なる精神が直接的に産みだしたものなどは、未開発の（かつ、開発不可能なこともある）、かすかに識別できるしかないあの偉大さに比べれば、たいして偉大ではないのであり、直接的に産みだされたものは、未開発の偉大さにたいする、間違いようのない指標にすぎないのだ、と。シェイクスピアの墓地には、これまでにシェイクスピアが書いた作品より多くのものが、無数に横たわっている。私がシェイクスピアを賛美しているとするならば、それは彼が実際にやったことにたいしてではなく、やらなかったこと、やるのを差し控えたことにたいしてである。シェイクスピア、および偉大なる〈真理を告げる芸術〉に携わるその他の巨匠の世界にあるように、嘘にまみれたこの世において、森のなかにいる怯えた白い雌ジカのように、〈真理〉は飛ぶように駆け抜けざるをえない。鋭（すすど）くも、ちらりとしか、雌ジカは姿を現さない。――こっそりと、断片的であるにしても、〈真理〉はそのようなかたちでしか姿を現さないのである。

だが、万人に人気があるシェイクスピアをめぐるこうした見解を、彼の読者が採用することはめったにないのだとすれば、そしてまた、シェイクスピアを激賞する人のなかで、彼の作品を深いところまで読みこんだ者がほとんどいないか、あるいはおそらく、巧妙につくられた舞台を観たことがあるだけ、ということであるならば（それだけで、彼のたんなる野次馬的名声がつくりあげられたのだし、いまでも状況は変わっていない）――すなわち、あの偉大なる天才のなかに存する精神的真理を理解せんとする、時間、忍耐力、審美眼を有する人が、ほとんどいないということならば――同時代人のあいだで、いまのところナサニエル・ホーソーンがほとんど完全に誤解されているとしても、さして驚くにはあたらないだろう。たしかに、そこここで、たとえば騒々しい町中の、とある静かな肘掛け椅子の上だとか、喧噪から離れた山中の、奥深くにある片隅などで、誰かが彼の本質を正しく評価しているのかもしれぬ。だが、諸般の事情で正反対の方向に向かわざるをえなかったシェイクスピアとは異なって、ホーソーンのほうは（単純に気が進まないためか、それとも彼の資質のせいか）、誇張された笑劇や、血糊で塗られた悲劇を、大騒ぎしてみせびらかすような、大衆受けする振舞いを差し控えている。悠然とした偉大な知性を、静かに豊かに言葉にすることで、満足している。彼のそうした言葉のおかげで、おのれの血液中に思索を循環させるような読者はほとんどおらず、思索は彼自身のおおきく暖かい肺臓のなかで動脈血となり、偽りなきその心臓のなかで広がりゆくのみである。

なにも好みにあわなければ、彼のなかにあるあの黒さに、読者がこだわることはない。実際のところ、すべての読者が黒の世界に気づくわけでもないだろう。たいていの場合、もっとも理解力があり、もっとも解釈力がある読者に向けて、ほのめかされているにすぎないのだから。誰にたいしても同じように、強制されるようなものではない。

同じ頁にシェイクスピアとホーソーンが並んでいるところを読んで、驚かれる向きもあるだろう。照明をあてる必要があるのだとしても、古くさい小者のホーソーンを解明する目的であれば、わずかな光で充分だったのではなかろうか、そのようにいう人もいるやもしれぬ。だが、すくなくともシェイクスピアにかんしていえば、私はラ・ロシュフコーの「私たちが一方の人の名声を褒めそやすのは、他方の人の名声を貶めるためである」という箴言を、例証したいと思うような者ではまったくない。——気高い魂をもつ、大志を抱くすべての人に向けて、まったく希望などないのだと教えるために、シェイクスピアは絶対的に比類なき存在なのだと断言するような者でもない。シェイクスピアの域に達した人は、これまでにもいたのだし、シェイクスピアと同じ程度に、宇宙の遙か遠いところにまで迫った精神もある。ハムレットのなかにみいだされる偉大な思索を、ときとして、自分のなかに感じたことがないような人は、ほとんどいない。私たちは、相手が誰であろうと、その人のために、推論に基づいて人類を中傷してはならぬのだ。これでは自意識の強い凡人がやる類いの、満足感の安物買いである。かてててくわえて、シェイクスピアにたいするこのように絶対的で無条件の崇敬は、私たちアングロ・サクソンの迷信の一部にまでなっている。三九箇条[*8]が、いまや四〇箇条だ。この点にかんして、不寛容な空気が漂うようになっているのだ。シェイクスピアが比類なき存在であることを信じなければ、国外追放である、と。だが、このような事態は、アメリカ人にとって、すなわち共和制的進歩主義を、〈人生〉と同様に、〈文学〉のなかにももちこまねばならない者にとって、いかなる信仰といえようか。読者諸賢よ、そうなのだ、今日、シェイクスピアはオハイオ河の畔で生まれつつあるのだ。(24) 現代の英国人が書いた書物など誰が読むのか、みなさんがそのように口にする時代がそのうち訪れることだろう。だが、偉大な文学的天才が自国民のなかから立ち現れるのを待ちわびているアメリカ人ですら、どうしたわけか、その天才がエリザベス朝風の衣装を着て現れるであろうと考えているという、おおきな勘違いをしているようだ――彼らが古い英国史やボッカチオの物語に依拠する劇作家として立ち現れるのだ、と。しかるに、偉大な天才とは、時代の一部なのであり、あるいは彼ら自身が時代なのであり、時代に対応した特色を有するものである。私たちがしていることは、救世主シロ〔「創世記」第四九章一〇節を参照〕がおとなしく通りを歩いている最中に、その人が荘厳な姿で到来することを願い求めていた、ユダヤ人の話と同じである。すでにロバに乗って到着している人の姿を、二輪戦車（チャリオット）の上に探していたのだ。さらに私たちが忘れてはならないのは、生前の生涯において、シェイクスピアはシェイクスピアではなかったという点である。彼はコンデル[*9]が経営する、商売上手で成功していたシェイクスピア商会のウィリアム・シェイクスピア主人であり、ロンドンにあるグローブ座の共同経営者であったというだけで、グリーンという名の慇懃な作家によって、「他人の鳥の羽毛」で着飾った「成り上がりのカラス」と揶揄されていたのである。[*10]どうしてそうなるのかというと、気をつけていただきたいことなのだが、模倣とは、本物の独創性にたいしてしばしばもちだされる、最初の非難であるからだ。その理由をここで説明する余裕はない。〈真理〉を語るためには、それができるおおきな操船余地が必要なのだ。とりわけそれが、一四九二年[*11]のアメリカのように、新しい側面をもつような場合には、なおさらのことである。とはいえ、あの当時、アメリカはアジアと同じか、おそらくアジア以上に歴史のある大陸であったのに、もっぱらあの聡明な哲学者たち、すなわち平水夫たちが、それまでアメリカ大陸をみたことがなかったせいで、あそこには海水と月明かりしかないと断言したのであったのだが。

とまれ、私はなにも、セイラムのナサニエルが、エイヴォンのウィリアムより偉大であるとか、同じ程度に偉大であるとか、そのようなことをいっているわけではない。だが、両者の違いは計り知れないほどにおおきいわけではまったくない。あともうすこしで、ナサニエルはまさしくウィリアムになることだろう。

私がいいたいのは、次のようなことでもある。すなわち、シェイクスピアに比肩する者がいまだに現れていないとしても、間違いなくシェイクスピアはいずれ乗り越えられるのであり、いま生きているアメリカ人、あるいはこれから生まれくるアメリカ人によって乗り越えられることになるであろう、と。ほかのたいがいの事柄では、自慢する点で世界を凌ぎ、行為する点でも世界を凌ぐ、私たちアメリカ人としては、ただただ手をこまねいて、知性の最高部門における進歩はもはやない、などと口にするのは、やるべきことではないからだ。世界はいまや年老いて、白髪まじりになりつつあり、かつての新鮮な魅力は喪われた、そうした魅力があるからこそ、私たちはいにしえの大詩人を高く評価するに至ったのだ、などと口にするのも、私たちがやるべきことではない。そうではないのだ。世界はいまも、創造のときと同じように若々しいのであり、ここヴァーモントの朝露は、エデンの露がアダムの足許を濡らしたときと同じように、私の足許を濡らしている。私たちの祖先が自然を根こそぎ荒らしたせいで、後の世代がみつけることのできる、新しい魅力や神秘はもはやのこっていない、などということもない。それは完全に違うのだ。第一兆番目の言葉はまだ語られていない。これまでに語られてきた言葉はすべて、まだ語られていない言葉につうずる道筋の数を増やしてくれるだけである。現代の作家を無力にしていると思われる要因は、素材が不足しているということではなく、むしろ過剰にある点に存するのだ。

それならば、アメリカをして、自国の作家を重んじ、慈しませるがよい。さらには彼らを誉め称えさせるがよい。アメリカの善意を枯渇させてしまうほど、作家の数が多いわけでもないのだ。アメリカには、胸に抱きしめて大切にすべき、身近な親類知己がいるというのに、その抱擁を異国人の家族に惜しみなくあたえることはない。驚かれる向きがあるやもしれぬが、つまるところ英国は、多くの点で、私たちにとって異国であるからだ。英国よりも中国のほうが、私たちにたいする本物の愛情を潤沢にもっているぐらいだ。たとえ私たちに、ホーソーン、エマスン、ホイッティア[*12]、アーヴィング、ブライアント、デイナ[*13]、クーパー、ウィリス(「突進」の作者ではなく、「鐘塔の鳩」の作者[*14])といった作家たちが――彼らの誰もがいないとしても、そしてまた、同じように秀でているその他のアメリカ作家がいないとしても、それでもなお、アメリカをして、他国の最優秀の子どもを賛美する(優秀であるとは、万人から承認される必要があるものだという点は、どこの国でも同じなのだから)より先に、自国の凡庸な子どもを賛美させるがよい。アメリカ自身の作家をして、そう、優先的に高い評価をうけさせるがよい。カロライナにいる短気な従兄がこのようにいったことがあり、私はいたく喜んだものだった。――「文学で、ほかに応援するアメリカ作家が誰もいなけりゃなあ、そうだな、おれはポップ・エモンズと、やつの『フレドニアド』[*15]を応援するね。それで、あれよりマシな叙事詩がでてくりゃ別だが、それまでは、あれだって、たいして『イリアド』[*16]に負けちゃいねえって、おれなら断言するぜ」、と。言葉遣いはともかくとしても、我が従兄の精神は、健全であった。

アメリカの天才が伸びるためには、庇護が必要なのだ、ということではない。このような爆発物は、万力で締めつけられたところで伸びるものだし、それが三重の鋼（はがね）であっても、吹き飛ばしてしまうからだ。アメリカ作家がますます偉大になっていることを、アメリカに留意してもらいたいのだ。私がそのように願うのは、ほかならぬ国家のためであり、作家のためではない。自国の英雄的文士の栄誉を称えんとする営みを、他国に先んじられたとすれば、大恥もいいところではなかろうか。だがいまは、まさにこのような状況になりつつある。アメリカ作家は同胞以上に、（高慢で、馬鹿げたかたちの場合もあるが）英国人からですら、鋭い鑑識力に基づく公平な賛美をうけているのだ。アメリカには、批評家と名のつく人が五人といないのだし、そのなかには眠っているも同然の者もいる。庇護ということでいえば、いまやアメリカを庇護しているのは、むしろアメリカ作家のほうであり、国家が作家を庇護しているのではない。ときとして、アメリカ作家の誰それが、国民に向けて、もっと認めてほしいと訴えることがあるとしても、それはかならずしも利己的な動機からではなく、愛国心に基づく動機によるものなのである。

これまでのところ、おおいに賛美するに値するほどの、決定的な独創性を示したアメリカ作家は、たしかにごく少数しかいない。だが、おそらくすべてのアメリカ人のなかでも、その作品にたいして当人自身の国からもっとも多くの賛辞をあたえられてきた、優雅なあの作家[*17]は――とても人気があり、人受けもよいあの作家は、優秀で、いくつもの点において独立独行の人であるとしても、その主たる名声は、みずからも認めるように、外国の手本を模倣していること、口当たりのよい主題以外は熟慮の末に避けていることに、おそらくは負うている。だが、模倣に成功するよりは、独創に失敗するほうがよい。どこかで失敗したことがない人は、偉大にはなれない。失敗こそが、偉大さを試す本当の試金石なのである。成功しつづけることが、賢明にもおのれの力を知っていることの証左であるという者がいれば――それにたいしては、この場合、その人物はおのれの力が微々たることを知っているのだ、と付言するだけでよい。だとすれば、おのれの力を知っている、口当たりがよく、読者を愉しませることに長けた作家に、私たちはなんの希望ももてないということを、この際きっぱりと信じようではないか。悪意はなく、たんなる明白な事実だけを述べさせていただくならば、こうした作家はゴールドスミス[*18]などの英国作家に付録を供給しているにすぎないのだ。だが、私たちはアメリカのゴールドスミスを求めているわけではない。アメリカのミルトンを求めているのでもない。本物のアメリカ作家のことを、アメリカのトムキンズ、[*19]などと呼べば、それはこのうえなく酷い物言いをしていることになるだろう。本物のアメリカ作家のことは、ただたんにアメリカ人と呼んで、それでおしまいにすればよい。これ以上に気高い呼称はないのだから。――だがこれは、アメリカ作家の誰しもが、作品を書く際に、意図的に国民性に固執すべきである、という意味ではない。英国人、フランス人のように書くべきではない、ただそれだけのことである。アメリカ作家をして、一人の人間のように書かせるがよい。そうすれば、おのずとアメリカ人のように書くであろう。ボストンの、英国に媚びへつらうような文学的風土を、この際一掃しようではないか。[25] この点にかんして、どちらかが媚びへつらわねばならないのであれば、アメリカではなく、英国にさせればよいのだ。英国が諸事情からそうせざるをえなくなる時代が訪れるのは、さして遠くもないのである。預言的にいえば、今世紀末に待ち受けている、国際政治における主導権獲得に向けて、私たちはいま急ピッチで準備をしているところなのだが、文学の観点からみれば、嘆かわしいことになんの準備もしていないし、現状のままでいることに、一所懸命のようなふしすらある。これまでであれば、それ相応の事情があったのかもしれないが、いまや正当な理由などない。この事柄における修正条項として必要なのは、どこの国であろうと、素晴らしいものであればすべて惜しみなくそれを承認しながらも、過度に外国作家を賛美することは慎むのと同時に、アメリカ自身の誉むべき作家を正当に評価する、ということだけである。――あらゆる物事において束縛をうけず、民主主義的であるあのキリスト教精神を吸いこんでいる――すなわち現に世界を先導している、しかも私たちアメリカ人が先導している、あのキリスト教精神を吸いこんでいる——そうしたアメリカの作家を正当に評価すればよいだけなのだ。朝の訪れのように、優雅で馨しいものであっても、あらゆる模倣をきっぱりと軽蔑しようではないか。私たちの国で育つマツの節くれのように、最初は気むずかしくて見苦しいものであっても、あらゆる独創性を育もうではないか。アメリカ作家の誰それが、失敗したり、あるいは失敗したような様子であれば、カロライナの熱狂的な我が従兄の顰みにならい、作家の肩をポンとたたいて、全西洋と戦う第二ラウンドに向けて、後押ししてやろうではないか。事実、私たちの観点からすれば、国民文学というこの問題は、ことアメリカにかんして、ある意味において私たちがゴロツキにならねばならないほどに、いまや危機的状況にある。そうしなければ、戦いに破れることになるか、あるいは私たちの優位は遙か向こうに遠ざかり、そのうち自分たちが優位になるだろうとは、ほとんどいえないことになろう。

　さあ、同胞のみなさん、みなさんと同じ血肉をわける優れた作家として——模倣をしない、そしておそらくは、書き方という点で、人が模倣することもできない人物として——私は誰よりもまず、ナサニエル・ホーソーンをみなさんに推挙したい[26]。みなさんの国のこれまでの作家のなかでも、彼は遙かに素晴らしい、新しい世代の一人なのだ。アメリカのブナやツガの香りが、彼には染みついている。アメリカの広大な大草原が、彼の魂のなかで広がっている。みなさんが内陸を旅して、深遠で気高い彼の人の本質に入りこめば、彼のナイアガラ瀑布が遙か先で響(どよ)めいている音が聞こえてくることだろう。彼の真価を認めるという名誉な義務を、未来の世代にゆずることはない。みなさん自身の世代のなかで、みなさん自身がその喜びに浴しなさい。そうすれば、彼も感謝の想いにみちた衝動に駆られるだろうし、おそらくそれが彼を刺激して、みなさんからみても遙かに偉大な作品を書き、満開の花を咲かせることになるやもしれぬのだ。そしてまた、彼にたいする信を表明することで、みなさんはほかの作家にたいする信を表明することにもなる。同胞全体を抱擁することになるのである。天才というものは、世界中で、手に手をとって環(わ)をつくっているのであり、認識されたという衝撃は、その環をぐるりと駆けめぐるのだから。

ホーソーンを論ずるにあたり、あるいはむしろ、作品のなかのホーソーンを論ずるにあたり(私は一度もこの人物に会ったことがないのだ。彼が出没するところから遠く離れた、静かな農園(プランテーション)生活を送っているので、これから先も、おそらく出会う機会はないだろう)[27]、すなわち彼の作品を論ずるにあたり、私はこれまで『トワイス・トールド・テールズ』(*Twice-Told Tales* 一八三七年)と『緋文字』(*The Scarlet Letter* 一八五〇年)にかんする言及をすべて省いてきた。双方の作品ともに優れたものだが、きわめて多岐にわたる、不可思議で拡散的な美しさに満ちているために、どれほど時間をかけたところで、その美しさの半分も指摘できないことだろう。だが、かりに一世紀前に英国で書かれていたとしたら、私たちが今日権威として崇めている数多くの輝かしい名前に、ナサニエル・ホーソーンは完全に取って代わっていたであろうとおぼしきものが、これら二冊の書物にはいくつもある。だがいまは、甘んじて、ホーソーンのことはそっとしておき、後世の人びとがかならずやホーソーンを発見するときを待ちたい。彼の人に捧げた賛美がいかにおおきいものであったとしても、そうすることで、私は彼の人にたいしてというより、自分自身に奉仕と名誉を捧げていたような気がしている。根本的にいって、おおいに優れているということは、それ自身に捧げられる、すでにして充分な賛美なのだから。だが、優れているものにたいする真摯で理解に満ちた愛情や称賛という想い、これは言葉にすることで際立つものだ。暖かく、誠実な賛美は、いつだって、口許に心地よい後味をのこすものだ。そしてまた、人のなかに敬意に値するものを認めて表明することが、そもそも敬意に値する営みなのだ。

とはいえ、私はまだ自分の主題から離れるわけにはいかない。卓越した作家の作品を読みながら、作家の理想の姿、その精神の理想の姿を想像せずして、骨の髄まで作家を味読したことにはならないのだ。きちんと探してみれば、たいていの場合、作家自身が作品のどこかで自画像を提供してくれていることに気づくであろう。——詩人とは(散文詩の場合であれ、韻文詩の場合であれ)、〈自然〉を描く画家である以上、鉛筆をもちいる仲間と同様、本物の肖像画家なのであり、写生すべき数多の肖像画のなかにおのれの自画像を描きこむことを、かならずしも省くとは限らないのだ。あらゆる高尚な場合において、ときに適切に同定するのに数頁も要するようなものをひそませることがあるとしても、詩人はそうした自画像を、虚栄心などまったくもたずに描くものである。

そこで私は、次の引用がナサニエル・ホーソーンの自画像であるのかどうかを、個人的にこの人物のことをもっともよく知る人たちの判断にゆだねたい。――そしてまた、ホーソーン自身の判断にゆだねたい。ここに含まれるものが、果たして彼の精神気質を表しているのかどうか――すなわち、正直で、率直な人であれば、誰しもがもちつづけている――まだ発見してはいないが、探求をつづけている者がもっている――あの永遠の気質を表しているのかどうかの判断を。

さて、一人の男が入ってきた。服装はぞんざいで、思索者のような相貌をしているが、学者にしては多少無骨で、筋骨もたくましすぎた。顔は不屈の気力に満ちていたが、そこにはなにかしらもっと繊細で敏感な特質が隠れていた。はじめはがさつであっても、彼がもつ強靱な知性を徹底的に熱するだけの力をもった、おおきく暖かい心臓の赤熱によって、鍛えられたかのような特質であった。彼は情報屋の前に歩みでて、相手の顔をみつめたのだが、そのまなざしには、おそらくわずかの秘密も逃さないような、厳格な誠実さがみなぎっていた。

「私は〈真理〉を求めているのです」男はそういった［「情報局」より］。

＊　＊　＊　＊　＊

先述のものを記してから、二四時間が経過した。納屋に積みあげてある干し草の山から戻ってきたところなのだが、ホーソーンにたいする愛情と称賛の想いは、いやましに強くなっている。〈苔〉の落ち穂拾いをして、以前見落としていたものを、あちらこちらでいくつも拾っていたのだ。そして私が気づいたのは、この人の落ち穂拾いをするほうが、ほかの収穫に従事するよりも、実りが多いということであった。率直に（というより、馬鹿正直に、というべきなのだろうが）いって、これらの〈苔〉にかんして、昨日いろいろなことを述べたにもかかわらず、あのとき私は〈苔〉を全部集めていなかったのだった。[28]とはいえ、〈苔〉のなかにある微妙な本質を充分に認識しつつ、書いたつもりではある。これらの〈苔〉の饗応を幾度となくうけることで、今後、その素材をすべておのれのなかに完全にとりこんだとき、愛情に満ちた驚嘆と称賛の想いが、いったいどれ程の高みにまで、私を連れて昇っていってくれるのだろうか――それは自分でもわからない。だが、このホーソーンが私の魂のなかに発芽力に富む種子を植えつけていったことを、私はすでに感じとっている。彼の人のことをじっくりと考えれば考えるほどに、彼は私のなかで広がってゆき、深いところに降りてゆく。そして、さらに深く、深く、私の南部的魂という熱い土壌のなかに、彼の頑丈なニューイングランドの株を撃ちこんでくる。(29)

「目次」を注意深く調べたところ、自分が全短篇を読了したということに、だが、昨日この文章を書いていた時点では、二つの作品が未読であったことに気づいたのだが、いま、この二作品に――「選りすぐりの人びと」(“A Select Party”)と「若いグッドマン・ブラウン」(“Young Goodman Brown”)のことだ――格別の注意を払いたい。とらえどころのないこの拙文を読んでくださり、「苔」をきちんと読んでみようという気になるやもしれぬみなさんにたいして、ここでいっておかねばならないのだが、ここに収められている短篇作品に付された表題の多くが平凡だからといって、自分がぞんざいに扱われていると思ったり、失望したり、騙された気になるようなことは、絶対にあってはならない。複数の事例において、表題は作品の中身を完全に裏切っているのだから。あたかもそれは、品質と価格の双方において最高級たる、ファレルノ・ワイン[*20]やトカイ・ワイン[*21]を容れた質素な大瓶に、「リンゴ酒」とか「洋ナシ酒」とか「ニワトコ酒」といったラベルが貼ってあるようなものなのである。実際問題、ほかの数多くの天才と同様に、この〈苔の人〉も、世間の眼を眩まして、おおいに愉しんでいるふしがある――すくなくとも、自分自身にかんしては。[*22] 個人的な意見ではあるが、あきらかに、彼はまずまずの作家という程度の一般的評価をされるほうが望ましいと考えているのだ。自分の本当の姿を徹底的かつ鋭く理解せんとする営みは、それを判断するのに最適任である人に――すなわち自分自身に、とっておくのだ、と。さらにいえば、ホーソーンのような人たちは、公衆から拍手喝采を浴びるようなことが、たいていの場合、その喝采の対象が凡庸であることを示す強力な推定証拠であると、心の奥底でみなしており、したがって、公共の牧場で、おのれをめぐる馬のいななきのごとき絶叫を、おおいに耳にするようなことがあれば、彼らは自分自身の力にたいして、いくぶん疑念をもつことになろう。たしかにここまで（みなさんが親切にも機知をはたらかせて、このような表現をお許しくださるのならば）、私自身がおおいにいないないいてきたのだが、そうであれば、この特定の件について、これほどにいないないたのは、私が最初であると主張したい。それゆえに、この問責にたいする罪を認めつつ、それでも独創性によるこの栄誉が、すべて、我がものであるとも、私は主張するのである。

　だが、ふざけた動機であれ、深遠な動機であれ、いかなる動機に基づいて、ナサニエル・ホーソーンがわざわざあのような表題を選んで付けたのだとしても、なかには直接的に計算づくで欺かんとする表題があることも、たしかである。――物語を表面的に読み飛ばすような読者を、まんまと欺かんとするのである。いま一度、率直に、包み隠さずいうならば、これら二つの表題に、私のような観察眼の鋭い読者であっても、悲しむべきことに、みごとに騙されたのであり、おまけにそれは、このアメリカ人がもつ、おおいに深く、広い認識力に感銘をうけた後のことであったという点も、喜んでいわせていただきたい。「一体全体どこぞのどいつが」(このあたりの田舎の人たちの物言いを借りれば)、「一体全体どこぞのどいつが」、「若いグッドマン・ブラウン」と題された作品にひそむ驚嘆を予想できようか。もちろん読者は、これが「グッディー・トゥー・シューズ」[*23]の補遺として書かれたような、単純な小品なのだろうと想像することであろう。ところが実際のところ、これはダンテのごとく深遠であり、読了した読者は、かならずや作者に向けて、作者自身の言葉を借りて、「すべての人の胸のなかに、罪という計り知れない謎を見抜くのは、おまえたちの仕事である」、そのように話しかけざるをえないのだ。かくて、ピューリタンの妻を寓意の次元で追いかける、若いグッドマン・ブラウンとともに、読者も苦悶しつつ、このように叫ぶことになる——

「フェイス!」グッドマン・ブラウンは苦悩と絶望に満ちた声で叫んだ。すると、森の木霊が「フェイス! フェイス!」と呼応して、彼を嘲笑う。それはまるで、途方に暮れた哀れな追放者たちが、彼女を探して荒野(あらの)中を駆けめぐるかのようであった。

さて、「若いグッドマン・ブラウン」と題されたこの作品が、昨日の時点で未読であった二作品のうちの一つなのだが、いまここでそれに簡潔に言及する所以は、この作品そのものが、ほかのいくつかの短篇にも窺われる、ときおり垣間みえるだけでしかない影から私が想定していたような、ホーソーンの世界におけるあの黒さを、はっきりと、明確に、例証しているからである。だが、かりに以前に「若いグッドマン・ブラウン」を精読していたならば、直接的かつ純然たるかたちでこの結論を明示している作品が、この書物に収められていることに無知であったときに辿りついた結論を、私は労せずして引きだしていたことだろう。

先に言及したいま一つの作品は、「選りすぐりの人びと（パーティ）」と題されており、最初にこの書物を手にしたとき、オールド・セイラムのパンプキン・パイ・パーティか、ケープ・コッドのチャウダー・パーティを扱っているものにちがいないと、私は無邪気にも想像したのであった。ところが、ピーディー河[*24]の全河神にかけて誓えば、スペンサー[*25]以来、これほどに香ばしく、かつ崇高な作品はないのである。いや、これを凌ぐ要素は、スペンサーにはみあたらないし、おそらくは、匹敵する要素もない。本当かどうかを検証したければ、『妖精の女王』（*The Faerie Queene* 一五九〇年、一五九六年）の第何歌でもよいから読んでみて、次に「選りすぐりの人びと」を読み、どちらのほうが愉しく読めるかを決めていただければよい——みなさんに、判定する資格がある場合の話だが。この結論に怯えることはない。生前のスペンサーも、いまのホーソーンときわめて同じように思われていたのだから――つまり、とても「おとなしい」、人畜無害の人であると、一般的にはみられていたのだ。世間の眼からみれば、ホーソーンの崇高性は、彼の香ばしさのなかに紛れているようである。――おそらくは、彼が客人のために夕焼け雲で神々しき頂塔（ドーム）を築き、ベルシャザル[*26]がバビロンで領主たちのために宴を催した際に使用した食器よりも、さらに贅沢な器で人びとをもてなした、この「選りすぐりの人びと」の世界と同じように。

だが、いま私がやらねばならないのは、一人の主賓に言及しつつ、この作品の特定の頁を指摘することである。〈天才の長〉という名の人物のことだが、「地位や名声を含意するしるしをもたぬ、貧しい身なりをした若者」に変装した彼は、祝宴を主催する〈空想の人〉に紹介される。この〈天才の長〉に言及している頁は、私が昨日、アメリカの文学的救世主シロの到来にかんして記したことの多くを、適切にも述べており、この偶然の一致におおいに喜ばざるをえない。とりわけそれが、ホーソーンのような人と私のような人のあいだにおける、思想の等価性を、すくなくともこの一点において、示しているとするならば。

ここで、アメリカの救世主シロ、すなわちホーソーンが〈天才の長〉と呼ぶ人物にかんするいま一つの私見を、開陳させていただきたい。このような堂々たる精神が、一人の人間の内で個別的に育まれるということは、過去においても現在においても未来においても、ありえないのではなかろうか。このような、あふれるほどに豊穣な偉大さは、数多の天才が共有している、あるいは共有するよう運命づけられているのだと想定することが、果たして当を得ないだろうか。記録にのこっている最大の例を挙げるならば、たしかにシェイクスピアを、同じ時代の全天才を凝結させた存在とみなすことはできないのだ。そしてまた、マーロウ、[*27]ウェブスター、フォード、ボーモント、ジョンソン[*28]などと比べてみて、シェイクスピアが彼らよりも計り知れぬほどに優れているとみなすわけにもいかない。したがって、これらの偉人たちがシェイクスピアの能力をまったく共有していないとはいえないのである。私の見解では、エリザベス朝時代には劇作家が幾人もいたのであり、彼らとシェイクスピアの距離は決しておおきくなかったのだ。軽視されてきた昔の作家のことをほとんど知らない人に、彼らの作品を生まれて初めて徹底的に読ませてみればよい。あるいはこうした作家を扱っている、チャールズ・ラムの〈見本〉[*29]でもよい。そうすれば、彼ら巨人族たるアナク人(びと)のみごとな能力に仰天し、作家が有する価値よりも、〈運〉のほうが、名声に関係するものだという事実の新たなる実例に、衝撃をうけることであろう――ただし、価値なくしては、名声が長続きすることもないのだが。

とはいえ、名声にかかわるこの格言が、ナサニエル・ホーソーンにも該当するのだとすれば、それは我が国のことをあまりに悪しざまにいうことになろう。彼はすでにして、少数の読者の心のなかで、「偉大なる心が、堂々たる知性に輝く家庭の炉火として燃えるときだけしか、絶対に地上を照らすことのない類いの光」を照射する人なのだから。

これは彼の人の――「選りすぐりの人びと」における――言葉である。そしてまた、彼の人自身に関連して、昨日とりとめもなく述べたにすぎないとはいえ、偶然にも一致した私自身の心情にたいする、壮大な背景をなす言葉でもある。私がいま書いていることに反論したい人がいれば、好きにしていただいてかまわないのだが――今日に至るまで、〈文学〉において、最大の心をそなえた最大の頭脳をもっていることを知らしめたアメリカ人、それはナサニエル・ホーソーンのことである、私がそのように宣言するとき、それは〈子孫〉の代弁をしているのである――将来、時代がきわめて好ましい状況をもたらした後の世代の代弁なのだ。さらにいえば、今後、ナサニエル・ホーソーンがどのような作品を書こうとも、究極的には『旧牧師館の苔』が彼の代表作とみなされることになるであろう。ここに収録されているいくつかの作品のなかには、それらを産みだした力の絶頂点を示しているような（しかしながら、さらに開発が可能な力でしかないのだが）、表面的には隠れているが、疑う余地なき徴候が、窺われるのだから。だが私は、まったくもって、預言者の栄誉を望んでいない。この預言において、私がペテン師であると、ホーソーンがいずれ立証してくれることを、天に向かって祈るものである。人はみな、ある種の不可思議で神秘的な特性を隠しもっているのであり――いくつかの植物や鉱物の場合と同じように――そうしたものは、地上よりも快適で、祝福に満ちた趣がある天上において、神によってあらまほしく発見されることを一途に待っているのではなく、なんらかの幸福な、だがきわめて稀有な偶然によって（コリントの町が焼き払われた際に、鉄と真鍮が溶けあうことで発見された青銅のように）[*30]、期せずして、この地上に呼びだされるやもしれぬのだ、という奇妙な空想に、どういうわけか、私はとりわけ固執する気質なのだから。

もう一度、いわせていただこう。――なぜならば、無限の主題にかんして有限であることは至難であり、かつ、あらゆる主題は無限だからだ。「ずいぶん前に」（という物言いをするのだろうが）、「我々はこのホーソーンのなかに、豊かで稀有な才能を探りあてていたのだが、その人物のことを、まるで自分だけが我々アメリカの文学におけるこのポルトガル・ダイヤモンド[*31]の発見者であるとでもいいたげに、おまえはいまになって、これみよがしに騒ぎたてよる」のだとして、私のこの殴り書きを、すべて無用とする人も、なかにはいるやもしれない。――だが、これらすべてを認めるとしても、そしてまた、ホーソーンの書物は五〇〇〇部単位で売れているとの推定を、そこに付けくわえるとしても――この数字にどれほどの意味があるのだろうか――彼の人の書物は一〇万部単位で売れるべきであり、一〇〇万人単位の読者に読まれるべきであり、称賛する能力があるすべての人に、称賛されるべきなのである。

Herman Melville, "Hawthorne and His Mosses," 1850

翻訳　語註

＊1　一七六九年一月から一七七二年一月にかけて、英国王ジョージ三世の閣僚を批判した一連の文書の執筆者とされるが、本名は不詳。フィリップ・フランシス卿（Sir Philip Francis）であるとの説もある。

＊2　ホーソーンの作品集『旧牧師館の苔』（*Mosses from an Old Manse* 初版一八四六年、第二版一八五四年）のこと。「旧牧師館」とは、マサチューセッツ州コンコード、モニュメント・ストリートにある、超越主義者ラルフ・ウォルドー・エマスン（Ralph Waldo Emerson）の祖父ウィリアム・エマスン（William Emerson Sr.）が一七七〇年に建てた家のことであり、ホーソーンはこの家屋で、一八四二年から三年間、新婚時代を過ごしている。

＊3　「旧牧師館」より。この引用箇所は、ラルフ・ウォルドー・エマスンの『自然』（*Nature* 一八三六年）第三章にたいする言及である（Emerson 三二）。のちにホーソーン夫妻も住まうことになる旧牧師館において、エマスンはこの評論文を執筆した。アッシリアとは南西アジアにあった古代帝国のことで、首都はニネベ。パポスとは、キプロス南西部の町の名前で、アフロディア（古代ギリシアの愛と美の女神）崇拝の中心地。

＊4　「旧牧師館」より。ただし、メルヴィルはホーソーンの原文を多少書き換えている。原文どおりに訳出すれば、「まるで彼が私たちのことを夢にみていたかのように、ぼんやりとした追憶だけをのこして、私たちは彼を解放した」となる。

＊5　「謎めく姿をしたもの」、「まさしくムッシュー・ドュ・ミロワールたる人物」も含めて、「ムッシュー・ドュ・ミロワール」より。

＊6　正式な表題は、「利己主義、あるいは胸に棲む蛇」（"Egotism; or, the Bosom Serpent"）。「クリスマスの宴」はその続篇的ものであり、どちらの作品にも「未完に終わった「心の寓話」より」（"From the Unpublished 'Allegories of the Heart'"）という副題が付されている。

＊7　ウィリアム・シェイクスピア（William Shakespeare）の『リチャード三世』（*King Richard the Third* 一五九二年頃）より。ただし本文にもあるように、この引用箇所は一七〇〇年にコリー・シバー（Colley Cibber）が改変した際に、加筆したところである。

＊8　カトリック教会やプロテスタント運動にたいして、みずからの教義的立場を明確にする必要に迫られた英国国教会が、一五六三年に制定した教義要綱のこと。聖職に就く者は、任命式の際に、これに同意するようもとめられた。

＊9　英国の役者、劇場経営者ヘンリー・コンデル（Henry Condell）のこと。シェイクスピアと同じ劇団に所属しており、シェイクスピアの死後七年目にあたる、一六二三年に刊行された戯曲

全集第一・二つ折本の、共同出版者としても知られる。

＊10 シェイクスピアの同時代人たる、英国の劇作家ロバート・グリーン（Robert Greene）は、没後の一五九二年に刊行された小冊子『百万の後悔によって購われたグリーンの三文の知恵』（*Greene's Groats-Worth of Witte, Bought with a Million of Repentance*）のなかで、若き日のシェイクスピアにたいする中傷とおぼしき非難を展開している。

＊11 クリストファー・コロンブス（Christopher Columbus）による、アメリカ大陸「発見」の年。

＊12 アメリカの詩人ジョン・グリーンリーフ・ホイッティア（John Greenleaf Whittier）のこと。

＊13 アメリカの作家、法律家リチャード・ヘンリー・デイナ（Richard Henry Dana）のこと。

＊14 どちらの作品も、アメリカの作家、詩人、編集者ナサニエル・パーカー・ウィリス（Nathaniel Parker Willis、あるいはN. P. Willis）によるもの。「突進」は、『自由な鉛筆を手に、人生に向かって突進』（*Dashes at Life with a Free Pencil*）という、一八四五年に発表された散文作品のことであり、「鐘塔の鳩」（"The Belfry Pigeons"）は一八三五年に発表された詩篇の表題である。メルヴィルは、詩人としてのウィリスのほうを評価していたということであろう。

＊15 リチャード・エモンズ（Richard Emmons）が一八二七年に発表した作品のこと。米英のあいだで戦われた一八一二年戦争をめぐる、愛国主義的叙事詩。

＊16 古代ギリシアの詩人ホメロス（Homerus）の作とされる叙事詩。ギリシア語表記では『イーリ

アス』となるが、脚韻の関係上、ここでは英語表記に基づいて訳出している。

*17 ワシントン・アーヴィング（Washington Irving）のことが念頭におかれている（Perry Miller 二八五、Fisher 六、Parker, *Herman Melville*, Vol. 1 七五八–五九）。

*18 アイルランド生まれの、英国の詩人、小説家、劇作家オリヴァー・ゴールドスミス（Oliver Goldsmith）のこと。

*19 当時、トムキンズという名前は、現在のスミスやジョーンズという名前と同様に、不特定の一般人のことをさしていた（Parker, *The Powell Papers* 二一三、二四五）。

*20 ヴェルギリウス（Vergilius）やホラティウス（Horatius）など、さまざまな詩人に謳われた、古代ローマ伝説の美酒。

*21 ハンガリーのトカイ周辺で産するワイン。黄金色に輝き、むせるほどの香りを放ち、とろけるように甘く濃厚な味わいであるため、「貴く腐った」貴腐ワインとも呼ばれる。フランスのルイ一四世をはじめ、数々の王や貴族を虜にしたという。

*22 たとえば『旧牧師館の苔』所収の短篇「ラパチーニの娘」（“Rappaccini's Daughter”）には、フランス語でサンザシ（ホーソーン）を意味する aubépine を固有名詞化したものをもちい、「オーベピーヌの作品より」という副題が添えられている。

*23 一七六五年に英国で刊行された、揃いの靴を履いたことがなかった貧しい女の子を主人公とす

る童話。正式な表題は、『ちいさなグッディー・トゥー・シューズの伝記』(*The History of Little Goody Two-Shoes*)。「グッディー・トゥー・シューズ」というフレーズは、はじめて靴を一足もらった嬉しさのあまり、「お揃い(トゥー・シューズ)の靴よ!」といってみせてまわった主人公に由来する。彼女はのちに教師になり、結婚して裕福になった後、慈善事業に努めることになる。著者を匿名としたまま、児童書の出版者ジョン・ニューベリー(John Newbery)が発行したが、オリヴァー・ゴールドスミスの手による作品との説もある。

＊24 アメリカのノースカロライナ州とサウスカロライナ州を南東に流れ、大西洋にそそいでいる河。その名は先住民の部族名に由来する。

＊25 英国の詩人エドマンド・スペンサー(Edmund Spenser)のこと。

＊26 最後のバビロニア王。旧約聖書「ダニエル書」第五章に拠れば、彼が一〇〇〇人の領主を迎え、エルサレムの神殿から略奪した金銀器を使用して宴を催していた最中、突然人間の手の指が現れて、壁に文字を書いた。ベルシャザルが預言者ダニエルを呼び、この文字を解釈させたところ、尊大に振る舞う王にたいする、神の怒りの声だという。その日の夜、ベルシャザルは殺されることになる。

＊27 英国の劇作家、詩人、翻訳家、大学才人クリストファー・マーロウ(Christopher Marlowe)のこと。シェイクスピアに先がけて、エリザベス朝演劇の礎を築いた人物の一人とされる。

＊28　ジョン・ウェブスター（John Webster）、ジョン・フォード（John Ford）、フランシス・ボーモント（Francis Beaumont）、ベン・ジョンソン（Ben Jonson）はすべて、シェイクスピアと同時代に活躍した英国の劇作家。ジョンソンがシェイクスピア戯曲全集第一・二つ折本に寄せた追悼詩の句「きみは一代のための物書きにあらず、万代のための作家なり」は、以後、シェイクスピアの名声が高まるにつれて、頻繁に言及されることになる。

＊29　チャールズ・ラム（Charles Lamb）の一八〇八年の作品、『シェイクスピアの時代に生きていた英国劇作家の見本』（*Specimens of English Dramatic Poets Who Lived about the Time of Shakespeare*）にたいする言及。

＊30　紀元前一四六年、ローマの将軍ムンミウス（Lucius Mummius Achaicus）がギリシアの古都コリントを陥落させ、焼きはらった際に、金銀銅が溶けて混ざりあうことで、偶然コリント青銅ができたと伝えられる。

＊31　伝承に拠れば、一八世紀にブラジルで採掘された、ポルトガル王国の君主が王冠や祭服に使用していたとされるダイヤモンドのこと。

第一章〜第一一章／翻訳　註

▼一九頁

（1）ジークムント・フロイト（Sigmund Freud）的な意味での「不気味な（*unheimlich*）」ものとは、抑圧の構造のことであり、幼児期の「去勢不安」と母親との「分離不安」の双方に関連する。すなわちそれは、前エディプス期にもエディプス期にも、双方において生ずるトラウマである。いずれの場合においても精神の傷は、見慣れたものが見慣れぬものへと化し、「家庭的な（*heimlich*）」ものが喪われゆく不安状態に由来する。

▼二〇頁

（2）たとえばメルヴィルの短篇作品「バートルビー」に登場する、どうにも奇妙なニッパーズという名の書写人のことを、語り手は「野望と消化不良というふたつの邪悪な力の犠牲者」と呼ぶが（"Bartleby" 一六）、「野望」もまた、階級をもたぬ流動的なアメリカ共和制社会においては、心的エネルギーを消耗させるため、心を病む要因のひとつとされていたものであった（Rothman 一一五–一一六）。

▼五二頁

（3）ちなみにメルヴィルのファースト・ネームは、母方の伯父ハーマン・ガンズヴォートにちなんで名づけられたものである。母と年齢が近いことから、近しい関係にあった叔父ピーター・ガンズヴォートと比べれば、父親が逝去したのちに生活費の工面をメルヴィル家が頼み入る場合を除き、二人のハーマンのあいだに格段の交流はなかったようだ。しかしながら、メルヴィル家と同様、経済的な苦境にあった同名の伯父に共感し、喜ばそうとしたのであろう、第二作『オムー』は彼に捧げられている（Howard 一〇五、Robertson-Lorant, *Melville* 一五六、Parker, *Herman Melville*, Vol. 1 五〇一）。

▼五九頁

（4）（反）精神医学者R・D・レイン（R. D. Laing）は、初期の論考のなかで、人の自意識をめぐってふたつの側面を指摘している。そのひとつは自分自身による自分自身についての意識性であり、もうひとつはほかの誰かの観察対象としての自身についての意識性である（Laing, *The Divided Self* 一〇六）。人の自意識とは、この両者が密接に関連して成立するものであるとすれば、レッドバーンの青年的な自意識は、後者の要素がきわめてつよい。そしてそれは、おのれの家族によって観察された自己像にかんするものである。

▼六〇頁

（5）ケネス・A・ブルッフェ（Kenneth A. Bruffee）に拠れば、文学史的にみて、探求ロマンスには四つの段階があるという。第一段階は、中世の聖杯伝説などにみられる、貴族的探求者たる騎士をめぐるものである。この段階における物語の関心は、騎士たちがいかにおのれの弱点を克服し、騎士道的武勇精神にふさわしい存在になりうるのか、といったところにある。だがそれは、『ドン・キホーテ』（*Don Quixote* 一六〇五年、一六一五年）のミゲル・デ・セルバンテス（Miguel de Cervantes）を経由することで、変質を強いられる。読み手は騎士たるドン・キホーテのみならず、サンチョ・パンサという従者、すなわち一般庶民の眼差しから物語を読むことになり、かくて物語そのものにアイロニカルな要素が付与されることになる。つづく第三の段階は、フランス革命という時代背景をもつ英国ロマン派によって成立する。ここにおいて読み手の関心事は、従者の日常的経験や必要性に向かうことになる。そうしてふたたびアイロニーは姿を消し、探求ロマンスは従者たちに内在化され、一般的な人びとの日常、およびそれらの人びとの個人的成長をめぐるものとなる。そうして二〇世紀に至り、探求ロマンスは、ブルッフェが命名する「挽歌的ロマンス」へと変貌を遂げる。ここにおいて物語の主題は、探求の失敗をめぐるものとなり、作者の意図も曖昧になるために、物語にはふたたびアイロニーの要素が包含される。「挽歌的ロマンス」とは、因習的な英雄や、英雄的行為を必要とせず、たとえば『グレート・ギャツビー』(*The Great Gatsby* 一九二五年)のニック・キャラウェイのように、むしろ従者的、一般庶民的な語り手が蒙を啓かれるようなところに、その特徴があるという(Bruffee 三二―四二)。こうした分類に鑑みれば、『レッドバーン』の探求ロマンス的特性は、一九世紀中葉というロマン主義時代における作品でありながらも、二〇世紀の「挽歌的ロマンス」の世界のほうに、むしろ近しいといってよい。

▼七三頁

(6)『レッドバーン』を執筆していた際、メルヴィルがいかに『リヴァプールの風景』を引用したのかという具体的な典拠の問題は、ウィラード・ソープ(Willard Thorp)に詳しい。

▼九五頁

(7)精神医学者ハリー・スタック・サリヴァン(Harry Stack Sullivan)は、人は自己のなかにあるものだけを、自分以外の人間のなかにみつけることができるのだと指摘する(Sullivan 一二一)。

▼九六頁

（8）新約聖書「マタイによる福音書」第一九章二九節（「おおよそ、わたしの名のために、家、兄弟、姉妹、父、母、子、もしくは畑を捨てた者は、その幾倍もを受け、また永遠の生命を受けつぐであろう」）、同「マルコによる福音書」第一〇章二九－三〇節（「だれでもわたしのために、また福音のために、家、兄弟、姉妹、母、父、子、もしくは畑を捨てた者は、必ずその百倍を受ける。すなわち、今この時代では家、兄弟、姉妹、母、子および畑を迫害と共に受け、また、きたるべき世では永遠の生命を受ける」）ほか、同「ルカによる福音書」第一四章二六－二七節および第一八章二九節などを参照。

▼一〇六頁

（9）フライが収容された病院は、マンハッタン島の隣に位置するちいさな島にあるが、そこはニューヨーク市によって、「浮浪者を隔離するのにうってつけ」の場所とみなされていた。かくて市は一八二八年、この島を購入し、刑務所、精神病院、救貧院、病院といった公共施設を、順次、建設していく。最後に挙げた病院施設の開院は、一八四七年のことである（Seitz 一四六－四七）。こうした歳月のなかで、ブラックウェルズ島という名前は、ニューヨーカーたちにとり、不快、無秩序、異常といったイメージを連想するものとなったのだった。そしてまた、チャールズ・ディケンズ（Charles Dickens）が島をおとずれ、精神病院を訪問した際の様子を記した内容をふくむ『アメリカ紀行』（*American Notes for General Circulation* 一八四二年）を発表すると、島の悪評はいっそう高まる。一八四〇年代、五〇年代の一般的な認識において、ブラックウェルズ島とは悪名高い固有名詞であり、メルヴィルはあきらかにそうした一般的認識を、『詐欺師』において援用している。

▼一一二頁

（10）ヘンリー・ナッシュ・スミス（Henry Nash Smith）は、『白鯨』を中心に、『マーディ』（*Mardi: and a Voyage Thither* 一八四九年）や『レッドバーン』までさかのぼり、メルヴィルの狂気概念を論じているが、『詐欺師』にかんする言及はない。彼はエイハブの狂気が反秩序的、対抗文化的装置として機能するというが（三二）、この読みは、一九六〇年代の社会思潮を反映した、歴史的に限定される解釈であろう。『詐欺師』における狂気の主題については、ポール・マッカーシー（Paul McCarthy）の先行研究があるが、その議論は狂気が邪悪なものであるとの一面的な立場で一貫している（McCarthy 一〇九–一二）。リチャード・ディーン・スミス（Richard Dean Smith）による医学史一般にかんする詳細な議論は、『詐欺師』をふくむメルヴィルの医学的背景にとって、きわめて示唆的である。

▼一二八頁

(11) チャールモント (Charlemont) という名が、チャーリー (Charlie) とティモン (Timon) の結合から成るとの暗号解読を最初にしたのは、ジョン・ウェンク (John Wenke) であった ("No 'I' in Charlemont" 二七〇)。そこには、"I" という主体を指示する記号が欠落している。主体の経験と自己同一性が不確実なものにすぎぬという『詐欺師』の主題が、人間嫌いの意を包含するチャールモントの名前に集約されているとするこの指摘は、鋭い。

▼一三二頁

(12) この当時、どうしてマサチューセッツに州立精神病院が建設される必要があったのだろうか。その理由は、モラル・トリートメントと連動するかたちで推進された精神病施設建設運動のいきづまりにある。信頼関係を築くことがモラル・トリートメントの主眼であり、そのためには医療スタッフと患者の密接な関係性が、前提として、不可欠であった。だが現実には、年齢も身体的、精神的健康状態も区別せず、あらゆる貧困者を受け容れたために、施設が入院患者でパンク状態になったのだった。そこに経済的問題が追い討ちをかける。私立の救貧院施設や精神病院では、長期入院の患者が増加して経費がかさむ一方、個人レベルの寄付金にも限界がある。かくて、経営に苦しむ施設側は入院費をあげざるをえず、事実上、裕福な階級しか収容できなくなる。そうして精神病院での狂人治療は、全共同体を対象とする本来の理念から、ほど遠いものになってゆく。

さらに、理性信頼という理念とは裏腹に、現実には多数の精神病患者が、牢獄や矯正院、救貧院などで、信じがたい残酷な仕打ちをうけたり、ニグレクトされたりしているという事実も、しばしば暴露され、州をして、こうした民間施設の限界を認識させるに至る(Rothman 一三二-一三三)。州立病院のほうが人類愛的でもあろう。治療を施せば、人間の理性は回復される。人間性は信頼するに足る。こうした楽観主義が一方にあり、他方で民間施設だけでは患者の増加に対応できないし、経済的な負担もおおきいとの現実認識も生まれ、精神病院は州立のものへと移行してゆくのであった(Deutsch 一三七-一三九)。

精神病患者専用の州立病院建設は、一八三〇年代からはじまり、マサチューセッツ州では一八三三年、ウスターに初の州立精神病院が開院する。一八五四年、マサチューセッツ州議会が心神喪失者の現状を調べる委員会を立ちあげる。精神錯乱(insanity)と精神薄弱(feeblemindedness)にかかわる調査をした委員会は、州全体に二六三二人の精神錯乱者(insane persons)がおり、精神疾患向けの特殊施設に収容されているのは、そのうちの一一四一人だけであるとの報告をする(Deutsch 二三二)。全「患者」の半数以下の数字である。かくて、施設の絶対的な不足を痛感した州当局は、さらに州立の精神病院建設を推進する方針を採ることとなった。

▼一三二頁

(13) だが、歴史がかたるところに拠ると、一八四〇年から五〇年にかけてピークを迎えた、「狂気は治療可能」との楽観的認識は、五〇年代以降、徐々にしぼんでゆく。以前は「狂気の九〇パーセントは治る」と公言していたベル博士ですら、アロウヘッドを訪問した二年後の一八五七年に、狂気に陥った者は、世間にとって、「使い尽くされた」存在であるとの発言をしている（Deutsch 一五五）。

▼一三三頁

(14) 『ピエール』の書評にかんしては、ブライアン・ヒギンズとハーシェル・パーカーがまとめた選集に、三六本収録されている。そのうち、作中人物や、文体、ないしは作者その人を狂気と断じているものは、じつに一一本にものぼる。

▼一四〇頁

(15) 艦長ヴィアの臨時軍法裁判における法的手続きの問題点については、これまでもたびたび議論の対象になってきた（Weisberg 一三一-五九、Ledbetter 六一七-一九）。また、一八世紀以降現在に至る英米社会の死刑制度と時代思潮、およびヴィアの姿勢における問題点については、H. Bruce Franklin, "*Billy Budd* and Capital Punishment: A Tale of Three Centuries" に詳しい。だが、わたしにとって大切な関心事は、いかに手続きが誤っているのかではなく、なぜにそのような手続きが選択されたのか、というところにある。

リチャード・H・ワイズバーグ（Richard H. Weisberg）はその動機について、ヴィアがいだく、英国海軍提督ホレイショー・ネルソン（Horatio Nelson）にたいする嫉みと悪意が、ビリー・バッドに転嫁されたのだと説明するが（Weisberg 一六〇-七〇）、物語においてそうした徴候は、まったく窺われない。ハーシェル・パーカーは草稿分析を緻密におこなうなかで、両者のうち、メルヴィルが最初に書いたのはネルソンのほうであり、その後ヴィアの像が描かれたことを確認したうえで、読み手がネルソンを基準軸にヴィアにたいして否定的な判断をくだすことがないよう、ネルソンの章のとりあつかいに苦慮していたメルヴィルの様子を掘り起こしている（Parker, *Reading* Billy Budd 一一二）。たしかにネルソンは、メルヴィルにとって英雄である。だがそれが、ヴィアにたいする否定的な視点と、一直線でつながっているわけではない。

一九九〇年代以降に発表された批評文の多くが、メルヴィルのヴィアにたいする眼差しを読みなおし、ヴィアを再評価する傾向にある。草稿研究に基づいて、丁寧な議論を展開しているエッセイもある（Robert Milder, "Old Man Melville: The Rose and the Cross", John Wenke, "Melville's Indirection"）。後者はネルソンとヴィアの関係をめぐり、パーカーと似た立場をとっている。同じウェンクのエッセイ"Complicating Vere"は、その補遺的なものである。

▼一四一頁

(16) ルネ・ジラール（René Girard）による生贄論の詳細は、『暴力と聖なるもの』（*La violence et le sacré*）第一章および第二章を参照のこと。『文化の起源』（*Les origines de la culture*）の冒頭に添えられたイントロダクションが、「スケープゴートとは「汚れなき汚れ」であり、追放すべき悪であると同時に超越的要素である。彼の処刑とそれにつづく神格化によって、社会の均衡が回復されるのだ」として（ジラール、『文化の起源』一五）、その生贄論を簡潔にまとめている。

▼一四二頁

(17) ビリーの暴力を描写するこの場面の「腕(arm)」に、「武器(arms)」のイメージがかさねられており、ビリーの殴打はノアでの叛乱暴動と同じ意味作用として機能すると論ずる里内克巳に、自然と暴力をめぐる本章は、おおいに刺激をうけた(里内 二三六–四〇)。また、里内も援用する、一九世紀末シカゴにおけるヘイマーケット暴動というストライキが、なんらかのかたちでメルヴィルを触発したとするウォレスの指摘は(Wallace 一一一–一三)、スピットヘッドおよびノアでの暴動も、主として賃金待遇の改善を要求する一種のストライキであったことを念頭におけば(Westover 三六九–七〇)、いっそう説得力をますだろう。

▼一四五頁

(18) 利己心と快楽の追求をいましめ、自己犠牲や自己統制を促す美徳の倫理は、じつのところ、フランス革命に影響をあたえた、アメリカ合衆国の建国理念でもあった(Takaki 五–一一)。この意味で、フランス革命を背景としたこの物語の向こうには、共和国アメリカの誕生が透けてみえる。たしかにメルヴィルは、ビリー・バッドの像のなかに、アメリカ建国期のイメージをかさねあわせている。執筆過程の最終段階で、ビリー・バッドの年齢が、二三歳から二一歳へと書き換えられるのだから(*Billy Budd* 二八四)。そうしてビリーの生誕年は、最終的には一七七六年、合衆国の独立宣言発布の年に符合することになる。かくてビリー・バッドが独立宣言の息子であるやもしれぬ可能性が、このとき厳かにほのめかされる。リチャード・チェイス（Richard Chase）は物語の背景について、メルヴィルが一八世紀末に魅かれていたのは、この時代に合衆国の原点、すなわち独立革命期のその姿をみいだしていたからであると指摘している（Chase 二五九–六〇）。ビリーのことを「新世界の代表的英雄」と呼ぶ、R・W・B・ルイス（R. W. B. Lewis）も参照のこと（Lewis 一四七）。

▼一七三頁

(19) 一般論的にいって火山とは、噴火をつうじて大地や島が形成されるところから、天地創造の主題に接続する。かくて、火山は大洪水とともに、地質学的関心の対象でもあった。一九世紀中葉のアメリカにおいて、代表的な地質学入門書のひとつであったエドワード・ヒッチコック（Edward Hitchcock）の『初級地質学』（*Elementary Geology* 初版一八四〇年）にも、人びとを破滅に追いやるその悪魔的な活動もふくめて、火山活動は万能なる神の慈悲心の賜物である由、言及がある（Hitchcock 二八七）。アメリカの風景画家たちも、聖地観をささえてくれるイコンとして、滝や川、湖などとともに、エトナ山の噴火を好んで描いていた（Novak 四九）。火山とは、自然の風景のなかに世界の起源をみようとするアメリカ的心性に、きわめて似つかわしいものであった。一九世紀アメリカにおいて、国家主義、地質学、風景画の三者がきわめて密な関係にあった様子は、レベッカ・ビデル（Rebecca Bedell）に詳しい。

▼二五九頁

(20) 一八五〇年夏、避暑のために滞在していた、マサチューセッツ州バークシャー郡ピッツフィールドにあるゲストハウスにて、メルヴィルは『白鯨』の執筆を一時中断し、評論「ホーソーンと彼の苔」を一気呵成に書きあげたのち、『文学界』（*The Literary World*）一八五〇年八月一七日号および同月二四日号に掲載した。初出時は、「ヴァーモントで七月を過ごしているヴァージニア人が記す」として、南部人の仮面をかぶり、匿名で発表している。作者が若干三一歳のときのことである。

メルヴィルは、避暑の準備にとりかかるにあたり、一八五〇年六月二七日、前作『ホワイト・ジャケット』（*White-Jacket: or The World in a Man-of-War* 一八五〇年）を英国で刊行した出版者リチャード・ベントリー（Richard Bentley）に手紙をしたため、まもなく完成する予定の新作の出版をもちかけている。いわく、今秋の後半までには脱稿しそうだ、内容は、南洋捕鯨業の伝承に基づいた、冒険ロマンスであり、著者自身の銛打ちとしての体験もふくまれている、ついては前金二〇〇ポンドを用意してもらえないか、と（Leyda 三七六）。二〇〇ポンドというこの数字は、『ホワイト・ジャケット』の初版一〇〇〇部にたいする稿料とおなじものだということだが(Robertson-Lorant, *Melville* 二四一)、この書簡はひと夏の滞在費を工面するための交渉を目的としたものであったと推察される。だが、予定されていた新作が結果的に完成し、英国で『鯨』(*The Whale*)として、次いでアメリカで『白鯨』として出版されるのは、それからおおよそ一年半ほどの歳月が流れたのちのことになる。この間、ホーソーンとの出逢いを契機に、メルヴィルの文学世界はおおきく膨らみつづけた。かくて、ようやく脱稿された『白鯨』の冒頭には、「本書をナサニエル・ホーソーンに捧ぐ——その天才に対する我が称賛のしるしとして」という献辞が、厳かに、おかれたのであった。

▼二五九頁

(21) メルヴィルがこの夏、農家を改築したゲストハウスに滞在していた経緯にかかわることを、記しておきたい。一八五〇年春、すでに五つの作品を発表し、小説家として一家をささえ、身を立てんとしていたメルヴィルは、妻エリザベス(Elizabeth Shaw Melville)と、生後一年あまりの第一子マルコム(Malcolm Melville)というおのれの世帯にくわえて、実母マライア(Maria Gansevoort Melville)と未婚の姉妹四人、実弟アラン(Allan Melville)の家族(夫妻と幼児一人)とともに、マンハッタンの四番街一〇三番地にあるアパートで暮らしつつ、『白鯨』の執筆にいそしんでいた。だが、このような騒々しく、手狭な環境では、なかなか執筆がはかどらない。また、この年のニューヨーク市の夏は、猛暑にくわえ、悪性の伝染病が流行することも予想されていた。ローリー・ロバートソン＝ロラントが指摘するところだが、三世帯が大都市のアパートで一緒に暮らすなかで、義母との生活や、二人の幼児が家にいる環境のせいで、さらにアランの妻ソファイア（Sophia Thurston Melville）が第二子を懐妊したこともあり、メルヴィルの妻エリザベスに過重な負担がかかっていたという（Robertson-Lorant, *Melville* 二三九）。マサチューセッツ州西部に位置するバークシャー郡ピッツフィールドの周辺には、多くの親族が住んでおり、そこでひと夏を過ごすことには、さまざまに利点があったということである。くわえて、彼らが向かったメルヴィル・ハウス（Melvill House）と呼ばれるゲストハウスは、かつてメルヴィルの父方の伯父が住んでいた家屋であり、作家が少年期や独身時代に幾度か遊びにおとずれた、想い出の場所でもあった。メルヴィルの従兄ロバート・メルヴィル（Robert Melvill）がこの農家を改築し、母親とともにゲストハウスを経営していたのだが、そこが売りにだされるとの話もあり、この夏が滞在する最後の貴重な機会かもしれないとの想いもあったようである（Robertson-Lorant, Melville 二三九–四〇）。かくて、準備をととのえたメルヴィルは、一八五〇年七月の中旬ごろに、妻エリザベス、妊娠中の義妹ソファイア、およびおのれと弟アランの二人の幼児をつれ、ピッツフィールドに向かうことになる。

メルヴィルが所蔵していた版の見返り頁にある書きこみに拠れば、到着直後の七月一八日の朝食時、おそらくは歓迎のプレゼントとして、「伯母メアリー」(Aunt Mary) から一冊の書物を贈られたのだという (Leyda 三七九)。この伯母は、息子ロバートとともに、ゲストハウスを経営していたメアリー・アン・オーガスタ・ホバート・メルヴィル (Mary Ann Augusta Hobart Melvill) のことではないかと推察されるが、このときに贈られた書物が、そのころ近隣に越してきた高名な作家、ナサニエル・ホーソーンの作品集、『旧牧師館の苔』であった。ホーソーンはこの五ヶ月ほど前に、大作『緋文字』を著したところであり、そしてまた、二ヶ月ほど前に、近隣の町レノックスに転居していた。いわば、地元に越してきた名士の書物を、伯母が甥にプレゼントした、という塩梅である。

この夏の、メルヴィル一家のメルヴィル・ハウスにおける滞在は、結果的に、おおよそ二ヶ月半ほどつづくことになる。この間、八月一日にメルヴィル自身の三一歳の誕生日が、八月四日にメルヴィル夫妻の三度目の結婚記念日が、それぞれ祝われた。このふたつの祝いごとにはさまれて、八月二日、メルヴィルがニューヨーク市から招いた二人の客人が、ピッツフィールドに到着している。一人はエヴァート・オーガスタス・ダイキンク (Evert Augustus Duyckinck)。ニューヨークを拠点に活動する文芸編集者であり、メルヴィルとは第一作『タイピー』をアメリカで出版したころからのつきあいである。メルヴィルより三歳年上で、追って詳述するヤング・アメリカ運動の中心的な担い手であり、標語〈明白な天命〉(Manifest Destiny)で知られるジョン・L・オサリヴァン(John L. O'Sullivan)とも親しい間柄にあった人物である。このころのダイキンクは、メルヴィルにとって、メントル的な存在でもあり、彼が所蔵する書物を自由に読ませてもらったり、さまざまな文芸関係者を紹介してもらったりしている。くわえてダイキンクは、メルヴィルの四歳年上の兄ガンズヴォート(Gansvoort Melville)ともつきあいがあった。ガンズヴォートは弟の第一作『タイピー』を英国で出版するために奔走したあと、一八四六年五月、ロンドンで客死するのだが、ダイキンクとはそれ以前、民主党のジェームズ・ノックス・ポーク(James Knox Polk)を第一一代大統領に当選させる選挙運動をつうじてつながっていた。父にくわえ、心の準備もないままに、突然兄も喪うことになった次男メルヴィルにとって、ある種の代理父、代理兄のごとき役割を、一時期ダイキンクは果たしていたのだろう。

　ピッツフィールドにやってきた、いま一人の客人は、ダイキンクの盟友たる、作家コーネリアス・マシューズ(Cornelius Mathews)である。彼はメルヴィルとそれほど直接的に親しいわけでもなかったようだ。ニューヨークでダイキンクにさまざまに世話になっていたメルヴィルが、この夏、避暑地であるバークシャーに二人を招待した所以のひとつに、日頃の返礼というニュアンスはあったのだろうが、なぜにマシューズも招待したのかは、よくわからないところがある。あるいはダイキンクが気楽に滞在できるように、との配慮に拠るものなのかもしれぬ。メルヴィル自身、彼ら二人と一緒に、膝をまじえ、存分に文学談義にふけりたいといった想いも、そこにはあったのかもしれない。

ところで、二人のニューヨーカーがおとずれたバークシャーという地域は、この当時、アメリカ北東部における、芸術家がつどう類いの文化的に洗練された街として、その名を知られていた（Historical Note, *Moby-Dick* 六一一）。くわえて、地図をひろげてこのあたりとボストン、ニューヨークの三地点を線でむすぶと、バークシャーを頂点とした二等辺三角形ができあがる。バークシャーはふたつの大都市からほぼ等距離のところに位置しているということである。それはすなわち、文化的にいっても、ニューイングランドのボストンと、ニューヨークの双方と、等間隔でつきあうような、あるいはこれらふたつの文化が交差するような、そうした空間でもあるということだ。かくて、バークシャーにはニューヨークのさまざまな著述家や芸術家が出入りしていただけでなく、ボストン人も往来していた。たとえば先述のメルヴィル・ハウスには、ホーソーンの学生時代の友人であり、ハーヴァード大学で教鞭もとる詩人ヘンリー・ワズワス・ロングフェロー（Henry Wadsworth Longfellow）も滞在したことがあり、あるいはこのゲストハウスのすぐ近隣には、ハーヴァード大学医学部教授であり、詩人、作家でもある、オリヴァー・ウェンデル・ホームズ（Oliver Wendell Holmes）の別荘もあった。

▼二六二頁

(22) 一八二一–二二年、死後出版のかたちで刊行された、ティモシー・ドワイト（Timothy Dwight）による旅行記（全四巻）のこと。正式な表題は、『ニューイングランド・ニューヨーク紀行』（*Travels in New-England and New-York*）。著者はいわゆるコネティカット・ウイッツの一人で、のちにイエール大学の学長も務めた人物であり、民主主義や共和制を信用しない、保守的思想の持ち主であった。チェリー嬢が、このようなドワイトによるニューイングランド紀行を読むよりも、ホーソーンを読みなさい、そのように南部人たる語り手に告げるのだが、伝記的事実を踏まえるならば、メルヴィルに『旧牧師館の苔』を贈ったのは伯母であり、それがメアリー・アン・オーガスタ・ホバート・メルヴィルであるとすれば、このときおおよそ五五歳ぐらいの女性である。この伯母が、うら若き従妹の乙女に書き換えられ、そしてまた、彼女の様子は「おとぎ話にでてくるバラや真珠さながら」であると綴られる。すなわち、神話の世界、想像の世界に、少女が語り手をいざなうのだ。それはほとんどミューズの似姿であるといってよい。そしてまた、保守的な文化的、政治的思想をもつ、名家一族の手によるニューイングランドの旅行記ではなく、ミューズが語り手をホーソーンの魔術的世界にみちびいてゆくという構図には、評論後半部におけるボストン批判の種が、あるいはアメリカの民主制のなかから文学的天才が生まれることを希う種が、ここにおいてあらかじめ撒かれているという仕掛けも、垣間みえよう。

▼二六七頁

(23) メルヴィルが指摘する、ホーソーンのメランコリー的特性を手がかりにして、入子文子はメルヴィルのいう「黒さ」の概念のなかに、カルヴィニズム的原罪意識のみならず、ロバート・バートン (Robert Burton) の手による『メランコリーの解剖』(*The Anatomy of Melancholy* 一六二一年) の反響を読みこんでいる (入子 九九―一五五)。ちなみにメルヴィルは、かなり早い段階で、バートンをある程度読んでいたようである。一八三九年五月、一九歳のときに、当時暮らしていたニューヨーク州北部の街、ランシングバーグの地元紙に投稿した習作「書き物机の断片」("Fragments from a Writing Desk") には、すでにバートンからの引用が施されている (一九一)。

▼二七五頁

(24) この評論文が執筆された一八五〇年当時、ウェストヴァージニア州はまだヴァージニア州から分離していなかった。それはすなわち、「オハイオ河の畔」というフレーズには、ヴァージニア州境が含意されている可能性があるということである。ホーソーンのことをかたりながらも、ヴァージニアの片隅で、シェイクスピアに比肩する天才が生まれつつあるのだと、ヴァージニア人の仮面をかぶりながら、『白鯨』と格闘中の若き作者が吠えている。

▼二八一頁

(25) ボストンとニューヨークの文化状況における、当時の対立関係を簡潔にまとめれば、前者は英国寄りの保守的、ホイッグ党的な路線にある一方で、後者はジャクソニアン・デモクラシーを肯定し、民主党寄りのスタンスで、英国からの文化的自立をめざし、国民文学の創生を謳う、といったところである。あるいは同じニューヨークといえども、ヤング・アメリカ運動は、ルイス・ゲイロード・クラーク (Lewis Gaylord Clark) が編集していた高級文芸誌『ニッカボッカー』(*The Knickerbocker*) を敵対視していた。後者が主として、ワシントン・アーヴィングやジェイムズ・フェニモア・クーパー (James Fenimore Cooper)、ウィリアム・カレン・ブライアント (William Cullen Bryant) など、すでに名をなし、評価もさだまっている高名な大御所に書かせる傾向にある、エリート主義的媒体であったからである。それにたいしてヤング・アメリカは、文字どおり、若く、新しい書き手を発掘し、そうした作品を、一部のエリート層だけでなく、一般大衆にも共有できるようにすることで、北部や南部といった地域性も包含する類いの、総体としての国民文学を創生することをめざしていた。先述のダイキンクとマシューズは、文学におけるヤング・アメリカ運動の、中心的な存在である。

ヤング・アメリカ運動の政治的、文学的思潮に、もうすこし触れておく。とはいえそれは、政党とは異なって、なにがしかの統一した綱領や理念を有しておらず、したがって厳密にいえば、人によって、領域によって、あるいは時期によって、さまざまに異なるものである。それをあえて、ゆるやかなかたちでまとめるならば、一八三〇年代の西洋における「青年イタリア」、「青年ヘーゲル派」、「青年ドイツ」といった、若者たちによる政治的、思想的な改革運動に鼓舞されて、一八四〇年代および五〇年代前半にアメリカにおいて勃興した、政治運動、文芸運動のことである。経済の文脈では自由市場経済を支持し、政治的にいえば、領土併合による国家の拡張をめざし、社会改革、愛国主義、民主主義を声高らかに謳うのであった。メルヴィルの兄ガンズヴォートは、政治におけるヤング・アメリカ運動の先駆者の一人である。政治的文脈におけるこの改革運動が掲げた高名なる標語が、オサリヴァンがおのれの編集する雑誌『デモクラティック・レヴュー』(*United States Magazine and Democratic Review*) でもちいた、〈明白な天命〉であったことは、よく知られるところである。

文学におけるヤング・アメリカ運動の起源は、歴史家エドワード・L・ウィドマー (Edward L. Widmer) に拠れば、一八三六年に結成された〈テトラクトゥス〉(Tetractys) というクラブにあるという。その指導的立場にあった若者が、ダイキンクであった。それが九年後の一八四五年、あらたに〈ヤング・アメリカ〉と改名し（Widmer 一〇）、西洋、とりわけ英国の模倣ではない、一般大衆も巻きこんだ、アメリカ独自の文学を創生させるための文芸運動に邁進することになる。一八四五年の時点における、政治と文学におけるヤング・アメリカ運動のゆるやかな共通項を挙げるならば、新しい思考をめざすという点、すなわち、アメリカ大陸のおおきさにふさわしいほどに包括的で、無学の人にも思いやりぶかく、前例を軽蔑するような実験的精神に富む精神を強調するところにあったという（Widmer 二五）。ダイキンクは、兄を喪ったばかりのメルヴィルに声をかけ、『タイピー』が出版された一八四六年ごろに、メルヴィルをこの運動にいざない、アメリカの文化的自立、国民文学の創生を、若き作者に熱くかたったことであろう。ちなみに、ダイキンクが一八四〇年代なかばに企画、編集し、ワイリー・アンド・パトナム社から刊行していた、〈ライブラリー・オブ・アメリカン・ブックス〉というシリーズには、メルヴィルの『タイピー』も、ホーソーンの『旧牧師館の苔』も、ともに収録されているのだが、ウィドマーに拠れば、このシリーズにとって、標語〈明白な天命〉は、さまざまな批判の嵐から護ってくれる、「傘」のような役割を果たしていたのだということ（Widmer 二五）。

▼二八二頁

(26) アメリカ文学の天才を待望する、という主張は、〈ライブラリー・オブ・アメリカン・ブックス〉というシリーズ企画の趣旨そのものであり、ヤング・アメリカ運動が声高らかに主張していたものでもあった（Historical Note, *Moby-Dick* 六一三、Parker, *Herman Melville*, Vol. 1 七五七）。かくて、評論後半部における、ナショナリスティックな口調やボストン批判といった文脈には、ニューヨークを基盤とするヤング・アメリカの文脈に、語り手が乗っかって書いているという要素も垣間みえる。

▼二八三頁

(27) 実際のところ、この評論をものす直前に、メルヴィルはホーソーンと出逢っている。文学史上名高き、モニュメント・マウンテンにおけるピクニックの一日でのことである。

一八五〇年八月五日月曜日は、朝霧のなか、夜が明けた。メルヴィル・ハウスに滞在していたエヴァート・ダイキンク、コーネリアス・マシューズ、ハーマン・メルヴィルの三名は、早朝、最寄りのピッツフィールド駅で、自身の別荘に滞在していたオリヴァー・ウェンデル・ホームズと合流したのち、鉄道でストックブリッジ駅に向かった。到着した駅で、デイヴィド・ダドリー・フィールド（二世）（David Dudley Field, Jr.）に迎えられた一行は、主催者フィールドの家に向かい、家族と顔合わせをする。ただし、フィールド一家のなかでピクニックに参加したのは、フィールド自身と娘ジーニー・ルーシンダ・フィールド（Jeanie Lucinda Field）のみである。ホーソーンが住まうレノックスは、ストックブリッジにほど近いため、出版者ジェイムズ・T・フィールズ（James T. Fields）夫妻とともに、ホーソーンは直接馬車でフィールド宅に向かい、彼らと合流した。ホーソーンの妻ソファイア（Sophia Peabody Hawthorne）は、六歳の娘と四歳の息子をかかえていたため、自宅にのこり、ピクニックには参加していない。さらにはストックブリッジの名門セジウィック家の出身で、ニューヨークで活動している若手法律家、当時二六歳のヘンリー・ドワイト・セジウィック（二世）（Henry Dwight Sedgwick II）が、道案内役として一行にくわわる。そうしてメンバーがそろったのち、彼らは近隣のモニュメント・マウンテンをめざし、ピクニックにでかけたのであった。結果として、のちに一九世紀を代表することになる二人の作家がはじめて邂逅した一日として、この日は後世の人びとに記憶されることになる。このときホーソーンは四六歳。この五ヶ月ほど前に発表し、のちに古典的傑作とみなされることになる『緋文字』は、一説に拠れば、発売後二ヶ月で五〇〇〇部売りあげたといわれるが（Robertson-Lorant, *Melville* 二五〇）、批評的にも一目置かれるような作家になっていた。他方、メルヴィルは三一歳、第一作『タイピー』を皮切りに、『オムー』『マーディ』『レッドバーン』『ホワイト・ジャケット』と都合五作品を活字にしてはいたが、衝撃的なデビュー以来、「人喰い族のなかで暮らした男」という野獣のごとき評判がついてまわり、かつ「アメリカのデフォー」といったような、風刺作家、冒険作家として評価されるのが関の山で、書きたい作品を書く術を、模索し、葛藤し、身悶えするような、若き小説家の一人にすぎなかった。

モニュメント・マウンテンは、標高にして五三〇メートルほどの、比較的ちいさな山である。だが、その頂上をめざすピクニックの最中、突然雨雲が近づいてきて、雷鳴が轟き、一行は激しいにわか雨に襲われ、二時間ほど足止めを喰らうことになる。その際ホームズが、木の枝を折って傘をつくったり、シャンパンのボトルをとりだして、一行に振る舞ったりしたという。その後、マシューズがニッカボッカー・グループのウィリアム・カレン・ブライアントの詩「モニュメント・マウンテン」(“Monument Mountain” 一八一五年)を長々と朗読したりして、間をもたせた。雨がやみ、ようやく頂上に到着すると、メルヴィルが船首のバウスプリットのかたちにも似た、空中に突きでる岩の上にのぼり、危険をかえりみず、想像上のロープを引いて真似る余興を演じ、人びとを遇したのだという。

そうしてピクニックが終わり、人びとはふたたびフィールドの家に戻る。その後、昼間のディナー・パーティが三時間ほど開かれたのだが、その最中に、英米文学にかかわる議論になり、多少は自身にたいするアイロニーも含意されていたのではないかと推察されるが、オリヴァー・ウェンデル・ホームズが英国の優越性を主張したところ、若手のメルヴィルがそれに喰いついたのだという。このパーティのあいだ、平生はおとなしいホーソーンが、いつになくご機嫌だったと、のちにジェイムズ・T・フィールズが記している（Leyda 三八四）。

夕刻が近づく頃合いに、ストックブリッジのホテルに滞在していた、ニューヨークの軍事史家で、ダイキンクにも近しい、歴史家ジョエル・タイラー・ヘドリー（Joel Tyler Headley）も、フィールド宅にやってくる。そうして彼の案内で、男たちは近隣にある峡谷アイス・グレンを散策しにでかけた。その際、ふと気がつくと、ホーソーンとメルヴィルの姿がみあたらない。遭難したのかもしれないと、他の者たちが慌てて探しに向かうと、グループから離れて、二人きりでなにやら話しこんでいる、ホーソーンとメルヴィルの姿をみつけたのだという（Robertson-Lorant, *Melville* 二四六）。二人の会話の内容については、知りえるところではないが、意気投合したことはたしかであり、この日の帰り際、あるいは八月八日にホーソーン宅を訪問したときのことかもしれないが、内気で人見知りのホーソーンにしては珍しく、ニューヨークに戻る前に自宅に泊まりにくるよう、メルヴィルを招待している。それは九月三日に実現する。

ところでアイス・グレンから戻ってきた一行に、「セジウィック夫人」がくわわり、愉快な談笑がつづいたあと、この日は散会となった。この「セジウィック夫人」とは、メルヴィルの姉ヘレン（Helen Maria Melville）の教師であった、チャールズ・セジウィック（Charles Sedgwick）の妻、エリザベス・ドワイト・セジウィック（Elizabeth Dwight Sedgwick）のことではないかとの説がある（Parker, *Herman Melville*, Vol. 1 七四七–四八）。それが正しいとすれば、彼女は小説家キャサリン・マライア・セジウィック（Catherine Maria Sedgwick）の義妹にあたる女性であり、かつ、ニューイングランドのドワイト一族に出自がある人物ということになる。つまり、ティモシー・ドワイトの末裔にあたるということだ。ちなみにチャールズ・セジウィックとその姉キャサリン・マライア・セジウィックの母親、パメラ・ドワイト・セジウィック（Pamela Dwight Sedgwick）も、ドワイト一族の出である。こうしたところを踏まえると、メルヴィルが評論「ホーソーンと彼の苔」の冒頭において、ティモシー・ドワイトに言及するくだりは、さらに意味ありげにみえてくる。

　ピクニックの主催者、デイヴィド・ダドリー・フィールドについても触れておきたい。じつのところ、ダイキンクとマシューズの二人は、八月二日の午後、マンハッタンからピッツフィールドに向かうために乗りこんだ客車のなかで、このフィールドと出逢っている。それは偶然のことだったのか、予定されていたものだったのか、詳細はわかっていない。フィールドは、ダイキンクと同様、オサリヴァンと親しい間柄にあり（Widmer 一六七）、かつ、「アメリカのキケロ」と呼ばれることもあった法律家である（Robertson-Lorant, *Melville* 二四三）。英国的な慣習法に基づいていた、アメリカの訴訟制度の在りかたを、法典に基づく方式に変革させるなどの法制改革に、おおきく貢献した人物である。ニューイングランドのコネティカット州生まれではあるが、そうした意味で、英国からの自立を謳う、ニューヨークのヤング・アメリカ運動に近しい思想の持ち主であったといってよい。あるいはヤング・アメリカ運動を背景に、法制改革を推進していったのだといってもよい。

フィールドの父、デイヴィド・ダドリー・フィールド（一世）(David Dudley Field, Sr.) も、息子とは異なる意味で、アメリカ文学史にその名が刻まれている人物である。コネティカット州生まれのこの父親は、聖職者であり、かつ歴史家でもあったのだが、バークシャー郡ストックブリッジにある教会で牧師を務めていた一八二九年、ピッツフィールドの出版者サミュエル・W・ブッシュから、チェスター・デューイ (Chester Dewey) という人物と共著のかたちで、『マサチューセッツ州バークシャー郡史』(*A History of the County of Berkshire, Massachusetts*) という書物を刊行している。地元に伝わる逸話をまとめた作品であるが、メルヴィルは、一八五〇年の夏、ピッツフィールドに到着した直後の七月一六日に、この書物を入手している (Leyda 三七八)。そこにはリンゴの木をめぐる、印象的なエピソードが収録されている。いわく、コネティカット州ブルックリンで成長していたリンゴの木があり、それを所有していたパトナム何某という人物の息子が、バークシャー郡ウィリアムズタウンに転居する際、この木を新居に移植したのだという。そうして転居から六五年後の一七八六年に、木を切り倒し、それを素材にテーブルをつくったところ、さらにその二〇年後、すなわち一八〇六年に、美しい虫が、テーブルの板材を喰い破って、外にでてきた、というものである。著者の推定に拠れば、卵はおおよそ七三年前に産みつけられたものであり、板材のなかで孵化したのち、暗闇のなかですこしずつ、すこしずつ、光をめざしてリンゴ材をつつきながら前進し、ついに光の世界に姿を現わしたのだ、と（Field 三九）。著者は「パトナム氏」から直接この話を聞いたそうであるが、このエピソードは近隣中に知れわたっていたようで、ヘンリー・デイヴィド・ソーロー（Henry David Thoreau）による『ウォールデン』（*Walden* 一八五四年）のエンディングでも、「復活」と「不滅」の象徴として、言及されている（三二四）。メルヴィル自身も、この夏に入手したこの書物を素材にもちい、短篇作品「リンゴ材のテーブル」（"The Apple-Tree Table" 一八五六年）を、追って発表することになる。ちなみに、先述の、ティモシー・ドワイトによる『ニューイングランド・ニューヨーク紀行』第二巻にも、このエピソードにかかわる言及がある（Dwight 三九八–九九）。

とまれ、こうした父親につらなる文化的ルーツや、自身の法律にかかわる姿勢に鑑みれば、フィールド（二世）という人物の思想上の背景に、ニューイングランドとニューヨークの双方が混ざりあっているところもみえてこよう。彼はかねてより、ニューイングランドとニューヨークのあいだに存する文化的確執を滑稽と思っており、ダイキンクとマシューズの休暇旅行を和解の好機ととらえ、双方の名士が一堂に会するピクニックを企画し、みずからホスト役を買ってでたのであった（Robertson-Lorant, *Melville* 二四三）。

▼二八六頁

(28) ダイキンクとマシューズがピッツフィールドに滞在していた一〇日間、二人の客人をもてなすために、メルヴィル・ハウスは騒々しいことこのうえなかった。八月八日にホーソーン家を表敬訪問したことにくわえて、突然の来客を迎えたり、シェイカー教徒の集落を見学したり、仮装パーティ、ハイキング、ディナー・パーティなど、連日連夜、さまざまな行事が組みこまれた。そうしたなかで、パーカーの推測に拠れば、八月七日夜の歓談中、メルヴィルが、ダイキンクの編集する文芸誌『文学界』に、ホーソーンのことでなにか書くことになったのではないか、ということである。それでは次は、なにを書くのか、ということになるが、ふつうに考えれば、五ヶ月前に出版され、好評を博していた『緋文字』をとりあげるのが、タイムリーな企画であろう。しかしながら、なんらかの事情で、『緋文字』ではなく、四年前に出版され、メルヴィルが二週間前に伯母からもらったばかりの『旧牧師館の苔』が、結果として評論の対象に選ばれる。ハーシェル・パーカーはその理由について、メルヴィルもふくめ、避暑でピッツフィールドに滞在している彼らの手許にあるホーソーンの書物が、贈り物であるこの一冊しかなかったからではないかという、身も蓋もないような推測をしているが（Parker, *Herman Melville*, Vol. 1 七五〇-五一）、存外、その程度のことなのかもしれない。あるいはダイキンクの側からすれば、自身が編集を担当した作品集であり、その増刷を検討していたのだとすれば、是非にプロモートしたいという想いもあったのかもしれぬ。とまれ、このようなきわめて慌ただしい環境のなかで、メルヴィルはホーソーン論の執筆にとりくむことになる。

そもそもメルヴィルが、伯母から受けとったのち、いったいどこで時間をみつけて、『旧牧師館の苔』を読むことができたのだろうか。そうした現実的な問題も、じつのところ、いまだに謎のままである。たとえばそれが、七月末ごろで、メルヴィルが母親と姉妹をつれてくるために、一旦ピッツフィールドからニューヨークに戻った車中でのことではないかとか（Robertson-Lorrant, "Mr. Omoo and the Hawthornes" 二九）、あるいは八月六日ではないか（Howard 一五八）、いや、八月七日ではないか（Parker, *Herman Melville*, Vol. 1 七五〇）、といったように、諸説が入り乱れる状況にあるのだが、その所以は、七月中旬から八月中旬まで、メルヴィルのスケジュールがさまざまな行事で埋め尽くされており、読書のためのまとまった時間がほぼなかった、という一点に尽きる。かくて、メルヴィルがホーソーンによる作品集を本当に通読しているのかどうかという疑念も、当然のごとく湧いてくる。

「ホーソーンと彼の苔」のなかで、語り手が実際に言及している作品であっても、わりに扱いがぞんざいなものもあり、あるいは引用箇所が作品の核のようなところとたいして関係のないようなものもみうけられるため、そうした疑問はいや増しにましてこよう。ただし、メルヴィルは、読むのも、書くのも、きわめて速い人であった。メルヴィルが伯母からもらった『旧牧師館の苔』の現物は、現在、ハーヴァード大学ホートン・ライブラリーが所蔵しているが、その全ページを画像化して、ウェブ上に公開している、"Melville's Marginalia Online"というサイトがある。それを眺めてみると、この作品集に収録されている全作品に、メルヴィルによる手書きの書きこみがあることがわかる。どこで時間をみつけたのかは、よくわからないとしかいいようがなく、かつ、読み方の密度にも、濃淡の差がさまざまにあったことに間違いはなかろうが、評論を脱稿する八月一二日までのどこかの段階で、なんらかのかたちで、とりあえず、メルヴィルはすくなくとも一通り、『旧牧師館の苔』を通読しているようなのだ。ダイキンクとマシューズが当初の滞在予定を延長し、最終的に八月一二日まで滞在した最大の理由が、メルヴィルの原稿が完成するのを待つためであるという点も、どうやら間違いなさそうである。かくて、数々の行事の合間を縫い、細切れの時間をつかいながら、メルヴィルはメルヴィル特有の集中力で、『旧牧師館の苔』を読み、「ホーソーンと彼の苔」を書きあげ、妻エリザベスによる清書を経たうえで、八月一二日にダイキンクに草稿を渡したのであった。表題と、「ヴァージニア人」という匿名執筆者の名は、ダイキンクに原稿を渡す直前に、作者によって書きこまれた（Historical Note, *Moby-Dick* 六一四）。

なお、「ホーソーンと彼の苔」にかんして、ここまでの註釈に記した内容は、多少入り組んでいるため、それらを中心に、一連の日々にかかわる項目を、以下に年表形式で整理しておく。

一八五〇年
七月中旬　メルヴィル、妻エリザベスと義妹ソファイアなどをともない、ピッツフィールドのメルヴィル・ハウスに向かう。
七月一六日　メルヴィル、『マサチューセッツ州バークシャー郡史』を購入。
七月一八日　メルヴィル、「伯母メアリー」（おそらくメアリー・アン・オーガスタ・ホバート・メルヴィル）から『旧牧師館の苔』を贈られる。
七月末頃　メルヴィル、一旦ニューヨークに戻ったのち、母と姉妹をつれ、ピッツフィールドに向かう。
八月一日　メルヴィル、三一歳の誕生日。
八月二日　夜、ニューヨークのエヴァート・ダイキンクとコーネリアス・マシューズ、メルヴィルの招待におうじ、ピッツフィールドに到着。

八月四日　メルヴィル夫妻、三度目の結婚記念日。

八月五日　メルヴィルとホーソーン、モニュメント・マウンテンのピクニックにて出逢う。

八月七日　メルヴィル、おそらくこの日の夜の歓談中に、ホーソーン論を『文学界』に書くことになる。

八月八日　午前、メルヴィル、ダイキンク、マシューズ、レノックスのホーソーン宅を表敬訪問、夕刻、ストックブリッジのホテルにて、ジョエル・タイラー・ヘドリーと会食。

八月九日　朝、ダイキンク、ニューヨークにのこる妻に、帰宅の延期を連絡する手紙を投函。この日は雨が降り、予定されていたピクニックが延期になった。メルヴィル、浮いた時間を活用し、おそらく午前中と午後の数時間のあいだに、評論第一部を執筆。夜、メルヴィル、セアラ・モアウッドが主催する仮装パーティにて、トルコ人に仮装。

八月一〇日　メルヴィル、おそらく午前中に評論第二部を執筆。

八月一一日　メルヴィルの妻エリザベス、翌朝にかけて、原稿を清書。

八月一二日　メルヴィル、妻による清書が完成したのち、加筆修正を施し、表題（「ホーソーンと彼の苔」）と匿名の執筆者名（「ヴァーモントで七月を過ごしているヴァージニア人が記す」）を書きこむ。午後、ダイキンクとマシューズ、メルヴィルの原稿を携え、ニューヨークに戻る。

八月一七日　「ホーソーンと彼の苔」第一部、『文学界』に掲載（メルヴィルはゲラ校正をしていない）。

八月二四日　「ホーソーンと彼の苔」第二部、『文学界』に掲載（メルヴィルがゲラ校正をした証拠はない）。

九月三日　メルヴィル、招待におうじ、レノックスのホーソーン宅を訪問。四泊滞在。ホーソーン夫妻、おそらくこのときに「ホーソーンと彼の苔」の匿名執筆者の正体を知る。

九月一四日　メルヴィル、突然ピッツフィールドに家屋を購入。のちにアロウヘッドと命名。レノックスのホーソーン宅とは約九キロメートルの距離。

九月末頃　メルヴィル夫妻、転居の準備のために、一旦ニューヨークに戻る。

一〇月　メルヴィル家、ピッツフィールドに転居。

一八五一年
一〇月一八日　メルヴィル、『鯨』を英国で出版。
一一月一四日　メルヴィル、『白鯨』をアメリカで出版。
一一月二一日　ホーソーン家、レノックスからウェストニュートンに転居。

▼二八七頁

(29)　雑誌に掲載される記事や作品に、執筆者名を記さないのは、当時の慣行であった。だが、メルヴィルはそれにとどまらず、あえて「ヴァーモントで七月を過ごしているヴァージニア人」というアイデンティティを、評論の語り手にあたえている。これはどうしてなのだろう。そもそも、ヴァーモントに滞在するヴァージニア人、という設定も、妙といえば妙である。北部にいる南部人ということであれば、どうしてヴァージニア人でなければならないのか、滞在先はどうしてヴァーモントでなければならないのか、ということである。ボストンでもニューヨークでもない、第三者的立場にある者による評論であるとするほうが、ボストン批判、ニッカボッカー・グループ批判をしやすいであろうし、妙なトラブルを避けることができる。そうしたところは理解できるのだが、そうだとすれば語り手は、南部人であればどの地域の人物でもよいわけであり、あるいはボストン以外の北東部であれば、どの地域に滞在していてもよいのではないか、ということにもなりかねない。

ヴァージニアは、たとえばエドガー・アラン・ポーもかかわっていた、文芸誌『サザン・リテラリー・メッセンジャー』（*Southern Literary Messenger*）の拠点地であり、いってみるならば、南部の文芸発信基地のようなところであった。かくて、批評家ではなく農園主であるとの予防線は張られているが、メルヴィルの語り手が文学をかたるのに、適切な地名であるとはいえよう。そうだとすれば、ヴァージニア人というところはよいとしても、どうしてヴァーモントなのか、という点を問うべきなのかもしれぬ。メインやニューハンプシャーであってもよいわけであり、地理的に、ヴァーモント州がバークシャーから比較的近いというだけでは、充分に納得することができる類いの根拠にはなりづらい。それはむしろ、地理的な問題ではなく、音の問題なのではなかろうか。言葉遊びを好む作者のことである。ヴァーモントとヴァージニアという語は、[vər]という音が頭韻としてかさねられ、口許に摩擦と震動をともなうエロティックな余韻をのこすものである。すなわちこの頭韻は、「このホーソーンが私の魂のなかに発芽力に富む種子を植えつけていった」、「さらに深く、深く、私の南部的魂という熱い土壌のなかに、彼の頑丈なニューイングランドの株を撃ちこんでくる」という、性行為、およびその後の受精、受胎の秘儀を想起させる表現に、接続する類いの音なのだ。そしてまた、ふたつの“v”を記号としてみてみれば、すなわちふたつの“v”をかさねれば、“w”という記号が成立する。「分身（double）」を意味するものである。あらかじめ、この語り手は作者の分身であることを、メルヴィルが言葉遊びの枠組みのなかで、秘めやかにほのめかしているのではなかろうか。分身的な語り手の、摩擦と震動をともなう口をつうじ、ホーソーンを賛美しつつも、内輪贔屓に堕することを避け、ホーソーンにたいする品位をたもつ。そうして無用な批判から身を護りながら、思いの丈を綴りつつ、あるいはおのれを称賛し、鼓舞しつつ、そしてまた、ときにヤング・アメリカ運動の主張に寄り添って、友人の言葉を書きつける。そのような、エロティックであり、変幻自在でもあるような、語りの立ち位置を確保するための枠組みとして、匿名の語り手の名前を読みこむことは、充分可能であるように思われる。

引用・参照文献一覧

一次資料（メルヴィル関連。各作品の末尾に、邦題とジャンルを併記）

Melville, Herman. "Fragments from a Writing Desk." 1839. *The Piazza Tales, and Other Prose Pieces, 1839-60*. Ed. Harrison Hayford, Alma A. MacDougall, and G. Thomas Tanselle. Evanston: Northwestern UP and The Newberry Library, 1987. 191-204.「書き物机の断片」（随筆）

—. *Typee: A Peep at Polynesian Life*. 1846. Ed. Harrison Hayford, Hershel Parker, and G. Thomas Tanselle. Evanston: Northwestern UP and The Newberry Library, 1968.『タイピー』（長篇小説）

—. *Omoo: A Narrative of Adventures in the South Seas*. 1847. Ed. Harrison Hayford, Hershel Parker, and G. Thomas Tanselle. Evanston: Northwestern UP and The Newberry Library, 1968.『オムー』（長篇小説）

—. *Mardi: and a Voyage Thither*. 1849. Ed. Harrison Hayford, Hershel Parker, and G.

Thomas Tanselle. Evanston: Northwestern UP and The Newberry Library, 1970.『マーディ』(長篇小説)

—. *Redburn: His First Voyage, Being the Sailor-boy Confessions and Reminiscences of the Son-of-a-Gentleman, in the Merchant Service.* 1849. Ed. Harrison Hayford, Hershel Parker, and G. Thomas Tanselle. Evanston: Northwestern UP and The Newberry Library, 1969.『レッドバーン』(長篇小説)

—. *White-Jacket: or The World in a Man-of-War*. 1850. Ed. Harrison Hayford, Hershel Parker, and G. Thomas Tanselle. Evanston: Northwestern UP and The Newberry Library, 1970.『ホワイト・ジャケット』(長篇小説)

—. "Hawthorne and His Mosses." 1850. *The Piazza Tales, and Other Prose Pieces, 1839-60.* Ed. Harrison Hayford, Alma A. MacDougall, and G. Thomas Tanselle. Evanston: Northwestern UP and The Newberry Library, 1987. 239-53.「ホーソーンと彼の苔」(評論)

—. *Moby-Dick; or, The Whale.* 1851. Ed. Harrison Hayford, Hershel Parker, and G. Thomas Tanselle. Evanston: Northwestern UP and The Newberry Library, 1988.『白鯨』(長篇小説)

—. *Pierre; or, The Ambiguities.* 1852. Ed. Harrison Hayford, Hershel Parker, and G. Thomas Tanselle. Evanston: Northwestern UP and The Newberry Library, 1971.『ピエール』(長篇小

説）

——. "Bartleby, the Scrivener." 1853. *The Piazza Tales, and Other Prose Pieces, 1839-60.* Ed. Harrison Hayford, Alma A. MacDougall, and G. Thomas Tanselle. Evanston: Northwestern UP and The Newberry Library, 1987. 13-46.「バートルビー」（短篇小説）

——. "Cock-A-Doodle-Doo! Or, The Crowing of the Noble Cock Beneventano." 1853. *The Piazza Tales, and Other Prose Pieces, 1839-60.* Ed. Harrison Hayford, Alma A. MacDougall, and G. Thomas Tanselle. Evanston: Northwestern UP and The Newberry Library, 1987. 268-88.「コケコッコー！」（短篇小説）

——. "The Encantadas, or Enchanted Isles." 1854. *The Piazza Tales, and Other Prose Pieces, 1839-60.* Ed. Harrison Hayford, Alma A. MacDougall, and G. Thomas Tanselle. Evanston: Northwestern UP and The Newberry Library, 1987. 125-73.「エンカンターダズ」（短篇小説）

——. *Israel Potter: His Fifty Years of Exile.* 1855. Ed. Harrison Hayford, Hershel Parker, and G. Thomas Tanselle. Evanston: Northwestern UP and The Newberry Library, 1982.『イズラエル・ポッター』（長篇小説）

——. "Benito Cereno." 1855. *The Piazza Tales, and Other Prose Pieces, 1839-60.* Ed. Harrison

Hayford, Alma A. MacDougall, and G. Thomas Tanselle. Evanston: Northwestern UP and The Newberry Library, 1987. 47-117.「ベニト・セレノ」(短篇小説)

—. "The Apple-Tree Table; Or, Original Spiritual Manifestations." 1856. *The Piazza Tales, and Other Prose Pieces, 1839-60*. Ed. Harrison Hayford, Alma A. MacDougall, and G. Thomas Tanselle. Evanston: Northwestern UP and The Newberry Library, 1987. 378-97.「リンゴ材のテーブル」(短篇小説)

—. "The Piazza." 1856. *The Piazza Tales, and Other Prose Pieces, 1839-60*. Ed. Harrison Hayford, Alma A. MacDougall, and G. Thomas Tanselle. Evanston: Northwestern UP and The Newberry Library, 1987. 1-12.「ピアザ」(短篇小説)

—. *The Piazza Tales*. 1856. *The Piazza Tales, and Other Prose Pieces, 1839-60*. Ed. Harrison Hayford, Alma A. MacDougall, and G. Thomas Tanselle. Evanston: Northwestern UP and The Newberry Library, 1987. 1-187.『ピアザ物語』(短篇小説集) ("The Piazza," "Bartleby, the Scrivener," "Benito Cereno," "The Lightning-Rod Man," "The Encantadas, or Enchanted Isles," "The Bell-Tower"を収録)

—. *The Confidence-Man: His Masquerade*. 1857. Ed. Harrison Hayford, Hershel Parker, and G. Thomas Tanselle. Evanston: Northwestern UP and The Newberry Library, 1984.『詐欺

師』(長篇小説)

——. "The South Seas." Reconstructed Lecture. *The Piazza Tales, and Other Prose Pieces, 1839-60*. Ed. Harrison Hayford, Alma A. MacDougall, and G. Thomas Tanselle. Evanston: Northwestern UP and The Newberry Library, 1987. 410-20.「南洋」(講演原稿)

——. *Battle-Pieces and Aspects of the War*. 1866. *Published Poems*. Ed. Robert C. Ryan, Harrison Hayford, Alma MacDougall Reising, and G. Thomas Tanselle. Evanston: Northwestern UP and The Newberry Library, 2009. 1-188.『戦争詩集』(詩集)

——. *Clarel: A Poem and Pilgrimage in the Holy Land*. 1876. Ed. Harrison Hayford, Alma A. MacDougall, Hershel Parker, and G. Thomas Tanselle. Evanston: Northwestern UP and The Newberry Library, 1991.『クラレル』(長篇詩)

——. *John Marr and Other Sailors with Some Sea-Pieces*. 1888. *Published Poems*. Ed. Robert C. Ryan, Harrison Hayford, Alma MacDougall Reising, and G. Thomas Tanselle. Evanston: Northwestern UP and The Newberry Library, 2009. 189-249.『ジョン・マーと水夫たち』(詩集)

——. *Timoleon, Etc*. 1891. *Published Poems*. Ed. Robert C. Ryan, Harrison Hayford, Alma MacDougall Reising, and G. Thomas Tanselle. Evanston: Northwestern UP and The

Newberry Library, 2009. 251-317.『ティモレオン』(詩集)

——. *Billy Budd, Sailor (An Inside Narrative)*. Reading Text and Genetic Text, Edited from the Manuscript with Introduction and Notes. 1924. Ed. Harrison Hayford and Merton M. Sealts, Jr. Chicago: U of Chicago P, 1962.『ビリー・バッド』(中篇小説、没後出版)

——. *Correspondence*. Ed. Lynn Horth. Evanston: Northwestern UP and The Newberry Library, 1993.(往復書簡集)

——. *Melville's Marginalia Online*. Ed. Steven Olsen-Smith, Peter Norberg, and Dennis C. Marnon. 1 August 2016. <http://melvillesmarginalia.org/>.

二次資料

〈外国語文献〉

Arendt, Hannah（ハンナ・アレント）. *On Revolution.* New York: Viking Press, 1963.（『革命について』志水速雄訳　ちくま学芸文庫　一九九五年）

Argersinger, Jana L., and Leland S. Person, eds. *Hawthorne and Melville: Writing a Relationship.* Athens: U of Georgia P, 2008.

Beaver, Harold. Introduction. *Redburn: His First Voyage, Being the Sailor-boy Confessions and Reminiscences of the Son-of-a-Gentleman, in the Merchant Service.* By Herman Melville. Harmondsworth: Penguin, 1986. 7-28.

——. Commentary. *Moby-Dick; or, The Whale.* By Herman Melville. Harmondsworth: Penguin, 1986. 689-967.

Bedell, Rebecca. *The Anatomy of Nature: Geology & American Landscape Painting, 1825-1875.* Princeton, NJ: Princeton UP, 2001.

Bohm, Arnd. "Wordsworth in Melville's 'Cock-A-Doodle-Doo.'" *Leviathan* 9 (2007): 25-41.

Brodtkorb, Paul, Jr. "The Definitive *Billy Budd*: 'But Aren't It All Sham?'" *PMLA* 82 (1967):

602-12.

Bruffee, Kenneth A. *Elegiac Romance: Cultural Change and Loss of the Hero in Modern Fiction.* Ithaca, NY: Cornell UP, 1983.

Bryant, John, and Haskell Springer, eds. *Moby-Dick; or, The Whale.* By Herman Melville. New York: Pearson Longman, 2007.

Burke, Edmund. *A Philosophical Enquiry into the Origin of Our Ideas of the Sublime and Beautiful.* 1757. Oxford: Oxford UP, 1998.

Cahir, Linda Costanzo. *Solitude and Society in the Works of Herman Melville and Edith Wharton.* Westport, CT: Greenwood, 1999.

Charvat, William. *The Origins of American Critical Thought, 1810-1835.* Philadelphia: U of Pennsylvania P, 1936.

Chase, Richard. *Herman Melville: A Critical Study.* New York: Macmillan, 1949.

Cohen, Hennig, and Donald Yannella. *Herman Melville's Malcolm Letter: "Man's Final Lore."* New York: Fordham UP and New York Public Library, 1992.

Cohen, Patricia Cline. "A Confident Tide of Reformers." *The Confidence-Man: His Masquerade.* By Herman Melville. Ed. Hershel Parker and Mark Niemeyer. New York:

Norton, 2006. 398-402.

Conron, John. *American Picturesque*. University Park, PA: Pennsylvania State UP, 2000.

Deutsch, Albert. *The Mentally Ill in America: A History of Their Care and Treatment from Colonial Times*. 1937. 2nd ed. New York: Columbia UP, 1949.

Dickens, Charles. *American Notes for General Circulation*. 1842. Ed. John S. Whitley and Arnold Goldman. Harmondsworth: Penguin, 1985.

Dryden, Edgar A. *Melville's Thematics of Form: The Great Art of Telling the Truth*. 1968. Baltimore: Johns Hopkins UP, 1981.

Dwight, Timothy. *Travels in New-England and New-York*. Vol. 2. 1821. n.p.: Palala Press, 2016.

Emerson, Ralph Waldo. *Nature*. 1836. *Emerson's Prose and Poetry*. Ed. Joel Porte and Saundra Morris. New York: Norton, 2001. 27-55.

Fiedler, Leslie A. *Love and Death in the American Novel*. 1960. 2nd ed. Normal, IL: Dalkey Archive Press, 1997.

Field, David D., and Chester Dewey. *A History of the County of Berkshire, Massachusetts*. 1829. n.p.: Palala Press, 2015.

Fitzgerald, F. Scott. *The Great Gatsby*. 1925. New York: Collier Books, 1986.

Foucault, Michel（ミシェル・フーコー）. *Folie et Déraison: Histoire de la folie à l'âge classique*. Paris: Union Générale d'Éditions, 1961.（『狂気の歴史――古典主義時代における――』田村俶訳　新潮社　一九七五年）

Franklin, H. Bruce, ed. *The Confidence-Man: His Masquerade*. By Herman Melville. Indianapolis: Bobbs-Merrill, 1967.

——. "*Billy Budd* and Capital Punishment: A Tale of Three Centuries." *American Literature* 69 (1997): 337-59.

Gamwell, Lynn, and Nancy Tomes. *Madness in America: Cultural and Medical Perceptions of Mental Illness before 1914*. Ithaca, NY: Cornell UP, 1995.

Gilman, William H. *Melville's Early Life and* Redburn. New York: New York UP, 1951.

Gilpin, William. "On Picturesque Beauty." 1794. *Three Essays*. Amersham: Gregg International, 1982. 1-37.

Girard, René（ルネ・ジラール）*La violence et le sacré*. Paris: Éditions Bernard Grasset, 1972.（『暴力と聖なるもの』古田幸男訳　法政大学出版局　一九八二年）

——. *Les origines de la culture: Entretiens avec Pierpaolo Antonello et João Cezar de Castro*

Rocha. Paris: Desclée de Brouwer, 2004.（『文化の起源　人類と十字架』田母神顯二郎訳　新教出版社　二〇〇八年）

Grob, Gerald N. *Mental Institutions in America: Social Policy to 1875*. New York: Free Press, 1973.

Haberstroh, Charles J., Jr. "*Redburn*: The Psychological Pattern." *Studies in American Fiction* 2 (1974): 133-44.

——. *Melville and Male Identity*. Rutherford: Fairleigh Dickinson UP, 1980.

Hawthorne, Nathaniel. *Mosses from an Old Manse*. 1846. New York: Modern Library, 2003.

——. *The Scarlet Letter*. 1850. *The Scarlet Letter and Other Writings*. Ed. Leland S. Person. New York: Norton, 2005. 3-166.

Hayford, Harrison. *Melville's Prisoners*. Evanston: Northwestern UP, 2003.

Higgins, Brian, and Hershel Parker. "The Flawed Grandeur of Melville's *Pierre*." 1978. *Critical Essays on Herman Melville's* Pierre; or, The Ambiguities. Ed. Higgins and Parker. Boston: G. K. Hall, 1983. 240-66.

——, and Hershel Parker, eds. *Herman Melville: The Contemporary Reviews*. Cambridge:

Cambridge UP, 1995.

Hitchcock, Edward. *Elementary Geology: A New Edition, Revised, Enlarged, and Adapted to the Present Advanced State of the Science.* 1840. 8th ed. New York: Newman and Ivison, 1852.

Howard, Leon. *Herman Melville: A Biography.* Berkeley: U of California P, 1951.

Ives, C. B. "*Billy Budd* and the Articles of War." *American Literature* 34 (1962): 31-39.

Kimball, Samuel. "Uncanny Narration in *Moby-Dick.*" *American Literature* 59 (1987): 528-47.

Kornhauser, Elizabeth Mankin, Amy Ellis, and Maureen Miesmer. *Hudson River School: Masterworks from the Wadsworth Atheneum Museum of Art.* New Haven: Yale UP, 2003.

Laing, R. D. *The Divided Self.* 1960. London: Penguin, 1990.

—. *Self and Others.* 1961. 2nd ed., 1969. London: Penguin, 1990.

Ledbetter, Jack W. "The Trial of *Billy Budd, Foretopman.*" *American Bar Association Journal* 58 (1972): 614-19.

Lueck, Beth L. *American Writers and the Picturesque Tour: The Search for National Identity, 1790-1860.* New York: Garland, 1997.

Lewis, R. W. B. *The American Adam: Innocence, Tragedy, and Tradition in the Nineteenth Century*. Chicago: U of Chicago P, 1955.

Leyda, Jay, ed. *The Melville Log: A Documentary Life of Herman Melville, 1819-1891*. 2 vols. New York: Harcourt, Brace, 1951.

McCarthy, Paul. *"The Twisted Mind": Madness in Herman Melville's Fiction*. Iowa City: U of Iowa P, 1990.

McGovern, Constance M. *Masters of Madness: Social Origins of the American Psychiatric Profession*. Hanover, NH: UP of New England, 1985.

Makino, Arimichi, ed. *Melville and the Wall of the Modern Age*. Tokyo: Nan'un-do, 2010.

Matthiessen, F. O. *American Renaissance: Art and Expression in the Age of Emerson and Whitman*. 1941. New York: Oxford UP, 1968.

Metcalf, Eleanor Melville. *Herman Melville: Cycle and Epicycle*. 1950. Westport, CT: Greenwood, 1972.

Milder, Robert. "Old Man Melville: The Rose and the Cross." *New Essays on* Billy Budd. Ed. Donald Yannella. Cambridge: Cambridge UP, 2002. 83-113.

Miller, Edwin Haviland. *Melville*. New York: Persea Books, 1975.

Miller, Perry. *The Raven and the Whale: The War of Words and Wits in the Era of Poe and Melville.* New York: Harcourt, Brace, 1956.

Moss, Sidney P. "'Cock-A-Doodle-Doo!' and Some Legends in Melville's Scholarship." *American Literature* 40 (1968): 192-210.

Myers, Kenneth John. "On the Cultural Construction of Landscape Experience: Contact to 1830." *American Iconology: New Approaches to Nineteenth-Century Art and Literature.* Ed. David C. Miller. New Haven: Yale UP, 1993. 58-79.

Nicolson, Marjorie Hope. *Mountain Gloom and Mountain Glory: The Development of the Aesthetics of the Infinite.* 1959. Seattle: U of Washington P, 1997.

Noble, Marianne. *The Masochistic Pleasures of Sentimental Literature.* Princeton, NJ: Princeton UP, 2000.

Novak, Barbara. *Nature and Culture: American Landscape and Painting, 1825-1875.* 1980. 3rd ed. Oxford: Oxford UP, 2007.

Oliver, Egbert S. "'Cock-A-Doodle-Doo!' and Transcendental Hocus-Pocus." *New England Quarterly* 21 (1948): 204-16.

Olson, Charles. *Call Me Ishmael.* 1947. Baltimore: Johns Hopkins UP, 1997.

Parker, Hershel. *Reading* Billy Budd. Evanston: Northwestern UP, 1990.

—. *Herman Melville: A Biography.* 2 vols. Baltimore: Johns Hopkins UP, 1996 and 2002.

—. *The Powell Papers: A Confidence Man Amok among the Anglo-American Literati.* Evanston: Northwestern UP, 2011.

—, and Mark Niemeyer, eds. *The Confidence-Man: His Masquerade.* By Herman Melville. New York: Norton, 2006.

Poe, Edgar Allan. "The Black Cat." 1843. *The Selected Writings of Edgar Allan Poe.* Ed. G. R. Thompson. New York: Norton, 2004. 348-55.

Porter, Roy. *The Enlightenment.* Basingstoke: Macmillan, 1990.

—. *Madness: A Brief History.* Oxford: Oxford UP, 2002.

—. *A Social History of Madness: Stories of the Insane.* 1987. London: Weidenfeld and Nicolson, 1989.

Robertson-Lorant, Laurie. *Melville: A Biography.* New York: Clarkson Potter, 1996.

—. "Mr. Omoo and the Hawthornes: The Biographical Background." *Hawthorne and Melville: Writing a Relationship.* Ed. Jana L. Argersinger and Leland S. Person. Athens: U of Georgia P, 2008. 27-49.

Rogers, Robert. "The 'Ineludible Gripe' of Billy Budd." *Literature and Psychology* 14 (1964): 9-22.

Rogin, Michael Paul. *Subversive Genealogy: The Politics and Art of Herman Melville.* 1983. Berkeley: U of California P, 1985.

Rothman, David J. *The Discovery of the Asylum: Social Order and Disorder in the New Republic.* 1971. Rev. ed. Boston: Little, Brown and Company, 1990.

Rowland, Beryl. "Melville and the Cock That Crew." *American Literature* 52 (1981): 593-606.

Sealts, Merton M., Jr. *Melville's Reading.* 1966. Revised and Enlarged ed. Columbia, SC: U of South Carolina P, 1988.

—. *Melville as Lecturer.* Cambridge, MA: Harvard UP, 1957.

Seitz, Sharon, and Stuart Miller. *The Other Islands of New York City: A History and Guide.* 1996. 2nd ed. New York: Norton, 2001.

Shultz, Elizabeth. "The Sentimental Subtext of *Moby-Dick*: Melville's Response to the 'World of Woe.'" *ESQ* 42 (1996): 29-49.

Smith, Henry Nash. "The Madness of Ahab." *Yale Review* 66 (1976): 14-32.

Smith, Richard Dean. *Melville's Complaint: Doctors and Medicine in the Art of Herman Melville.* New York: Garland, 1991.

Steele, Jeffrey. *The Representation of the Self in the American Renaissance.* Chapel Hill: U of North Carolina P, 1987.

Stern, Milton R. *The Fine Hammered Steel of Herman Melville.* 1957. Urbana: U of Illinois P, 1968.

Sullivan, Harry Stack. *Conceptions of Modern Psychiatry.* 1940. New York: Norton, 1953.

Takaki, Ronald. *Iron Cages: Race and Culture in 19th-Century America.* 1979. Oxford: Oxford UP, 1990.

Thoreau, Henry David. *Walden.* 1854. *Walden, Civil Disobedience, and Other Writings.* Ed. William Rossi. New York: Norton, 2008. 3-226.

Thorp, Willard. "Redburn's Prosy Old Guidebook." *PMLA* 67 (1938): 1146-56.

Trachtenberg, Alan. *The Incorporation of America: Culture & Society in the Gilded Age.* 1982. New York: Hill and Wang, 1986.

Wallace, Robert K. "*Billy Budd* and the Haymarket Hangings." *American Literature* 47 (1975): 108-13.

Weinstein, Arnold. *The Fiction of Relationship*. Princeton, NJ: Princeton UP, 1988.

Weisberg, Richard H. *The Failure of the Word: The Protagonist as Lawyer in Modern Fiction*. New Haven: Yale UP, 1984.

Welter, Barbara. "The Cult of True Womanhood: 1820-1860." *American Quarterly* 18 (1966): 151-74.

Wenke, John. "No 'i' in Charlemont: A Cryptogrammic Name in *The Confidence-Man*." *Essays in Literature* 9 (1982): 269-76.

—. "Complicating Vere: Melville's Practice of Revision in *Billy Budd*." *Leviathan* 1 (1999): 83-88.

—. "Melville's Indirection: *Billy Budd*, the Genetic Text, and 'the Deadly Space Between.'" *New Essays on* Billy Budd. Ed. Donald Yannella. Cambridge: Cambridge UP, 2002. 114-44.

Westover, Jeff. "The Impressments of Billy Budd." *The Massachusetts Review* 39 (1998): 361-84.

Widmer, Edward L. *Young America: The Flowering of Democracy in New York City*. New York: Oxford UP, 1999.

Wright, Nathalia. "*Pierre*: Herman Melville's *Inferno*." *American Literature* 32 (May 1960): 167-81.

Young, Philip. *The Private Melville*. University Park, PA: Pennsylvania State UP, 1993.

〈日本語文献〉

入子文子『メランコリーの垂線――ホーソーンとメルヴィル』関西大学出版部　二〇一二年

江藤　淳『成熟と喪失――"母"の崩壊』 一九六七年 講談社文芸文庫　一九九三年

大井浩二『美徳の共和国――自伝と伝記のなかのアメリカ』開文社　一九九一年

大島由起子『メルヴィル文学に潜む先住民――復讐の連鎖か福音か』彩流社　二〇一七年

佐伯彰一『作家伝の魅力と落とし穴』勉誠出版　二〇〇六年

酒本雅之『沙漠の海――メルヴィルを読む』研究社出版　一九八五年

里内克巳「"The Striker's Deed"――社会小説としての*Billy Budd, Sailor*」『英文学研究』第七三巻第二号（一九九七年）二二三―四四頁

杉浦銀策『メルヴィル――破滅への航海者』冬樹社　一九八一年

舌津智之『抒情するアメリカ――モダニズム文学の明滅』研究社出版　二〇〇九年

千石英世『白い鯨のなかへ――メルヴィルの世界』一九九〇年　増補版　彩流社　二〇一五年

寺田建比古『神の沈黙――ハーマン・メルヴィルの本質と作品』一九六八年　沖積舎　一九八二年
西谷拓哉「『ビリー・バッド』と嫉妬」『英文學春秋』第四号（一九九八年）四-二一頁
福岡和子『変貌するテキスト――メルヴィルの小説』英宝社　一九九五年
牧野有通『世界を覆う白い幻影――メルヴィルとアメリカ・アイディオロジー』南雲堂　一九九六年
吉田健一『英国の文学』一九四九年　岩波文庫　一九九四年

初出一覧

第一章　「『白鯨』の海、棄子の夢」（『アメリカ研究』第四六号　アメリカ学会）／「棄子の夢」として、千石英世編『白鯨』（シリーズ　もっと知りたい名作の世界11　ミネルヴァ書房）に再録

第二章　「エイハブの涙――『白鯨』再読――」（『英米文学』第五五巻　関西学院大学英米文学会）／西谷拓哉・成田雅彦編『アメリカン・ルネサンス――批評の新生』（開文社）に再録

第三章　「父の記憶――家族小説としての『レッドバーン』――」（『追手門学院大学文学部紀要』第三五号）

第四章　"Catastrophe of the Relational Self: On Herman Melville's Pierre"（『関西アメリカ文学』第三三号　日本アメリカ文学会関西支部）

第五章　「狂気の鏡――『詐欺師』と一九世紀アメリカの精神医学――」（『Sky-Hawk』第一三号　明治大学メルヴィル研究会）／"Mirrors of Madness: *The Confidence-Man* and 19th-Century American Psychiatry"として、Ed. Arimichi Makino, *Melville and the Wall of the Modern Age*（南雲堂）に再録

第六章　「テクスチュアル・クーデター――『ビリー・バッド』と隠喩の暴力――」（大井浩二監修『共和国の振り子――アメリカ文学のダイナミズム』英宝社）

第七章　「追憶のなかの南海――『タイピー』と永遠の風景――」（大井浩二監修『異相の時空間――アメリカ文学とユートピア』英宝社）

第八章　「道化の祈り――「コケコッコー！」を読む」（『アルビオン』復刊第六〇号　京大英文学会）

第九章　「妖精の国、鏡の国――「ピアザ」を読む」（『英米文学』第五九巻第一号　関西学院大学英米文学会）

第一〇章「痕跡と文学――「エンカンターダズ」第八スケッチをめぐって――」（『ヘンリー・ソロー研究論集』第三八号　日本ソロー学会）

第一一章「メルヴィル「バートルビー」」（千石英世・千葉一幹編『名作は隠れている』ミネルヴァ書房）

翻訳　「ホーソーンと彼の苔」（『メトロポリタン』第Ⅱ期第一号［通巻五七号］　メトロポリタン編集局）

あとがき

ハーマン・メルヴィルは、海の人だ。

海洋小説で名高き作家をめぐり、ことさらに強調する必要もないのだろうが、あらためて、そのように想わされたときがある。いわゆるアメリカ同時多発テロ事件が起きた半年後、二〇〇二年三月のことだ。わたしはニューヨークのマンハッタンに二週間ほど滞在していた。朝から図書館でメルヴィル一族にかかわる私的文書に目をとおす作業に耽りつつ、夕暮れがちかづく前に外にでて、かつての危険な匂いも活気も喪われ、なんだか奇妙に物寂しい、しかしながら過度に緊張感が漂う街並みを、独りで歩いていたことを覚えている。一八一九年八月一日、マンハッタンにて生を享けたメルヴィルは、一一歳のころに、母方の縁を頼り、ニューヨーク州北部のオールバニーに転居するまで、この街の空気を吸いながら成長した。その後、一八四七年、二八歳のときにエリザベス・ショーと結婚した若き作家は、ふたたびマンハッタンにもどるのだが、その三年後、一八五〇年夏にナサニエル・ホーソーンと出逢ったことを契機に、ほとんど衝動的にといってもよいが、マサチューセッツ州西部のピッツフィールドに居をうつす。だが、小説家としての筆を折ったのち、一八六三年、四四歳のときに、またもやマンハッタンに舞いもどり、一八九一年九月二八日に七二歳で逝去するまで、そこから離れることをしなかった。それからおおよそ一一〇年ほどの星霜を経たあのとき、わたしはメルヴィルがマンハッタン島内部で幾度となく転居を繰り返した住処を、一つひとつ、地図と地番を頼りに探し歩いていた。そうして大半の土地は特定することができたのだが、わたしが実際に歩いた地理的範囲は、さしてひろくもなく、その多くがマンハッタンの南端地域に限定されていた。一九世紀前半期における、島の開発状況も、そうしたところから窺い知れるのだろうが、メルヴィルが幼少期を過ごした空間は、ニューヨーク湾に面したバッテリー・パークに近接した地域であり、あるいはイースト・リヴァーがすぐに眺められるような場所に位置していた。メルヴィルがみつめていたニューヨークの風景には、いつだって、身近なところに水と船があったということだ。『白鯨』の冒頭にて、マンハッタンのどこを歩こうとも、すぐに水辺に辿りつく、語り手イシュメールがそのように呟く場面があるが、すくなくともメルヴィルが幼少期に暮らしていた空間は、まさしくそのとおりであることを、遅まきながら痛感したのだった。

マンハッタンから離れて暮らしていた独身時代、海の人は船に乗り組み、七つの海をめぐりつつ、多種多様な異文化に触れることになる。そしてまた、さまざまな読書体験をつうじて、古今東西の知を吸収し、かろやかに、勇敢に、おのれの宗教文化圏の外部にでてゆくのであった。海の人は、陸の論理に縛られないのだ。本書におけるメルヴィル論は、したがって、キリスト教文化にたいする視座をふまえながらも、原始宗教以来、人類史上普遍的でもあるような、畏怖と祈りをめぐるものでもある。近代文学は、浄化と救済を追うためにあるといってもよいのだが、それはまた、死者という欠落、欠損と向かいあわざるをえない宿命にある人類にとり、宗教が遍くとりくんできた、あるいはとりくむべきであった主題でもある。かくて本書は、小説家メルヴィルの文学世界をめぐるものではあるが、ひろい意味では、神なき時代における文学と祈りの主題について論じている。あるいはそのように読まれることを希んでいる。同時代の宗教文化にあって、冒涜的と捉えられたメルヴィルは、海の人であるからこそ、きわめて敬虔な無神論者になるのであった。

本書はわたしがこれまでに綴ったメルヴィルの小説作品をめぐる原稿のなかから選び、それぞれに筆をいれ、編んだものです。なかには原形をとどめぬほどに加筆した章もあります。くわえて巻末に、作者によるホーソーン論の全訳も収めました。評論文執筆の背景にかかわる詳細は、註釈に記しています。

本書を上梓するにあたり、これまでさまざまな方々からいただいたご厚情が、あらためて、想い起こされます。学生時代から現在にいたるまで、文学を読む愉しみ、書く勇気、書きつづける厳しさと尊さを、直接的、間接的に、蒙昧なわたしに教えてくださったのは、青木次生先生、大井浩二先生、折島正司先生、千石英世先生でした。各章には初出がありますが、千石英世先生、入子文子氏、里内克巳氏、西谷拓哉氏、服部典之氏、花岡秀氏、林以知郎氏、堀内正規氏、本城誠二氏、牧野有通氏、森慎一郎氏、吉田朋正氏に、筆をとるきっかけをおつくりいただきました。初出の際の出版者、編集者のみなさまにも、篤くお礼申しあげます。拙訳「ホーソーンと彼の苔」にかんしては、津田正氏から種々のご教示をいただきました。また、お一人おひとりのお名前を挙げることは控えますが、いつも知的刺激をあたえてくださる、そして生きる力をあたえてくださる、とても身近な方々に、深謝いたします。脱稿するまでずいぶん時間を要しましたが、原稿をお渡したあとは、松柏社の森有紀子氏に、本づくりのすべてをお任せしました。心よりありがたく思っています。そうして本書は関西学院大学から助成をうけ、同大学研究叢書の一篇として刊行されました。記して謝意といたします。

いまのわたしは特定の宗派に属することもない、いわゆる無宗教の人間ですが、ふりかえれば、幼少のころから思春期までは、神棚を前に跪き、両手をあわせてこうべを垂れる毎日でした。言葉の意味もわからぬままに、朝な夕な、祝詞を反復して唱えていたことを覚えています。あのころの感覚が、どうやらわたしのなかに刷りこまれているのでしょうか。本書の草稿を手直ししながら、幾度となく、そうした複雑な想いに駆りたてられました。あれらの歳月が、さまざまな意味でわたしに本書を紡がせたのだとすれば、最後の謝辞は、そうした時間と空間をわたしにあたえた、父母にたいするものになるのでしょう。かくて本書は、橋本行則と橋本芙三子に捧げられます。

二〇一七年八月

著者識

Cover Illustration:
The Battery, New York. By moonlight
© 1850 by Nathaniel Currier
from The New York Public Library.

▼著者紹介

橋本安央（はしもと・やすなか）

一九六七年生まれ、大阪府出身。京都大学文学部卒業後、アデルファイ大学大学院修士課程、東京都立大学大学院修士課程を修了。関西学院大学文学部教授。

著書に『高橋和巳　棄子の風景』（試論社）、訳書にジャメイカ・キンケイド『弟よ、愛しき人よ　メモワール』（松柏社）、『しみじみ読むアメリカ文学』（共訳、松柏社）、ニール・キャンベル／アラスディア・キーン『アメリカン・カルチュラル・スタディーズ――ポスト9・11からみるアメリカ文化〔第二版〕』（共編訳、萌書房）、ピーター・J・スタンリス『ロバート・フロスト――哲学者詩人』（共訳、晃洋書房）など。

痕跡と祈り――メルヴィルの小説世界

関西学院大学研究叢書第一九九編

二〇一七年一一月二〇日　初版発行

著　者　橋本安央

発行者　森　信久

発行所　株式会社　松柏社

東京都千代田区飯田橋一―六―一

電話　〇三（三二三〇）四八一三

電送　〇三（三二三〇）四八五七

印刷・製本　中央精版印刷株式会社

装　幀　小島トシノブ（NONdesign）

定価はカバーに表示してあります。落丁・乱丁本は送料小社負担にてお取り替えいたしますのでご返送ください。

ISBN978-4-7754-0248-1